DESTA TERRA
NADA VAI SOBRAR,
A NÃO SER
O VENTO QUE SOPRA
SOBRE ELA

DESTA TERRA NADA VAI SOBRAR, A NÃO SER O VENTO QUE SOPRA SOBRE ELA

Ignácio de Loyola Brandão

Romance

© **Ignácio de Loyola Brandão,** 2018
1ª Edição, Global Editora, São Paulo 2018
3ª Reimpressão, 2021

Jefferson L. Alves – diretor editorial
Gustavo Henrique Tuna – editor assistente
Flávio Samuel – gerente de produção
Flavia Baggio – coordenadora editorial
Jefferson Campos – assistente de produção
Alice Camargo – assistente editorial
Tatiana F. Souza e Ana Lúcia Santana – revisão
Eduardo Okuno – projeto gráfico
Thomaz Souto Corrêa – capa

Obra atualizada conforme o
NOVO ACORDO ORTOGRÁFICO DA LÍNGUA PORTUGUESA.

O título deste livro constitui-se numa livre adaptação de um verso do poema "Do pobre B.B.", de Bertolt Brecht, de 1921.

CIP-BRASIL. CATALOGAÇÃO NA PUBLICAÇÃO
SINDICATO NACIONAL DOS EDITORES DE LIVROS, RJ

B817d

    Brandão, Ignácio de Loyola
      Desta terra nada vai sobrar, a não ser o vento que sopra sobre ela / Ignácio de Loyola Brandão. – 1. ed. – São Paulo: Global, 2018.

    ISBN 978-85-260-2436-6

    1. Romance brasileiro. I. Título.

18-50448
                                      CDD: 869.3
                                      CDU: 82-31(81)

Mari Gleice Rodrigues de Souza – Bibliotecária CRB-7/6439

Direitos Reservados

global editora e distribuidora ltda.
Rua Pirapitingui, 111 — Liberdade
CEP 01508-020 — São Paulo — SP
Tel.: (11) 3277-7999
e-mail: global@globaleditora.com.br

 globaleditora.com.br   /globaleditora

 blog.globaleditora.com.br   /globaleditora

 /globaleditora   /globaleditora

 /globaleditora

 Colabore com a produção científica e cultural. Proibida a reprodução total ou parcial desta obra sem a autorização do editor.

Nº de Catálogo: **4049**

Para minha geração tão unida e solidária. Chegando ou chegada aos oitenta anos: Affonso Romano de Sant'Anna, Antonio Pitanga, Antônio Torres, Bernardo Kucinski, Eduardo Alves da Costa, Flávio Tavares, Jô Soares, Luis Fernando Verissimo, Marco Antonio Rocha, Marina Colasanti, Menalton Braff, Nélida Piñon, Paulo José, Raduan Nassar, Sérgio Fenerich, Silviano Santiago, Thomaz Souto Corrêa, Zé Celso e Zuenir Ventura. E também para os que partiram, Edla van Steen, Hugo F. S. Fortes, João Antonio, Luis Ernesto do Vale Gadelha e Moacyr Scliar.

"As balas que passavam, raras...
Ninguém as percebia mais... como não
impressionavam os tiroteios fortes que ainda surgiam...
A vida normalizara-se naquela anormalidade."

Euclides da Cunha, *Os sertões*, "Nova fase da luta".

"Nasci em um mundo, me desenvolvi em outro,
e agora estou neste terceiro, que não compreendo,
do qual não sou parte."

Antonio Candido. Citado por sua neta Maria Clara Vergueiro,
Folha de S.Paulo, 20/5/2017.

O QUE SE VAI LER

Entenda, Felipe, acabou!	17
A passagem do comboio dos mortos	19
Ao pisar na rua, posso ser morto	25
Viver uma solidão que vai e vem	29
Tigela dourada cheia de escorpiões	39
Provocam desejo, depois reclamam	41
Enigma jamais solucionado da humanidade	45
Cleópatra oferece jantar faraônico	59
Cada um recebe sua tornozeleira ao nascer	67
Garrafas de Pera Manca animam a conversa	71
Cada um de seu lado bate, agride, mata	75
Obras monumentais mudam o Brasil	79
Vozes anônimas, indiferentes	81
Anunciando a célebre conferência	83
O presidente com Síndrome de Ulmer	87
As pessoas escarram na cara dos outros	89
Mãos nas tetas, obscenidades	95
Deus, o que você fazia no escuro?	97
Chorou ao ver que Clara devolveu o anel	99
O vigilante terá me visto?	103
Gás pimenta no olho do outro não arde	105
A arte de entrar nos prédios	109
O futuro é no fim desta tarde	115
Felipe queria mesmo matar?	119
Andreato vai seguir cada passo de Felipe	123

No tempo em que o povo protestava nas ruas	129
Ao virar a esquina, você não escapa	133
Como se tornar invisível?	135
WY2kaj0k	143
Para que entender o processo em que vivemos?	145
Ele só quer fazer uma pergunta	149
Basta existir e sua vida é um inferno	153
Patinhas de caranguejo da Tailândia a US$ 300	157
Construindo o deserto ele quer ser um santo	163
História contada depois de amanhã	173
População se coça de curiosidade	179
O povo é bom, vai compreender	181
A nação acabou ou é coisa de mentes doentias?	183
Ninguém quer testemunhar nada	187
Pedintes exterminados, economia avança	195
Homem parado na plataforma	197
Mulher no interior do ônibus	203
Ele cruza com o atirador de facas	207
Nunca como antes se viu algo igual	213
Clara está três dias na frente de Felipe	217
A vida normalizou-se na anormalidade	221
Na Planície dos Delate Quem Puder	225
Por que ela foi olhar o enforcado?	245
Casulos de concreto estocam o vento	251
Irmãs colocam em dia a conversa	257
Ainda que aqui tudo se perca	267
À espera do que não se sabe que pode acontecer	279

Levando-os para junto do Senhor	287
Para a frente, aceleremos	291
Lusíadas, mito ou fake news provinciana?	295
Aqui, esta noite estou contente	303
Tudo se desmancha ou surgirá um transformer?	309
Quem disse que aqui é o Brasil?	313
Placas dizem *saída*, mas você está entrando	319
O dessignificado do mundo	327
Finalmente a conferência acontece	331
Passeios são melhores que conversas inteligentes	345
O país foi comandado por juízes mortos?	353
À deriva, a enlouquecer calmamente	359

DESTA TERRA
NADA VAI SOBRAR,
A NÃO SER
O VENTO QUE SOPRA
SOBRE ELA

A comissária-chefe, voz calma, avisa: As portas deste país foram fechadas com atraso de três séculos e meio devido a falhas operacionais e também por motivos técnicos alheios à nossa vontade, já que tais serviços estão entregues a equipes terceirizadas.

ATENÇÃO, PASSAGEIROS: AFIVELEM OS CINTOS! VAMOS ATRAVESSAR ÁREAS DE EXTREMA INSTABILIDADE E VIOLENTAS TURBULÊNCIAS.

> *Organização Internacional classificou os países mais felizes do mundo. Estamos em 22º lugar em um ranking de 155 nações, sendo que os primeiros lugares couberam à Noruega, Dinamarca, Islândia, Suíça, Finlândia. O Ministério das Transcomunicações Especiais e Confidenciais divulgou o resultado por todas as mídias, acrescentando: "Como ser feliz em países tão gelados? Somos felizes até no clima".*

Clara olha para o pulso, diz com a voz fuzilando: "Felipe", o celular, um chip minúsculo encravado sob a pele, dá sinal de ocupado. Tenta quatro, cinco, treze vezes. Felipe atende.

ENTENDA, FELIPE, ACABOU!

— Clara, estou a caminho. Meu celular estava descarregado...
— Celular descarregado? Em que mundo vive? Teu celular tem quinhentos anos, ainda é levado no bolso.
— Em cinco minutos chego.
— Não precisa mais, Felipe. 4 ¾. Dois milionésimos de beijos para você.
— O quê? Nada disso. Dez milhões de beijos para você.
— Que nada. 3 ¾. Liguei cem vezes. Cem. Acabou.
— Hein? Acabou? O que acabou?
— Tudo entre nós.
— Acabou tudo entre nós? Não diga isso, Clara! Pirou?
— Fim! Já era hora.
— Nem pensar, estou a caminho, segure as pontas.
— Segurei por nove anos. Não dá mais.

> *Fatos do passado remoto, sempre revividos.*
> *Hora do rush. No metrô, o homem ejaculou*
> *no pescoço da jovem. Preso, pagou pequena*
> *multa e foi liberado pelo juiz, que disse: "Ele*
> *não cometeu ato constrangedor, nem colocou o*
> *pênis na vagina da denunciante".*

Câmeras e gravadores acoplados a drones sobrevoam os comboios; câmeras pelas ruas; nas laterais dos vagões; no interior dos automóveis, câmeras com thinking chips capturam pensamentos; devices sensibilizadores em cada poste, cada casa, nas bolsas, sapatos e até em camisinhas gravam. No ar, leve, porém contínuo, sente-se um cheiro que incomoda as narinas, como antigamente sentia-se forte nas imediações do Gasômetro, em São Paulo, cidade cada vez mais deserta, a atmosfera permeada pelos vazamentos da desativada usina de gás. Anônimo transmite pela rede:

A PASSAGEM DO COMBOIO DOS MORTOS

Numa capital, cujo nome ora me escapa, em uma avenida de dez faixas, ou talvez onze, o trânsito foi interrompido nove quadras antes e quinze após o cruzamento com a ferrovia. Placa:

> *Em três minutos circulará o expresso* Corruptela Pestifera. *Aconselhamos a fecharem hermeticamente os vidros de seus veículos. O governo não se responsabiliza por contaminações. Em seguida, aguardem com calma e em ordem o comboio dos mortos.*

Felipe sacode a cabeça. Estou atrasado, Clara quer me matar. Tenho que levá-la na conversa. Já não chegam meus problemas? A situação não anda boa, eu devia estar no restaurante. Qual é essa de que tudo acabou? Uma relação não acaba assim. Não tenho como sair daqui agora e ela me pareceu puta da vida. Sei o que ela é quando emputece. Mas veio essa porra de comboio. Os vagões passam e a gente espera. O tempo que for. A caravana leva os mortos por dengue, zika, H1N1, chikungunya, varíola, obesidade mórbida, vertigem posicional paroxística benigna, malária, vaidade, tifo, crack, tatuagens que arrancaram as peles, febre amarela (apesar de, em certa época, o Ministério da Saúde ter feito intensa campanha, exterminando todos os macacos do Brasil; éramos a nação com maior número de primatas do mundo, com 133 espécies. Acabaram com todos, restando apenas macaquinhos de pelúcia para crianças brincarem ou serem colocados no espelhinho do para-brisa dianteiro). Havia ainda mortos por silicone aplicado em clínicas clandestinas, câncer, operações bariátricas que retiraram todos os sistemas gastrointestinais, balas perdidas, pessoas assassinadas nos encontros entre os grupos Nós e Eles, nas guerras entre 70 milhões de redes sociais opostas. Com a extinção dos ministérios de saúde, prontos atendimentos e o fechamento de hospitais públicos, nos últimos trinta anos a sífilis, a hepatite e a gonorreia voltaram a ameaçar o país. São cadáveres recentes, pessoas decompostas, atiradas às ruas durante a noite. Os cadáveres são saqueados por pessoas que usam capacetes de motoqueiros, herdeiros do primitivo movimento Black Bloc e do hoje pré-histórico Hell's Angels. Esqueletos cujas carnes foram devoradas por ratos e animais esfomeados. Moribundos sem esperança, seus parentes preferem se desfazer deles, porque quando morrem em casa não há serviço para levar aos cemitérios e os parentes sofrem sanções pesadas. Há famílias que preferem conduzir seus velhos, doentes, para as longas filas de autoeutanásia.

Os vagões, que percorrem os enferrujados trilhos que serviam os extintos trens de cargas, recebem os corpos que são levados a centenas de quilômetros daqui, sendo entregues aos treminhões que costumavam carregar cana-de-açúcar nas usinas falidas. Para onde? Tente seguir um comboio. Eles rodam continuamente e ainda se pode ouvir aqui e ali o lamento de moribundos que gemem debilmente. É a tentativa dos que se descobrem vivos e imaginam que podem se safar daquela montanha de corpos. Um dos muitos presidentes-fantasmas, como a população os chamava, porque jamais governaram, passou o mandato a se defender de processos, sabe-se lá há quantas décadas, o tempo deixou de ser medido, não tem mais importância. Pois bem, um daqueles presidentes obrigou todos a obedecerem aos preceitos elaborados pelos Comunicadores Aconselhantes, em remotas eras conhecidos como marqueteiros, raça inextinguível:

> *Não se entregue ao abismo, trabalhe.*
> *Não se deprima, reaja, enfrente.*
> *Não tente entender, cresça.*
> *Não atrapalhe, colabore.*
> *Não pense em depressão, acredite no mercado.*
> *Nossas cidades são belas, pura poesia.*
> *Para frente, Brasil. Siga.*

Os treminhões exalam cheiro nauseabundo. A população se habituou a carregar máscaras, usadas quando caravanas fecham cruzamentos. Nas laterais, adesivos gigantescos:

> *Esta caravana é um empreendimento do governo para o bem-estar da população.*

Impacientes, as pessoas buzinam, as caravanas demoram. A marcha é lenta, nada pode interrompê-la. Até quando vamos suportar esses trens? Pior são as composições especiais que transportam os mortos pela *Corruptela Pestifera*. A epidemia ocasionada pela corrupção dos parlamentos, do Judiciário, dos ministérios, das secretarias, das confrarias de lobistas, dos doleiros, dos empresários que negociavam leis, provocou uma doença incurável, pior do que o câncer, a gripe espanhola, a peste negra, a aids. Morrem milhares. As pessoas se dissolvem em uma gosma que exige vagões lacrados, semelhantes aos usados para gasolina, óleo diesel, etanol, produtos químicos ou radioativos.

Se um vagão radioativo descarrilar e vazar, o efeito será semelhante a Chernobil.[1]

Basta um contato com um corrupto, leve que seja, um sopro ou aspirar sem querer a respiração de um contaminado, para desencadear o processo em que se perdem membros, barrigas explodem, vísceras, cérebros e ossos se liquefazem, olhos saltam, dentes se desprendem das gengivas. Tomar um líquido em utensílio que tenha sido tocado por um corrupto pode ser fatal, começam os corrimentos, mesmo que se desinfete, seja lavado em água com detergente a temperaturas de mil graus.

A epidemia foi ampliada com a explosão dos esgotos que escoavam a merda, a bosta, excrementos, vômitos, urinas, excreções, dejetos, catéreses produzidas nos órgãos públicos, primeiro na antiga capital federal, depois na segunda, em seguida nas capitais sucessivas e enfim nas cidades comuns. Os esgotos produzem gases tóxicos, fatais. Os mortos são apanhados diariamente e levados para recônditos que ora me escapam ou me considero incapaz de revelar.

As leis que sustentaram as cidades limpas foram extintas pelos que agora se chamam gestores e por pressão das agências de publicidade, pela indústria e comércio. Banners descomunais cobrem fachadas, muros, vitrines: aluga-se, vende-se, passa-se o ponto, entrega do ponto sem luvas, rebaixa total nos aluguéis, nos contratos de locação, você dá o preço que pode pagar, cobrimos qualquer oferta imobiliária. Aproveite, queima total de espaços vazios.

Prisão e mortes marcaram a luta (frágil) da mídia que nada mais investiga, conformada com os contínuos impeachments gol-

---

[1] Para os que perderam o pé na História da ciência e da humanidade, depois que as pesquisas foram extirpadas com a extinção total do sistema de ensino: Chernobil – maior desastre nuclear de todos os tempos, com a explosão de um reator na União Soviética, próximo à Ucrânia, em 26 de abril de 1986, um ano após o Brasil ter reconquistado a democracia. Sou honesto, admito que perdi a noção do tempo. Aliás, todos perdemos. Chernobil devastada faz hoje parte do chamado Turismo do Terror e do Mórbido, há caravanas e caravanas se deliciando com lugares devastados pela radiação, terremotos, tsunamis ou pela extrema crueldade humana, como os campos de concentração ou regiões devastadas pelo Estado Islâmico e os países que sofrem fome extrema na África.

pistas, baseados na Constituição, o "livrinho", como é designado com desdém pelos Astutos. A Novíssima Constituição, em seu parágrafo primeiro, estabeleceu que o termo *político* fosse abolido dos dicionários, textos, discursos, livros, documentos, mídias, teses, manuais. A palavra *político* perdeu o sentido. Passou a ser sinônimo de sicofanta, ímprobo, desonesto, infame, pérfido, falso, mentiroso, sem moral e ética, corrupto, perjuro, mentiroso, bandalho, velhaco, biltre. Em seu lugar, deve ser utilizado o termo *Astuto*, com maiúscula, uma vez que para fazer leis é preciso sagacidade, juízo, engenho, esperteza, requinte, acuidade de visão, argúcia e acúmen. A palavra *política* pode ser escrita e dita quando significar ciência ou filosofia.

Constituição escrita e reescrita, feita e refeita, parágrafos retirados ou acrescentados, tem hoje 111 mil páginas. Demora anos – ou décadas – para se tomar uma decisão que satisfaça a qualquer corrente. Daí sermos chamados pelo mundo de "país dos eternos descontentes".

O Ultrassuperior Tribunal, também conhecido como Areópago Supremo, ao qual se recorre em última instância, está localizado em um prédio de granito negro, blindado, sem janelas, sem portas aparentes de entrada ou saída. Os juízes penetram por vias secretas que ninguém conseguiu verificar e igualmente saem por túneis que cada vez desembocam em uma vila, bairro, localidade, cujos nomes agora nos escapam. Vitalícios, apenas se sabe os nomes de tais juízes. Nunca suas fotos, idades, salários, sentenças foram divulgadas – porque cada um está a serviço de um grupo, partido, facção, legenda, empresa, multinacional – e seus computadores são à prova de hackers. Estes afirmam que tais computadores não existem.

> *Criando um pacote de bondades, o presidente atual deu um indulto (imediatamente rotulado de insulto pelos íntegros, que ainda sobrevivem) de Natal, colocando nas ruas centenas de corruptos que já saíram do país legalmente. O presidente recebeu milhares de garrafas do vinho Petrus, cujo preço de mercado hoje é de 42 mil reais, ou seja, 10 mil dólares a unidade. Distribuiu aos Astutos e garantiu a cumplicidade.*

O celular toca no carro. Andreato chama Felipe:

AO PISAR NA RUA, POSSO SER MORTO

— No seu lugar, eu sumia. Vazava rápido.
— O que há?
— Desligou o WhatsApp? Porrada de mensagens. Estão te pegando no pé.
— A mim?
— Corre uma história de que localizaram o criador da campanha Vada a Bordo e do vídeo da Nova Ordem Política Para Eleger Presidentes. Os dois têm sua digital. E tome pau! Te chamam de comunista, de homofóbico, gay, filhodaputa, ateu, filho de satanás, machista, defensor dos negros, amante das sapatas, trans. Te acusam de pertencer ao grupo d'Eles, de ser golpista, social-democrata, da banda da bala e da bíblia, racista, antissemita. Proclamam que você apoia o aborto, quer a volta da ditadura militar. Garantem que você é blasfemo, iconoclasta, destruidor da religião, renega a Deus. Te acusam, acima de tudo, de querer a liberdade de expressão!
— Tudo isso? Sou o demônio, o satanás, a Besta, o anticristo, o bicho ruim.

— Querem te matar. E matam. Não fisicamente, te arruínam.

— Caralho! O que faço?

— Não se exponha.

— Nem me lembrava mais daqueles vídeos. Têm quantos anos?

— Eu que sei? Alguém sabe em que ano estamos? Tudo corre tão depressa! Só sei que voltaram, alguém postou... Bilhões de acessos em uma semana só...

— Não tenho mais os vídeos. Você tem?

— Nem eu! Só que sei como resgatar. Você era bom. Daí a inveja que provocava, conseguindo tantos patrocínios. Só havia uma dúvida. Para quem você trabalhava?

— Era bom? Não sou mais? Trabalhava para mim, andava puto com tudo.

— Você sempre se achou! Acertava na mosca. Fazia de tal modo que os filhodaputas nem percebiam a ironia, a ferocidade. Era o campeão anônimo das redes.

— O Brasil perdeu o humor, esqueceu a zombaria. Me diz. Você consegue os vídeos?

— Vou fazer o possível. Um incêndio destruiu o prédio do Depdoc, Departamento de Documentação. Apesar de não terem créditos, alguém descobriu quem realizou. Te admiro e te acho filhodaputa. Uma coisa admito. Você não ficou rico, teve muito, gastou tudo, levou a vida.

— Há algum tempo, muita gente passou a me achar filhodaputa. Tem como me tirar das redes por um tempo?

— Não tivesse, não seria o melhor hacker do Brasil, estou conectado com o mundo. Ouça, vê se desaparece por uns tempos. Fecha tudo, apague.

— E a tornozeleira?

— Dou um jeito, anulo o sinal. Nem sabe quanto ganho fazendo isso para Astutos e empresários. No fundo, cara, tanta vigilância é fajuta, eles vão atrás de quem querem, odeiam. Agora, quer saber de uma coisa? O que corre? É que a maior parte dessas porras de tornozeleiras não funcionam há anos. Vivem desligadas, o efeito é psicológico. Espere! Esses sinos? Onde está?

— Esperando os comboios fedorentos passarem. Estou na porra de um sinal fechado. Me atraso e Clara me espera. Vou almoçar com ela. Me ligou. Disse que acabou, nosso relacionamento terminou.

— Me esqueci, caceeeeeta! Ela está puuuuuta da vida! Ligou cinquenta vezes, perguntando por você. Até que te aguentou muito, não acha? Que mulher você está perdendo. O que tinha de homem legal atrás dela.

— Se ela ligar, diga que estou indo. Que me espere, pense bem no que está decidindo. Confirme que meu celular ficou sem bateria.

— Celular sem bateria? Por que não usa os chips implantados no pulso? Você está ficando arcaico, amigo. Celular portátil você pode carregar em qualquer poste, bar, lixeira, caçamba de entulho, no cu de qualquer pessoa. Tudo tem tomada, Felipe. Até os sapatos vêm com bateria na sola para carregar celular, tablets, o que for de device. Você está doido.

— Tchau! Se estiver vivo, te encontro à tarde.

— Se estiver vivo?

— Posso morrer na esquina. Ao sair do restaurante, no cruzamento, ao entrar no meu prédio. Uma faca, uma flechada de um desembargador. Nenhuma pessoa sabe se continua viva no minuto seguinte.

— Você não está bem, amigo.

— Não aguento mais. Por isso nunca comprei uma arma. Se tiver uma, o cara encosta, atiro.

— Não é diferente de ninguém. Todo mundo no limite.

Os trens passam, vem o silêncio. Permanece o fedor, longo. Tristeza e desalento. Não aguento mais. Fazer o quê? Não tenho para onde ir. Pensar que basta terem descoberto que estive por trás de gravações que viralizaram como loucas, vistas e compartilhadas por milhões, traduzidas e vistas em 81 países, e sou colocado no índice d'Eles. E isolado, escorraçado, metido na lista negra.

> *Acabou o bronze de todas estátuas, lápides, placas, portinholas de mausoléus em todos os cemitérios do país. Roubado por grupos especializados.*

Sucessivas câmeras mostram o carro de Felipe atravessando sinais vermelhos, ultrapassando velocidades permitidas, chegando ao restaurante, Clara na mesa junto à janela.

VIVER UMA SOLIDÃO QUE VAI E VEM

— Ficou louco? Quase matou o manobrista.
— Por causa do meu atraso. Peguei duas caravanas de mortos.
— Daí esse fedor na sua roupa?
Clara tapou o nariz, enojada.
— Podia ter me ligado, tomado banho, se trocado.
— Ir até em casa me atrasaria mais. Você ficaria puta.
— Puta? Mais do que puta. Puuutííííssimaaaaa! E deprimida pra caralho! Tomei uma garrafa de vinho enquanto esperava. Mas tomaria dez e esperaria o dia inteiro para dizer o que vou dizer! Esperaria uma semana, um ano, a vida. Achei que nem viesse. Com você nunca sei nada.
— Por isso a porrada de mensagens no meu celular?
Clara pediu outro Chablis gelado, seu preferido. Sufocada pela dor, desabou.
— Terminou! Entendeu? De uma vez por todas!
— O que terminou?
— É nosso último encontro.
Felipe estendeu a mão, Clara afastou a dela. Mas gostaria de ter deixado.
— Ouviu? Acabou, fim.
— Terminou? Entre nós?

— Não, entre mim e o papa. Eu e aquele gari venezuelano, ou haitiano, que limpa a rua ali. Eu e aquele cachorro cagando na calçada. Saaaaco! Terminou entre nós. Quem mais? Está chapado?

— De repente?

— Quem disse?

— Marcou o encontro para isso? O que fiz?

— O que não fez. Esta noite me virei na cama, coloquei a mão no travesseiro, você não estava. Como sempre. Imaginava acordar ao seu lado. Não estava no apartamento, foi embora sem dizer nada e deixou a porta aberta. Fazia frio, muito frio. Sentei-me na sala, enrolada numa coberta e decidi: fim. Quantas vezes mais teria de aguentar? Não saber o que você quer, quem é? Estar com você é viver uma solidão que vem e vai. Vai e vem.

— Não pode terminar assim uma história de seis anos.

— Que história? Seis? Oito, oito... oiiiiiitooo! Se não for nove...

— Nosso namoro.

— Namoro? Nove anos e ainda é namoro? Só faltou dizer paquera.

— Nosso caso.

— Caso? Você é odioso... Gagá...

— Velho? Sou um velho para você?

— Você me usou, sempre. Não passei de uma amante que você aproveitava quando era conveniente. Uma bocetinha boa. E sou mesmo. Você não dava conta. Acabou.

— Por que a maldade? É um casamento.

— Casamento? Ou uma união estável desestabilizada?

— Não acabou. Você não pode me deixar.

— Posso, é o único jeito. Você vive em um mundo de fantasia.

Felipe treme, pede um dry martini. Clara tranquila, seus olhos fuzilam.

— Olhe para mim, Felipe.

— Não quero ouvir. É um sonho. Estou dentro do seu sonho, não acordei.

— Lá vem você com essa história de invadir meus sonhos. Põe o pé na terra.

— Estou ouvindo.

— Só que não está entendendo. Terminou.

— De uma hora para outra?

— De uma hora para outra? Não percebeu? Os homens precisam tudo dito, escrito, assinado. Não entendem sutilezas. Não percebem variações do olhar, da pele, cheiros, tremores pelo corpo, marcas visíveis. Não sentem a diferença nos toques, os lábios tremendo, a respiração, a bocetinha seca?

— Dê o motivo, tem de haver um motivo.

— Não grite, estamos no restaurante!

— Foda-se o restaurante, quero uma explicação.

— Olhe as câmeras.

— Fodam-se as câmeras. E nossos projetos?

— Projetos? Nunca houve nenhum.

Ela sente a cólera subir, ele se repete. É o jogo dele, repetir tudo, como se nunca entendesse.

— Como queria que terminasse? Podia ter mandado um e-mail. Ou um WhatsApp, é cômodo. Terminar pelo Twitter. Pelo Instagram. Os homens preferem mensagens a distância. Para não olhar cara a cara.

Quando usa o sarcasmo, ela desmonta. Felipe, pregado na cadeira, toma o dry martini de um gole, pede mais dois.

— Você é dura! Qualquer pessoa normal precisa saber por que está sendo chutada.

Clara toma um gole de vinho. Os olhos em chispas.

— E você se acha normal? Por quê? Por todos os finais de semana, feriados, sei lá mais, em que me deixou sozinha, olhando o telefone, sacudindo o celular para ver se não estava quebrado. Desesperada, imaginando que a bateria estava descarregada. Esperando e comendo sozinha uma pizza fria, um sushi sem gosto no fim da noite. Eu ligava, dava caixa.

— Não vem não! Foi um ou outro fim de semana.

— Um ou outro? Sua calculadora está fodida. Como tua cabeça. Sem falar nas ânsias, depressões, inseguranças, euforias. Montanhas-russas gigantes que aguentei. Te amava.

— Se isso aconteceu, foi uma vez, duas.

— Por prometer tanto e não cumprir nada! Mas o pior foi ter usado naquela campanha todos os meus textos. As cartas e bilhetes que te mandei por computador durante anos. Uma campanha brilhante premiada pela originalidade. Não tive nenhum crédito. Mau-caráter. Não te matei porque Marina me segurou. Entrei em depressão, você nem soube.

— Admito. Foi sacanagem. Mau-caráter, confesso, me envergonhei. Vacilei, exagerei, foi necessidade, desespero. Nada me vinha à cabeça. Nem sabe como me odiei.

— Sei, tem esses brancos. Convenientes. É? Se odiou? Mas passou logo. Se odiou... Como acreditar? Muitas vezes Marina me disse que você é bipolar. Ela até viu uma palavra esquisita em um filme, parasomnia...

— Parasomnia? Isso é bom, ruim, o quê?

— Para mim, você é um fingido. Vá se tratar. Tive de aguentar tudo, sempre. Faz tempo que não acerta uma, vem fechando portas.

— Lembra-se? Quis te repassar o que ganhei. Tudo, tudo.

— O dinheiro resolvia? Porra, não era dinheiro! Chorei semanas. Você simplesmente viajou. E a barra que aguentei quando sua mulher morreu?

— Foi triste para ela. Viu-se esvaziada em cirurgias que a mutilaram. Arrancaram tudo de dentro dela, pedaço a pedaço, órgão a órgão, metástases por toda a parte.

— Não pense que vou chorar... Nem uma lágrima. Ouvi isso mil vezes... Achei que, depois daquela morte, você viria para mim. Preparei-me para aguentar a barra, te dar força. Você não veio, me cozinhou em banho-maria, foi embora, numa longa viagem.

— Estava confuso, vivermos juntos seria um caos.

— Quer saber? Te odeio.

Felipe toma o segundo dry martini. Pede outro, gosta de imitar Ernest Hemingway, na resistência ao álcool, nas atitudes, no tamanho.

— Não pode ser! Essa conversa não existe. Você não está bem. Vamos ter outro encontro com você mais calma.

— Nunca estive melhor. Sinto-me aliviada. Uma coisa, mesmo com dor, está resolvida. Você. Faltavam duas decisões.

— Sou uma. E a outra?

— Deixar a agência, me demitir, antes que me demitam. Ter esse prazer de dizer não, apesar de saber que nunca mais vou ter emprego. Sair com dignidade, o que não existe mais nesta terra. Quero tirar um ano sabático, cansei de viver com a angústia me sufocando a garganta.

— Ano sabático, meu amor? Neste país os anos estão se tornando vidas sabáticas.

— Não me chame de amor. Nunca mais! Me enchi da agência, tive um colapso. Este semestre foram 27 demissões. Estou cansada da insegurança, do medo a cada minuto de ser chamada ao RH. Exausta, meu corpo dói quando entro no trabalho. Todo mundo tem alergia, não se sabe a que, olhos inflamados, dor de estômago, uma merda qualquer. Está no ar. Receio me roubarem, já me levaram a bolsa no restaurante cinco vezes, clonaram meu cartão de crédito. Uma foto nua que te mandei, depois de uma linda trepada, acabou na internet...

— Me hackearam. Fui salvo pelo Andreato, que apagou tudo.

— Confia naquele cara? É um calhorda igual a todo mundo. Não está fácil. Estou explodindo.

— Você vai chorar, explodir, se deprimir. Depois tudo volta ao normal. Vou te dar um tempo.

— Você me dar um tempo? Vá a putaqueopariu, Felipe!

— Acalme-se, Clara. Assim não dá!

— Um dos problemas é que tudo sempre foi do seu jeito. Você pulou de uma revista para outra, de uma agência para outra, fazendo roteiros de comerciais nunca filmados, propondo séries...

— Que nunca conseguiam patrocínio, foram fechando tudo ao meu redor. Fecharam todos os canais para a cultura.

— Não entendi quando topou ser Comunicador Aconselhante – lá atrás conhecido como marqueteiro – de alguns Astutos. Até a sigla era ruim. Imagine, a pior das profissões, tudo farinha do mesmo saco. Se vendendo a um, hoje, amanhã a outro, oposto. Felipe, você não era aquilo!

— E como viver?

— Te aguentei quando você estava bem mal, sabia que estava sendo pago para mentir, enganar, chantagear, dizer aquele monte de cafajestadas, sacanagens. Foi uma enorme desilusão, Felipe.

— Tinha chegado ao fundo, precisava ficar de pé.

— De pé? Ou de joelhos? Mas houve um momento em que você acertou. Foi uma glória, te admirei. Naquele vídeo sobre os milhares de presidentes, que ficou célebre, mostrou a verdade. Foi dos poucos. Os bons te reconheceram, você estava do lado certo. A coisa mais política, no bom sentido, você desmascarou a engrenagem que enrolou o povo por décadas e décadas, anestesiando. Aquilo foi o lado certo.

— E o que era o lado certo?

— Aqueles vídeos e memes foram seguidos por milhões. Milhões. Você ficou famoso. O célebre da internet. Desmontou os caras. Ninguém tinha conseguido contar o processo. Ninguém sabia como funcionavam as coisas, apenas admiravam como eram feitas, by the book. Foi do cacete. Aquele vídeo sumiu, desapareceram com ele. E sua cópia? Esse foi o mistério. Você devia ter uma cópia. Nunca mais apareceu... E pensar que curtiram até nos sacanas dos organismos internacionais...

— Vídeo que me fodeu.

— A melhor coisa que você fez. Me deu orgulho.

— Me fechou todas as portas.

— Você acreditava, jogou tudo, foi elogiado.

— E fiquei na mira, perdi patrocínios, comerciais. Eles dizem que sou do Eles. E os Eles me acusam de ser um dos Nós. Fui perdendo clientes, amigos se afastaram, essa política distanciou, dividiu, polarizou todo mundo. Recebo ameaças, me acusaram de ter liderado nas redes a questão do FORA, GOLPISTA. Você também esfriou comigo.

— Retire-se? Lembra o slogan que usou? Não foi original, era coisa lá do comandante italiano, tantos anos atrás. *Vada a bordo, cazzo!* Obra-prima. Não havia passeata sem ele. Hilário. Golpe de mestre! Você foi se afastando, pensei que ia aguentar o tranco, tinha feito por idealismo, mas o idealismo era uma casca... Foi carreirismo, engano...

— Pare, Clara. Não é nada disso. Estamos jogando conversa fora... Espere, burrice minha, sei tudo. Como sou tapado.

— Sabe o quê?

— Esse fora que está me dando. Você tem outro! Tem outro!

— Outro? O que pensa que sou? Que saio por aí dando? É isso ser um homem? Pensar assim?

— Claro que tem outro.

— Não grite, olhe as câmeras... Outro? Todo homem quando leva o pé pensa no outro. É a primeira coisa. Não tem ninguém. Ontem, no começo da noite, me bateu um vazio. Tudo foi varrido de dentro de mim.

— Fui varrido?

— Foi o primeiro, abriu a comporta. Você bloqueava o caminho. Depois, não sobrou nem um pingo. Até o volume morto foi esgotado.

— Vamos dar um tempo!

— Dar um tempo? Agora sim. Está doido, coisa muito velha. Apodreceu. Só falta falar em amizade colorida. Dar um tempo?

— Ou é melhor discutir a relação?

Ela deu uma gargalhada.

— Discutir a relação? Melhor dar um tiro na cabeça. Eu disse, te odeio! Discutir a relação? Ficou fora de si? Aliás, está todo mundo fora de si, todo mundo contra todo mundo, pessoas se matando, polícia matando. Dá medo andar na rua, olhar para uma pessoa. Cada dia mais tenho vontade de sumir. Talvez vá para Morgado.

— Morgado? Aquele cu de mundo? E acha que vou com você?

— Pelo amor de Deus! Você acabou de sair de minha vida. Ainda não entendeu?

Felipe levantou-se, tremia:

— Não houve nenhum momento bom entre nós dois? Nada, nada? Não existe uma imagem, um passeio, qualquer coisa que tenha sido boa e afetuosa?

— Há uma lembrança especial. Aquela viagem que fizemos à Islândia, naquele frio filhodaputa, em que fomos fazer snowboard nas geleiras, nos glaciais. Uma coisa mágica. Éramos dois loucos, topávamos cada uma. Lembro-me de você no alto, empurrado por um vento geladíssimo, eu com um medo terrível, pavoroso. Ao mesmo tempo fascinada, apaixonada. Você me fazia rir. Foi um puta momento, de aventura, nós dois arriscando a vida, naquele gelo, país mais louco, momento mais louco, aquele era você, transgressor, tentando tudo, levado pelas minhas loucuras. Você gostava de minhas doideiras, como dizia. Saímos dali enregelados e, no quarto do hotel, com o aquecedor a toda, morríamos de calor, suávamos, transando, e ríamos. Como ríamos... Depois, você secou...

Clara tinha lágrimas nos olhos. Felipe estendeu a mão em direção ao rosto dela, como que desejando tocar as lágrimas, ela jogou a cabeça para trás:

— Não me venha, te conheço.
— Não podemos continuar a ser amigos?
— Nem pensar!
— É ódio o que sente por mim?
— Sentisse ódio, seria um sentimento. Sabe o que me tornei? Uma bomba! Pronta a estourar. Você montou essa bomba, grão a grão de pólvora, milhares de chumbinhos. Explodi junto com você. Nossos estilhaços estão misturados.

Clara levantou-se, deu dois passos, voltou-se:

— 4 ¾ de beijos para você.
— O quê?
— Dois milionésimos de um beijo para você. É o que merece.

Deu uma gargalhada sarcástica e sumiu. Aturdido, ele se perguntou o que ela queria dizer. Sabia, mas o sentido lhe escapava. Ele rodou entre os dedos a rolha número 021 284 79 de um Chablis. Ia mostrar a ela, talvez se lembrasse do L'Epicurien, na Provença, ia se comover. Havia uma canção. "Venha, baby, acenda meu fogo/ Venha, baby, acenda meu fogo". De quem, de quem? Fazer o que agora? Beber? Sair? Andar sem rumo? Tivesse coragem de se drogar. Coisa do passado. Sem vontade de chorar. O nada era isso. A cabeça mexida. Colocar o pé no chão. Em que chão? No desse país? Que país? Tudo parecia estar perdendo o significado.

A televisão do restaurante noticiava que em Copacabana, avenida abandonada no Rio de Janeiro, um homem saiu esfaqueando, feriu 32 pessoas. Reclamações cada vez mais constantes vêm de vários pontos, alertando para um estranho e sutil cheiro de gás no ar, cuja procedência não se sabe. Deixa as pessoas lentas. Atribui-se aos esgotos que explodem. Como não há mais Ministério da Saúde, as denúncias caem no vazio. Uma engenheira que levava o pai para ser operado foi assassinada por ladrões em um cruzamento. Uma grávida foi morta, seu ventre aberto com gilete e o bebê roubado. Balas perdidas já mataram 47 pessoas em uma semana. Jovens grã-finos continuam a apostar quem estoura mais champanhes de 2 mil dólares nas praias exclusivas de ricos em Santa Catarina.

Ao se levantar, Felipe sentiu tontura, apoiou-se na mesa. O garçom se aproximou.

— O senhor está bem?

Disse que sim, respirou fundo, o garçom estendeu um copo de água gelada. Foi acompanhado até o carro.

— Como vim parar aqui? Onde estou?

Meia hora depois partiu.

> *Andreato enviou para Felipe esta gravação, encomendada pelo antigo senador, hoje Astuto, que renunciou e pretendia usá-la, não se sabe como. No entanto, jamais foi vista, comentada, compartilhada. O Astuto teria recebido uma mensagem de Altivo Ferraz, a quem se atribui tudo, e teria se refugiado em uma cidade que se chama Votuporanga, cidade das brisas. Mas boas pessoas já o expulsaram de lá. O senador deixou o cargo, temeroso de sumirem com ele. Estava agora com doze centímetros de altura, tamanho de uma boneca, e vivia aterrorizado, queria recuperar seus antigos um metro e setenta e seis.*

TIGELA DOURADA CHEIA DE ESCORPIÕES

Garantiu o renunciante:

— Há uma história, que os aliados do poder procuram esquecer e sepultar, acusando de fake news, fábula, anedota, dizem mesmo que é metáfora (o que apenas três Astutos na casa sabem o que é), datando ainda da época das prisões e delações da famosa e extinta Lava Jato, série de processos que desmascararam a política corrupta de negociatas e transações ilegais, ainda que permitidas por larga época, cuja sangria foi estancada, abrindo caminho para os atuais governos do país. A verdade é que eu, um dos únicos três daquela casa da lei que sabem ler, escrever e assinar o nome, subi à tribuna para renunciar ao mandato e me despedir, enojado com os esquemas praticados dentro daquela casa, ainda em Brasília, na época segunda capital do país. Não estamos contando aqui com Salvador, que se manteve como capital entre 1549 e 1763. Assim, Tomé de Sousa foi o primeiro governador-geral do país, sob ordens do rei de Portugal. Depois veio o Rio de Janeiro. Fui à tribuna para dizer que me despedia, porque via aquela cidade assim como o geógrafo árabe Al-Muqaddasi tinha definido a cidade de Jerusalém, em sua época: "Ela é para mim uma tigela dourada cheia de escorpiões". Tomei dele o refrão e anunciei: Brasília, uma tigela cheia de escorpiões. Tumulto, revolta, insultos, agressões. Levado à Justiça por todos os Astutos, em centenas de processos individuais, fui obrigado a revelar quem era o geógrafo árabe, queriam saber onde morava, o e-mail e o CPF, o Facebook, o WhatsApp. O homem foi imediatamente vilipendiado pelas redes sociais. Pediu-se a sua extradição, deveria ser mandado de volta a Jerusalém. Foi então que, levado ao Porão do Palácio, delatei ou revelei que محمد بن أحمد شمس الدين المقدسي, em árabe, ou Muhammad ibn Ahmad Shams al-Dīn al-Muqaddasi, em português, também conhecido como Al-Maqdisi, tinha vivido entre 945-46 e 1000. Foi um notável geógrafo árabe e dos mais influentes cientistas sociais do mundo islâmico de sua época. Sua obra máxima é *Ahsan at-Taqasim fi Ma'rifat il-Aqalim*. Sorriram amarelo e me proibiram de contar isso à imprensa.

> *Há muitos anos nosso país vive tentando compreender a frase dita por um Astuto habilíssimo, chamado o Maquiavel deste novo milênio, há muito falecido, cujos atos polêmicos, contraditórios, definidos como obscenos pelos bons analistas, assombravam a população. Talvez hoje, com todo equipamento tecnológico existente – usam--se até múmias pré-históricas como provas em julgamentos – possa se compreender e esclarecer o espanto que atormenta gerações. A frase misteriosa é: "É muito importante continuarmos assim, deixarmos como está". Foi dita na linguagem cuneiforme.*

Hackeando, Andreato penetra nas câmeras e no computador de um interrogatório em delegacia da periferia, grava e envia para Felipe:

PROVOCAM DESEJO, DEPOIS RECLAMAM

Autoridade sexagenária interroga jovem de dezesseis anos que acaba de ser estuprada.

— Onde se deu a ocorrência?

— Ocorrência? O que que é isso?

— Onde aconteceu o suposto estupro que a senhorita está querendo denunciar?

— Suposto? Não. O sujeito me pegou mesmo num terreno na esquina de casa e abriu as minhas pernas à força, me machucou toda.

— A declarante nada provou, portanto é suposto. Nesse terreno havia luz?

— Por acaso tem luz na periferia?

— Está me desacatando? Eu é que estou interrogando, a senhorita limite-se a responder. Tem luz?

— Não, não tem luz no bairro inteiro. Quebram todas as lâmpadas dos postes.

— E o que a senhorita fazia num terreno sem luz? Provocava, certamente.

— Tinha de passar por ali, ia ao encontro de minha irmã. Íamos a uma balada.

— Balada, é? Entendi. Sei a balada que você procura. E usava essa roupa?

— Sim.

— Anote, escrivão, que a ré, uma negrinha, até me parece sapata, usa uma saia mínima, exibe pernas, grossas e sensuais, com tatuagem, sim, com tatuagem, leva uma blusinha que deixa a barriga exposta, e saltos altos. Provoca. Atiça os homens, depois reclama.

Escrivão intervém:

— Ela não é ré, meritíssimo, veio denunciar, é denunciante.

— Escreva como determino. Não conteste uma autoridade de minha lavra ou será denunciado à corregedoria por essa falta. Ela é ré.

Jovem entende e questiona:

— Sou a culpada? Fui agredida, violentada, e sou culpada?

— Quem provoca é. Olhe a sua maneira de se vestir. Sem recato. Você atraiu o estuprador, aguçou o desejo sexual, incitou ao crime. E o pobre homem é que tem a culpa? Você quis ser violentada. Não tem moral, não tem educação, não tem nada, é perdida, pervertida, rameirinha vagabunda.

— O que é rameirinha?

— É puta! Sua sem-vergonha. Carcereiro, leve essa prostituta, rameira, meretriz, marafona, para o xadrez. Algeme. Sem-vergonha, o que pensa, menina? Provoca e quer fugir?

Carcereiro:

— Vou comer essa putinha lá embaixo!

EM FESTA DE RATO NÃO SOBRA QUEIJO

Faixa monumental erguida em frente à Câmara Alta, a dos soberbos, na capital, o ano me escapa.

> *Jovens negros, mulheres e moradores da periferia têm 73% a mais de chances de serem assassinados e estuprados.*

CÂMERAS COPIAM OS VÍDEOS RESTAURADOS NO ESTÚDIO DE ANDREATO, HACKER QUE RESOLVE TUDO. COMO SE SABE, HOJE CADA UM TEM SEU HACKER PRIVADO, ASSIM COMO ENTRE OS ANOS 1950 E 1970 HAVIA O CONTRABANDISTA DE UÍSQUE ESCOCÊS; O TRAFICANTE QUE MARCAVA ENTREGAS EM PONTOS DIFERENTES E LONGÍNQUOS; O FORNECEDOR DE LSD; O CIRURGIÃO PLÁSTICO QUE RESTAURAVA HÍMENS; A CAFETINA QUE AGENCIAVA MENINAS DE COLÉGIOS OU MULHERES DE PROGRAMA, SÓSIAS DE ATRIZES FAMOSAS, PARA EXECUTIVOS, EMPRESÁRIOS, HOJE CEOs, BANQUEIROS. EM DÉCADAS POSTERIORES VIERAM O DOLEIRO PARTICULAR; O TRAFICANTE DE DROGAS DELIVERY; O NEGOCIADOR DE DELAÇÕES – O QUE FIZ DE ERRADO E O QUE FUI OBRIGADO A FAZER? –, O ENTREGADOR DE PROPINAS EM CAIXAS DE SAPATOS, MALAS E PRINCIPALMENTE EM MOCHILAS; O LOBISTA SECRETO; O ASSASSINO DE ALUGUEL.

ENIGMA JAMAIS SOLUCIONADO DA HUMANIDADE

— Felipe, te cuida, não facilita. Aqueles vídeos estão bombando.

— Obras-primas.

— Para quem? Para os de cá, os Nós? E os Eles? Esqueceu? Acha que gostaram de terem sido expostos? Querem te comer o rabo.

— Só mostrei o que acontece.

— Quem quer saber do que acontece? Ou saia metendo o pau em tudo ou envie postagens estúpidas com cachorrinhos, pratos caros, animais de estimação, tendências de moda, frescuras, bocetas depiladas. Acorda, amigo. A qualquer momento, batem na sua porta.

— A Federal?

— A Federal, o CSI, o FBI, a Polinter, a Interpol, Scotland Yard, a KGB, a Stasi, Marlowe, Poirot, o inspetor Maigret...

— KGB? Stasi? Isso é passado, coisas que acabaram. Só historiadores lembram.

— Tudo que a gente pensa que acabou renasce, fica congelado na história. Olha a censura, o medo, as patrulhas, a inquisição!

— Inquisição?

— Espere só para ver a força dessas igrejas novas, o dinheiro que movimentam. Preste atenção nos tais Movimentos de Rua Pelo Brasil Democrático Avançando. Olha em volta! Ataques a exposições, filmes, teatro, homofobia, exorcismos pela televisão, o medo de Satanás...

— Os vídeos! Você consegue?

— Tudo se recupera no mundo tecnológico. Até um peido que você deu na infância vem com cheiro.

— Será que recupero o amor de Clara?

— Tira da cabeça! Marina, aquela amiga da qual ela não se desgruda, me disse que Clara nem pode ouvir teu nome.

— Os vídeos.

— Vai dar trabalho. Estão em algum arquivo nas nuvens. Sabe como sumiram? Veja só, as coisas somem quando interessam a Eles. Fui hackeado. Não é irônico? Um hacker hackeado!

— Vai conseguir ou não?

— Só quero lembrar, Felipe, que é foda. São centenas de papéis, o lobby dos cartórios é eterno, um país que não se move, medieval. Pedem até carimbos, imagine. Carimbos no final deste século. Vou apelar para a Lei de Translucidez, antiga da Transparência. Funcionários públicos demoram, há níveis variados de propinas. Vai ouvindo o velho Luiz Gonzaga, "O último pau de arara": "A vida aqui só é ruim/ Quando não chove no chão/ Mas se chover dá de tudo/ Fartura tem de montão/ Tomara que chova logo/ Tomara, meu deus, tomara".

Quatro horas depois:

— Consegui.

— Demorou pra caralho!

— A gravação é ruim, estragou nas transcrições. A tecnologia de ponta em nosso país é a pior do mundo, cara. Lenta, sujeita a qualquer tipo de hacker, como eu. A gravação é defeituosa, faltam palavras, cenas. O texto, pelo que se sabe, foi traduzido para não sei quantas línguas, do inglês ao quíchua, sindi, decani, panjabi, cearês, akan, curdo, e para as gírias de todas as favelas nacionais – mais de 20 mil, contando apenas as de grande porte, com mais de 100 mil habitantes... Olha aí! Já mandei.

Felipe abriu o arquivo. Gravações, semiarruinadas pelo muito que foram vistas/ouvidas por advogados, procuradores, desembargadores, advogados de acusação e defesa, ministros e juízes. Informações superficiais, às vezes confusas, do mesmo teor que as hoje chamadas Decanas Gravações Obtidas no Porão do Palácio do Governo em passado remotíssimo, que todos preferem não citar.

O narrador:

O Brasil foi catalogado entre os grandes enigmas de todos os tempos. Um desafio. Mistérios como a mente inacessível dos juízes; a existência da Atlântida; a realidade do sorriso da Mona Lisa; a vida depois da morte; as vozes gravadas no além; as duas notas dissonantes jamais percebidas na *Sinfonia número 4 – Opus 60*, de Beethoven; o cemitério das estrelas cadentes; por que neste país as pessoas importantes, gradas, com altos cargos, condenadas pela lei, nunca são levadas à prisão?; por que malas contendo milhares de reais em cédulas não são provas para a Justiça?; a bunda de um neném que despeja quando menos se espera; a queda dos cabelos dos anjos; as nevascas no deserto do Saara; o nascimento de crianças do quarto e do sétimo sexo e a verdade em torno da frase: "Duas coisas são infinitas: o universo e a estupidez humana".

Há ainda a conclusão, que tem provocado batalhas entre intelectuais de níveis variados, foco de intensas discussões nos útimos 34 anos, e tida por muitos como um axioma: a comprovação de que 91% dos Astutos brasileiros – lembrem-se, antigamente dizia--se *políticos* – nascem despidos de valores morais, éticos e ausência de pâncreas e vasos linfáticos. Mais do que isso, não têm alma e consciência.

Consultorias históricas de renome internacional, aliadas a brasileiros de bom senso, contrataram auditores e analistas, mas eles embarcaram de volta, exaustos e perplexos, confessando que não há conclusão. Desolados, afirmaram que, mesmo usando modernos métodos e toda a tecnologia de ponta, jamais definiram que tipo de povo o brasileiro é, como conseguiu formar uma nação, o que esse povo quer, como age e vive. São desconhecidos seus projetos e sonhos e por que mantém tanto humor, picardia, talento repentista, ironia e aceita tudo. Principalmente por que e do que vive.

Uma coisa é segura, todos vivem à espera do que vai acontecer, sabendo que nunca acontecerá. Vivem do que gostariam que acontecesse. Há cinco séculos espera-se e adia-se a transformação de estruturas populares.

Comprovou-se que, a partir de certa época, 87,5% de nossos Astutos passaram a nascer sem o DiCPF, ou aquilo que a ciência conhece como o Cortex Pré-Frontal Dorsolateral, cuja função é inibir os impulsos perigosos que nascem nas partes mais retrógradas, preconceituosas, anticivilizatórias e criminosas da mente, eliminando consciência, ética, moral, dever, fidelidade, probidade, responsabilidade, credibilidade e sociabilidade. A extinção do DiCPF foi obtida após pesquisas ordenadas pelo último Ministério da Saúde que existiu no país. Ausente o DiCPF, deu-se o surgimento da primeira classe de Astutos – sempre com maiúscula –, que efetuou a Reforma Profunda da antiga política.

Essa reforma começou com as dissidências dentro das legendas. Descontentes se retiravam, formavam um partido próprio. Ou três, quatro, sessenta. Assim que formadas, surgiam novas divergências, sob o lema: fazer política é enriquecer e ganhar cargos? Dessa maneira, os partidos foram se multiplicando como bactérias nocivas.

Foram criadas legendas e mais legendas, em tal velocidade que, em pouquíssimo tempo, havia mais de mil partidos. Então, cada Astuto sozinho criou sua plataforma. As plataformas e propostas diferiam das antigas em dois pontos, um ponto e vírgula, quatro interrogações, dois advérbios não fóricos, seis orações substantivas em função apositiva e duas letras maiúsculas quando tudo indicava que deveriam ser minúsculas. A primeira parte determinava: os direitos do povo serão sagrados. Em seguida, vinham 666 páginas de discussão sobre o que é o povo.

Como cada facção podia indicar um candidato à Presidência da República, a possibilidade gerou a cobiça desenfreada, de maneira que, quando se viu, havia no Brasil 1.080 partidos, com seus líderes ambicionando o poder máximo.

Repassando, o Brasil teve 1.080 candidatos a presidente da República. No entanto, pode haver mais. De um momento para outro surge novo partido, novo candidato, os números flutuam. Esses dados vieram do trabalho de um grupo que se debruçou sobre a estrutura da Reforma Absoluta e Definitiva, posta em movimento um mês depois do impeachment sucessivo de 113 presidentes.

Foram anos de pesquisas, nas quais trabalharam milhares de professores em disponibilidade após a extinção do Ensino. Quando o governo desistiu de manter o Sistema Educacional, alegando que, para haver liberdade e poder formar a cidadania que leva à verdadeira democracia, cada um deve estudar como quiser, onde quiser, o que quiser, como puder, se puder, foi erguido o Monumento Comemorativo ao Fim do Ensino, no mesmo lugar onde foi construído em 1945 um moderno Ministério da Educação, hoje um destroço entre as ruínas do Rio de Janeiro.

Aliás, no Rio de Janeiro, que agora faz parte da Grande Nova Maricá, tornado país independente, após um movimento de libertação, notam-se fatos auspiciosos. Recuperadas as praias de Copacabana, Leme, Arpoador, Ipanema e Leblon, que por anos tinham se transformado em lixões, dos quais viviam milhares de pessoas, a música voltou às noites, barzinhos são reabertos. Sabe-se que a cidade, muito bonita, belíssima, mais do que isso, maravilhosa, terra de encantos mil, foi capital do país antes de Brasília, antes de levarem o Distrito Federal para Cruzilia, em seguida Uiramutã, Ponta do Seixas, Santa Vitória do Palmar até chegar à atual, Mâncio Lima.

As constantes mudanças, com consequentes gastos astronômicos, se dão por motivo de segurança, após o fracasso da tentativa de transferir a capital do país para Miami, sonho de alguns gestores. Graças ao bom senso de Portugal, a proposta de fazer de Lisboa a capital de um novo Reino Unido foi igualmente repelida por lusos bem pensantes, com medo de o vírus *Corruptela Pestifera* invadir o país e se propagar pela Europa, que ainda discute o Brexit 19.

O que se sabe é que depois de sucessivos impeachments na história do país, a classe Astuta e parte da população tomaram gosto e passaram a apoiar um impeachment atrás do outro. Para os parlamentares foi um alto negócio. A cada pedido de impeachment, o presidente acuado passava a comprar os votos, disfarçados em emendas necessárias ao desenvolvimento da nação. O impeachment tornou-se o negócio mais rendoso, com ações nas bolsas de Nova York, Frankfurt, Tóquio, Pequim, Dubai, Boliqueime.

A coisa chegou a tal ponto que se decidiu construir a Arena do Impedimento. Foi erguido luxuoso edifício para votações, com apartamentos para repouso, restaurantes, motéis, spas, camarins para maquiadores e cabelereiros para tingir cabelos, e muitos bares e botecos, sinucas, lotéricas, cassinos, uma vez que a Arena é terra de foro privilegiado, território fora do perímetro alcançado pelas leis.

Nesse prédio, certa época, havia labirintos estreitos, pelos quais passava apenas uma pessoa. Cada Astuto seguia, ultrapassava uma catraca, entrava em uma saleta. Ali encontrava um pacote de dinheiro envolto em papel pardo, cada vez acondicionado de forma diferente. Eram os pagamentos, subornos, propinas – como se dizia – por emendas, votos, leis e projetos. Essas salas secretas tiveram inspiração naquilo que na era terciária remota ficou conhecido como o Porão do Tuiuiú, ou tuiuguaçu, ou do tuiupara, ou do tuim-de-papo-vermelho. Desconhecem-se os motivos da denominação. Os votos contra os impeachments de presidentes custavam verdadeiras fortunas aos cofres públicos, equivalentes a 12 mil malas com 6 milhões de cédulas novas da Casa da Moeda.

Estas também podiam surgir misteriosamente na casa dos Astutos na calada da noite, ou em dias de nevoeiro, tempestades de areia, sol inclemente em terras ardentes, quando ninguém sai às ruas, apenas cachorros e turistas ingleses.

Com o tempo, a maior parte dos Astutos perdeu a vergonha (também só usavam carros oficiais, triblindados, vidros negros), sumiram receios e temores, o medo da opinião pública e das prisões e os pagamentos passaram a ser feitos diretamente nos caixas drive-thru das lanchonetes das multinacionais, mediante senhas especiais, cobiçadas pelos hackers.

Para conseguir governar, cada presidente eleito recebe de imediato milhares de reivindicações de verbas, doações, obséquios, contribuições, vintenas, óbolos, espórtulas, gratificações, dotações, donativos, esmolas, recursos, dádivas, ofertas, tributos, o que seja, solicitadas por cada político, juiz, delegado, de cada estado, município, vilarejo, vila, comunidade, taba, povoado, capital, estância, arraial, aldeia, acampamento, quilombo, propriedade, lugarejo, condomínio, assentamento, subúrbio, antro, covil, viveiro, barracas de sem-terra, de sem-teto, de sem-emprego, de sem-vergonha, de sem-caráter.

Cada localidade/modalidade/gênero humano exigiu um representante na Câmara Alta. Assim, ganharam partidos os brancos, pardos, mulatos, amarelos, albinos, pretos, afrodescendentes, anões, verticalmente prejudicados, índios, padres e pastores, héteros e gays, lésbicas, virgens, semivirgens, banguelas, portadores de fraldas geriátricas, transexuais, assexuados, loiras, juízes, portadores de lábios leporinos, surdos, semigrávidas, mudos, surdos-mudos, diplomatas encanecidos, deficientes físicos e mentais, analfabetos, portadores de micro e macrocefalia, dores lombares, incontinência verbal, fecal, urinária, portadores de gonorreia e também os da doença de Huntington, o que se possa imaginar. Sem esquecer o número cada vez maior de indesejáveis, e agregados e associais, categorias nas quais você pode entrar de um momento para outro.

Por anos foram memoráveis as manifestações de rua compostas pela facção do Nós, em oposição aos Eles, havendo divisões como os Estes, os Aqueles, os De Cá, os De Lá, com banners, trios elétricos, kombis, memes, redes sociais, grafites, jingles, faixas de algodãozinho (os mais primitivos e pobres, os agregados), fuscas, bikes, vans, Porsches, Ferraris, Aston Martins, faixas, bottons, distribuição de sanduíches de mortadela, de salaminho, quentinhas com lagostas e escargots ou couve, linguiça e torresmo.

Essa a razão pela qual há 1.080 partidos e, portanto, também há 1.080 Astutos na Câmara Alta. A curiosidade é que existe presidente, mas não há vice. É o único país do mundo em que não há vice-presidente. Por causa da chamada Maldição do Vice, mistério que remonta ao final dos anos 2010. Há um medo terrível do vice, ninguém quer ser. Autores que se dedicaram ao estudo dessa maldição morreram misteriosamente de AVC, HPV, infartos, variados tipos de câncer, *Corruptela Pestifera*, lepra, hemorroidas. Assim como os antigos arqueólogos que no Egito abriram as tumbas dos faraós e acabaram morrendo, punidos pelo sacrilégio feito aos deuses.

Acrescentem-se os suplentes, os assessores dos Astutos e os agregados dos suplentes. Daí as centenas de megaedifícios construídos para abrigar a multidão de apaniguados, como assessores de imprensa, de imagem, personal stylists, personal trainers, médicos, dentistas, proctologistas, dermatologistas, homeopatas, assistentes financeiros, jurídicos, penais, leitores. Custaram uma fortuna, as estatais financiaram por meio do sistema de propinas Caixas 18, 23 e 27, legalizadas pelo Areópago.

O que se sabe é que a capital é um reduto protegido, vigiado. Os Astutos ali nada sabem do país. Não ouvem noticiários, não leem mensagens, o país não interessa a eles, a capital é uma ilha. Saliente-se que, a certa altura, o povo (seja o que quer que signifique), desiludido, passou a fazer pouco de tudo e de todos. Veio o afastamento das eleições. Abstenção total ou votos nulos ou em branco. No dia do voto, as salas ficavam às moscas, os mesários dormiam, o povo ia para as praias, spas, cassinos, bingos, concursos de videogame, casas de campo, Bariloche, Aspen, Mônaco, Creede.

Chegou-se a tal ponto que um dia houve 100% de abstenções e em lugar de ficarem indignados, buscando saber a razão, os membros do Areópago Supremo, que reúne os juízes da mais alta categoria, decidiram que a melhor solução seria o voto entre eles, nomeando o presidente. Afinal representavam o povo. Novos conchavos, confabulações, negociações. Venceu a proposta de se cancelarem as eleições e se escolher o presidente por turnos de 47 dias. Mal empossado, o presidente é processado por um tribunal. Por necessidade de transplante de cérebros já foram afastados 219 presidentes. A altura mínima de um presidente é, por lei, onze centímetros.

Sabe-se que desde o 113º impeachment, quando alguns juízes foram mortos pela multidão furiosa, construíu-se um novo Areópago, de granito negro, que poucos sabem onde se localiza. Sabe-se que há dezessete anos não se vê um único juiz dessa suprema casa. Não há fotos deles, para que possam viver uma vida normal.

Por outro lado, tornou-se impossível promover campanhas eleitorais, uma vez que não há mais uma só empresa, construtora, empreiteira, multinacional, termoelétrica, investidora financeira, laticínio, granja de pintos de um dia, engarrafadora de caldo de cana, fabricante de palitos de dente de plástico, de carta de baralho, iogurtes, orgânicos, biscoitos de polvilho, sacolés, bancos, lotéricas, pipoqueiros, apresentadores de cruzamentos, ensacadores de carvão para churrasco, food trucks, empórios, quitandas, padarias, feiras livres, falsificadores de águas minerais, assopradores de camisinhas para transformar em balãozinhos, lavadores de carvão, enxugadores de gelo, limpadores de cu, produtores de saquinhos plásticos para apanhar bosta de cachorro nas calçadas, fabricantes de cachimbinhos de crack – faturam uma enormidade –, impressoras de boletos de jogos lotéricos (são mais de 40 mil jogos federais, estaduais, municipais, sem contar os ilegais), adulteradores de imagens sacras roubadas de museus e igrejas de Minas Gerais e da Bahia para serem entregues a receptadores, que se arrisque a contribuir, uma vez que os Sacro Tribunais Eleitorais vivem atentos, investigando as maneiras de chegar ao dinheiro que sustenta as bases políticas e as gastanças. O lema "siga o dinheiro" foi substituído por "siga o delinquente".

Sabe-se que o dinheiro vem de formas nebulosas, misteriosas, labirínticas. Entre a extinta Brasília e Uberaba, em Minas Gerais, foram construídas centenas de apartamentinhos térreos, cada um pertencente a um político, nos quais, de tempos em tempos, aparecem misteriosamente malas com cédulas novas que não se sabe de onde vêm, nem para onde irão, uma vez que se determinou que malas não são provas suficientes para processos.

O país parou. Mal há tempo para um presidente ser empossado. A cerimônia de posse demora dois dias, as festas são exuberantes, decreta-se feriado nacional, de modo que na realidade cada presidente governa por apenas 37 dias. Logo vem uma tarefa insana, a de desnomear os indicados pelo antecessor, analisar os pedidos de cargos públicos, receber as propinas dos indicados e dos indicadores, e renomear, fazer reuniões para organizar o primeiro, segundo, terceiro, quarto, quinto, centésimo escalão, e seu tempo está terminado.

Muitos entregam o governo com semanas de atraso, de modo que hoje ainda faltam 360 presidentes – o que significa um período de quarenta anos – até completar o círculo de 1.080 e se retornar à base. Quanto aos ministérios, vão se arranjando, fazendo aqui, ali, todo mundo se esqueceu deles, importante é sentar-se na cadeira presidencial. Cada presidente, assim que assume, comunica ao povo que o governo anterior dilapidou o erário, o mesmo tendo feito o anterior do anterior, e o anterior do anterior do anterior, até chegarem ao descobrimento e acusarem Portugal, cujo governo se indignou.

Para obter o silêncio e calar as manifestações de rua, criaram leis, distribuindo Bônus Filhos Legítimos, Bônus Indigentes, Bônus Loucos de Pedra, Bônus dos Brochas, Bônus Avós Mais Queridas, Bolsas Velhos Gagás, Bônus Compadres, Bônus Filhos Bastardos, Bônus Amantes, Bônus para Bundudas, Bônus Beijinho no Ombro, Bônus Chupa-Pau, Bônus Bocetinhas de Ouro, Bolsa Ex-Sogras, Bônus Filhodaputas, Bônus Cornos, Bônus Adúlteros, Bônus para Quem é Servo do Senhor, para Quem é da Milésima

Igreja do Milésimo Deus, Deus do Mundo, Deus do Universo, Berço Esplêndido, Bônus para Quem Delata o Vizinho, o Amigo, o Parente, o Filho, o Pai, a Cunhada, o Padeiro, o Guarda Noturno, Quem Estaciona em Local Proibido, Quem Está com o Pneu Descalibrado, Quem Não Fez Cambagem dos Pneus, Quem Anda a Pé na Ciclovia, Quem Mija em Lugares Públicos, Quem Peida no Elevador, Quem Grita FORA ou Usa o Artifício de Dizer em Inglês, OUT, em público. As palavras em língua estrangeira são malvistas.

Foi criada *A lista fundamental de palavras condenadas* – que se renovam a cada segundo, como os antigos painéis luminosos de impostos que revelavam quanto os governos estavam ganhando com taxas. Atrevemo-nos a publicar brevíssima lista: boceta, vagina, pererca, mata-homem, periquita, xoxota, bater cana, boca em pé, caralho, caceta, rola, macaxeira de homem, maçarico, majestoso, cu, binga, pica, pirocão, foder, meter, chupar e milhares de outras.

>Essa amostra pode não ser encontrada em nova edição deste relato.<

Tais listas são divulgadas em escala nacional pelas redes, telejornais e Polícia Federal. Proibidas definitivamente de serem ditas, usadas, citadas, mencionadas, sugeridas, pensadas, devendo ser estirpadas definitivamente dos dicionários, romances, contos, crônicas, notas, artigos, teses, reportagens, o que seja.

Além dos salários, cada político recebe os BNDES, ou seja, Benefícios Nacionais De Estímulos Sociais. São: mensalidade para alimentação; para o banho (sabonetes, óleos para a pele, cremes adstringentes, xampus); para transar, foder, meter; para combater artroses. Cada Astuto recebe uma caixa de cem camisinhas por semana. Há inclusive um negócio à parte dentro da Câmara Alta – porque no país o que mais há são os negócios à parte ou informais –, com Astutos que não usam mais camisinhas – porque brocharam com tanta cocaína e bajulação – e os que usam demais, para os quais a camisinha tornou-se moeda valiosa. Há a mensalidade do vinho, da vodca, da poire, da grapa, do Carpano, do gim, do leite para os filhinhos, da compra de castanhas-de-caju, do algodão-doce para netos e bisnetos, do salário de cozinheira, copeira, arrumadeira, faxineira, jardineiro, pintor de paredes, do ticket transporte, dos gastos com táxi, avião, do pagamento de férias, décimo terceiro, décimo quarto, quinto, sexto, vigésimo. Auxílio pé de moleque, ovo de galinha caipira, salsicha empanada, ovo quente colorido, medicamentos de qualquer espécie, verba para polir a prata, repor louça quebrada, comprar milho para os pombos de Veneza (se acaso o político viajar para aquela cidade), comprar lixas para polir unhas, papel higiênico suave para não assar os delicados traseiros, chicletes de hortelã para refrescar o hálito.

Sabe-se que os Astutos têm mau hálito tenebroso, o que contribui para a atmosfera poluída dos plenários. O fedor das bocas provém também principalmente dos discursos que fazem e das declarações de votos nos grandes momentos da história. O povo tomou gosto, e as transmissões em rede, quando das votações dos parlamentares, atingem normalmente 100% de audiência.

Os votos aos microfones da Câmara em geral não passam de demonstrações de ignorância, burrice, estupidez, demagogia, cafajestada, burrice, religiosidade, idiotices, cretinices, racismos, preconceitos, apedeutismos, miopias, incompetências, latinórios, disparates, despautérios, incoerências, asneiras, cacaborradas. Principalmente cacaborradas.

Há, todavia, uma esperança em uma questão fundamental, a estatura... Geneticistas vêm estudando as razões da diminuição da altura dos Astutos brasileiros. Estão abaixo do padrão dos pigmeus da Oceania ou da África Equatorial, que oscilam entre um metro e trinta e um metro e cinquenta. Os Astutos de nosso país estão na média de noventa centímetros e um metro e dez. Quando iniciam a carreira, têm altura normal, de um metro e setenta e cinco a um metro e oitenta e cinco – nosso povo vem crescendo. Assim que um sujeito entra na política, adere a uma legenda e recebe uma propina, perde dez centímetros. A cada nova propina, menos 2,1 centímetros. Há centenas de casos de Astutos que simplesmente desapareceram, tantas reduções sofreram. Mas todos preferem ser pequenos, tampinhas, do que ser honestos. Espera-se que a ganância tenha um efeito benéfico, provocando a extinção dos políticos. Digo, dos Astutos.

Há décadas não se vê um Astuto em público. Em casos extremos, utilizam sósias de altura normal. Cada Astuto tem direito a quatro sósias perfeitos, com um metro e oitenta e dois. São funcionários pagos pelo parlamento. Natural, os Astutos escondem-se para não serem agredidos, mortos. Diminutos, muitos foram pisados pela multidão, em fúrias ocasionais. Houve casos pitorescos de malas de dinheiro que caíram sobre um e outro, que se viram esmagados pelas propinas. Não circulam, não se deixam ver (como os supremos juízes do Areópago), ficam entocados em seus carros blindados, os vidros espessos cobertos com insulfilm negro, chegam ao parlamento por vias desconhecidas. Quando há alguma transmissão televisiva, são focalizados em close-ups. Acredita-se que muitos usam máscaras com rostos diferentes, como aquelas usadas por assaltantes em filmes. Tão perfeitas são essas máscaras, que nem mesmo os Astutos distinguem quem é quem dentro do parlamento.

> *Lotéricas. Fila percorre dezenas de quadras. Hiper-Sena acumulada em 2 bilhões. Sonhos afloram. "Quero cuspi na cara do chefe, mandá enfiá no cu a indenização; quero carro zero, blindado, ar-condicionado, teto solar, mudo de casa, de bairro, de cidade, de patamar, vô vivê entre os rico."*

Gravação encontrada por Andreato em seu arquivo que muitos querem comprar. No entanto, o hacker não faz esse tipo de negócio. Honestidade ou ele tem algum plano? Como saber? O que corre entre os que o conhecem — e quem o conhece de fato? — é que ele parece querer um dia editar uma superprodução para cinema, uma vez que nosso país, no mundo, está há anos no olho do furacão da descrença, na categoria 8,7 da escala Richter.

CLEÓPATRA OFERECE JANTAR FARAÔNICO

Crustáceos, úberes de leitoa, faisões de Samos, atum da Calcedônia fizeram parte do cardápio que fascinou o mundo político, a sociedade emergente, os novos-ricos, despertou a curiosidade da imprensa e alavancou milhares de programas sobre culinária, que há décadas têm sido a sensação dos reality shows televisivos. O cardápio foi copiado, repetido, discutido, as redes sociais fremiram com os compartilhamentos, reações, bajulações e as inevitáveis críticas devastadoras da esquerda ou o que ainda restava dela nos túneis abandonados do metrô das cidades. Por semanas os olhos do país voltaram-se para a nova capital, a quarta, cujo nome propositalmente nos escapa.

A cada dia, a anfitriã, Dagmar Ferraz, feliz por estar no centro da mídia, anunciava pelas redes uma nova iguaria a ser servida:

— Lembrei-me das garças da Frígia, mandamos buscar, chegarão frescas e preparadas.

— Frígia? Onde é a Frígia? A senhora não se enganou? Quer dizer Frísia?

Jornalistas incômodos com perguntas insolentes. Ignorância crassa.

— Ahaaaaaa, baby, acorda! Frísia é outra coisa, faz parte dos Países Baixos. Frígia era reino da Ásia, hoje Turquia. Terra do rei Midas, aquele que transformava tudo em ouro.

— Como seu marido, o senador Altivo.

— Meu marido enriqueceu com seu trabalho como Astuto, suas leis de proteção ao comércio e à indústria, o amparo às construtoras que geram milhares de empregos e aos agronegócios. Com suas empresas que crescem a cada momento, ele não é Astuto no sentido tradicional do termo, é um gestor, empreendedor.

— No entretanto – ainda há quem fale assim –, dona Dagmar, vocês esquecem a fome no Brasil, a desnutrição, a miséria, o desvio de verbas e a falta de alimentos para merendas nas escolas, a anorexia ou a obesidade dos jovens, a bulimia, as altas contínuas dos preços de alimentos, as safras que não chegam aos portos. Aqui mesmo na capital, a mídia reportou uma família de nove pessoas que vive com oitenta centavos por mês.

— Como disse nosso presidente, o povo é bom e compreende. Esta é a maravilha do milagre brasileiro. Mas não desviemos do assunto com temas menores. Anotem o cardápio, haverá também caviar preto e branco, costelas de javali, cabritas da Ambrácia... Ah! Cada jornalista terá direito a um prato de comida, haverá uma entrada especial pelos fundos, claro, bastando mostrar a credencial.

— Ambrácia? Que lugar é esse?

— Ahaaaaaa, baby, Como posso me comunicar dessa maneira? Ninguém sabe nada. Ambrácia, cidade grega, hoje Arta. Percebem que cada conversa comigo é uma lição? Teremos ainda moluscos, ouriços-do-mar e também caviar da Hispânia. Antes que me questionem, Hispânia era o nome pelo qual os romanos designavam a Península Ibérica. Para quem não sabe, a Espanha hoje. E ainda virão mais coisas, não vamos poupar nada, traremos arquitetos de interior do Rio, São Paulo, Miami, Nova York, Londres. O Louvre me emprestará o trono de Cleópatra.

— Cleópatra, a do Egito? A que se matou com uma cobra? O Louvre tem o trono? Empresta? Estranho.

— Estranho por quê? Não sabe o poder de Altivo? Ao menos um antiquário de Paris me garantiu. Só o seguro é uma fortuna, dez malas de dinheiro!

Há anos, para quantias de dinheiro consideradas quase incontáveis, aquelas que exigiam no mínimo quarenta maquinetas contadoras de alta tecnologia, foram criadas novas medidas. Cinco malas, dez, cinquenta, uma mochila, uma maleta de mão, pasta executiva, calcinhas especiais de tecidos sintéticos. O comércio de malas floresceu depois que um político que chorava por qualquer coisa foi surpreendido pela polícia, que encontrou na sua casa milhões de reais, rublos, rupias, dinares, coroas checas, rands sul-africanos, kipe laus, euros, bolivianos, pesos argentinos e mexicanos, nairas nigerianos, cruzados, cruzados-novos, libras, dólares, dracmas, mil-réis, wons coreanos, kunas croatas em malas, pacotes, pacotinhos, saquinhos de supermercado, caixas de bombom, caixas de medicamentos. As fotos viralizaram pelo universo.

O mercado cresceu com malas fortes e rígidas de microfibra, polipropileno, policarbonato para proteger cédulas. O que corre é que o senador Altivo Ferraz abriu uma indústria que rendeu os tubos, uma fábrica de malas de todos os tipos, apropriadas para levar dinheiro e imunes aos raios X da polícia. Sabe-se (quem sabe?) que tem dezenas de dependências cofres-fortes em casa para guardar apenas malas de dinheiro.

Não se usam mais bancos. As medidas das malas foram copiadas das empresas aéreas. Há malas para até 5 milhões, 10, 16, 23, e conjuntos que guardam até 100 milhões.

— Mas, por que Cleópatra? O que ela tem a ver com seu jantar?

O jornalista queria perguntar a lógica de um jantar à la Cleópatra, porém conhecia a língua e o temperamentalismo de Dagmar, afiada, cobra destruidora.

— Amor, história, gosto de história, dos grandes feitos e amores. Vou dar o mesmo jantar que Cleópatra ofereceu a Marco Antônio em seu barco real. Tudo aconteceu muito antes de nosso senhor Jesus Cristo nascer (ela, católica apostólica, sempre faz referências piedosas, segue os rituais, reza, faz novenas, respeita os santos), uns trinta anos antes de Jesus, se não me engano. Cleópatra foi a última rainha do Egito, vivida no cinema por Elizabeth Taylor em um filme bem antigo, quando os filmes eram planos, exibidos em telas, não como hoje, que entramos dentro da ação, podemos participar...

A história do casamento do senador Altivo era conhecida. Ele apaixonou-se por Celestina, jornalista sensual, insinuante, esperta, muitos anos mais nova, que mantinha um blogue com milhares de seguidores, no momento em que as redes sociais se expandiram na internet, dando poder às blogueiras. Ela mudou de nome algumas vezes, até se transformar definitivamente em Dagmar Ferraz, promoter social. Foi dela a ideia de dar uma festa como a capital nunca tinha visto.

Contudo, Dagmar não era mulher inculta, não, não se pode dizer isso. Tinha se formado em faculdade de Ciências Sociais, nunca exercera, preferiu formar-se em Direito, lia muito, mantinha uma biblioteca de razoável tamanho à qual permitia o acesso a pesquisadores, professores e estudantes. Mas ser carreirista tem sido sua maior formação. A mídia sempre a fotografa em sua mesa Le Corbusier, cheia de livros abertos, computadores, notebooks, todo tipo de tablets, celulares, meios de acesso. Ela exibia anotações em grossos cadernos, textos impressos, aparecia lendo e riscando frases em livros que indicava aos seus seguidores.

— Mas, por que Cleópatra? O que tem a ver com nosso país, nossa culinária, nossos sabores?

— Ahaaaaaa, baby, meu querido, tem com a cultura. A mesma pergunta outra vez. Está vendo como é difícil conversar com vocês da mídia? Desinformados, não têm sutilezas, não percebem as coisas. Pois estava lendo um livro sobre Alexandria, uma das cidades mais inteligentes e cultas da Antiguidade, e dei com o cardápio que Cleópatra ofereceu para seduzir Marco Antônio, o romano. Fiquei impressionada, foi uma coisa de puro requinte e fausto. Vocês sabem o que significa *fausto*, não? Fiquei vidrada, pirei. Teria de fazer igual. Altivo e eu somos parecidos com Marco Antônio e Cleópatra em nossa união, paixão. Aproveitei que Altivo acabou de ser absolvido em três processos injustos de corrupção, porque ainda há uns juizinhos merdinhas, uns bundões que ousam enfrentar meu marido. Ele num vai preso, não! Pois aquele livro de Theodore Vrettos me deixou alucinada. Vou distribuir exemplares encadernados a ouro para cada convidado. Vão falar mais de mim do que daquele aniversário que um empresário comemorou fora do Brasil, porque, disse ele, era um delírio dele e aqui pegava mal. Lotou Boeings e levou 380 pessoas a uma ilha grega, as mulheres ganharam um par de sapatos da mais cara grife; e os homens, guardanapos de pura seda para adornarem as cabeças e dançarem. Os comes e bebes duraram uma semana, e tudo que havia ali eram convidados denunciados à Justiça, envolvidos em processos variados. Disseram as blogueiras afoitas que havia canalizações de vinhos ligadas a um navio petroleiro para as "ilhas" de bebidas da festa. Um fausto, ahaaaaaa, baby, isto é ser chique."[2]

Assessores de imprensa alimentaram as colunas anunciando o evento – como ela dizia – como o mais faustoso, luxuoso, elegante,

---

[2] Era conhecida a história porque Dagmar divulgou-a à exaustão. Viciada em cirurgias plásticas, a última tornou-a parecida com Cleópatra, que ela considerava a mais bela mulher da Antiguidade. "E eu, na atualidade", proclamava. Ao longo da vida, essa mulher invejou as grandes belezas brasileiras que fizeram história como socialites, misses, modelos de moda, atrizes de televisão. Ela sabia que nos ambientes políticos e sociais corria o apelido jamais esclarecido de imperatriz Ranavalona, que ela sempre odiou. Quem teria sido tal mulher?
A versão do petroleiro de vinho deixou uma dúvida; parece que o empresário tentou, porém a marinha grega proibiu por ética naval. Mas as redes noticiaram as fake news assim mesmo. Ela se tornou verdade.
Por sua vez, nenhuma empresa de cruzeiros marítimos confirmou o aluguel de um transatlântico para Altivo. Ou era uma empresa de fachada ou uma notícia falsa. Entre uma notícia que possa beneficiar alguém e uma inventada que destrua uma reputação, publique-se a falsa, o público delira, há bilhões de acessos.

extraordinário, e quem não fosse convidado era melhor deixar a capital naquela semana, para não sofrer vexames. O aeroporto registrou enormes atrasos com o intenso tráfego de jatinhos. Na hora do jantar, as ruas que rodeavam a região das grandes mansões, vigiadas por mais de mil seguranças, sofreram formidável congestionamento, teve gente que conseguiu entrar somente uma hora depois que o jantar tinha começado.

A grande jogada é que Dagmar, a cada grupo que entrava, recomeçava tudo, servia outra vez, enquanto bandas se revezavam em tablados sobre um lago artificial. O jantar emendou direto por três dias. Todo tipo de música sertaneja foi ouvido, a tradicional, a universitária, a do Enem, a do fundamental, a das creches e a do antigo Mobral. Os colunistas registraram que a casa de Altivo Ferraz era cópia da casa de um grande personagem da literatura norte-americana, só não conseguiam lembrar do nome, um tipo estranho cuja fortuna ninguém sabia bem como tinha sido iniciada e que era apaixonado por uma vizinha à beira de um golfo, em cujo píer havia uma luz verde.

Foi assim que o país ficou sabendo do senador Altivo, admirado, invejado, odiado. Ele foi um dos mais jovens eleitos até então, por influência de seu avô (o parentesco me escapa), um Astuto profissional que tinha sido governador em um estado do Norte, ou do Centro-Oeste, a localização me foge, as divisões andam bem confusas. O homem, depois deputado federal, ministro várias vezes na ditadura militar, usando influência, muito dinheiro e agressividade nas negociações. Verdade que tinha um sobrenome infeliz, Pituco, cancelado em cartório, adotou o Ferraz por conselho de numerologistas. Ferraz, propalaram os bajuladores, significa *personalidade, diplomacia, ambição*. Ou armadura de cavaleiro, o que agradava muito a Altivo. Se alguém um dia tentar montar a biografia desse homem, se verá soterrado em uma montanha gigantesca de fake news, documentos, processos, recibos, testemunhos, acusações, notificações. Há quem afirme que Altivo pode entrar no *Guinness* do Judiciário como o homem mais notificado do Brasil – talvez do universo, o que faria crescer a estima da Justiça brasileira.

Por meses, os shows dos grandes chefs alimentaram o imaginário popular, porque Dagmar enviou aos convidados e aos blogueiros o cardápio magnificamente impresso, assinado por um designer de fama, o presunçoso Giovannino Nero, que os ricos, os moderninhos e os descolados adoravam. Ainda hoje, passados tantos anos, fala-se do jantar Cleópatra, de Dagmar, mesmo com o senador desaparecido de circulação e refugiado – o que nunca foi confirmado – em uma cidade de uma região que me escapa, Morgado de Mateus (não adianta procurar no Google), por motivos convenientes, o que gera especulações e histórias sem fim, fake news incontáveis. Ele sempre se anuncia como o homem mais íntegro e puro do país. Os Twitters e WhatsApps fervem a cada dia, cada hora.

Pelo cardápio de Cleópatra, difundido no livro *Alexandria*, de Vrettos, foram servidos ainda ostras, mexilhões, patês de peixe, esturjão de Rodes, petiscos feitos de aspargo, carne de caça recheada, lebres, cozidos, patos, marrecos, nozes de Tassos.

Ninguém percebeu a ironia final de Dagmar, nem mesmo o senador. Cada convidado, à saída, recebeu um cesto de palha trançada pelas artesãs da Praia da Pipa, Rio Grande do Norte, cheia de doces e sumarentos figos vindos do Sudeste do Brasil, misturados aos importados da Turquia. (Ahaaaaaaa, baby... Cleópatra suicidou-se picada por uma cobra que ela mandou buscar no campo e foi entregue por um camponês, escondida dentro de um cesto de figos frescos.) Dagmar ficou infeliz em um ponto. Não conseguira evitar o cheiro perturbador de uma espécie de gás sutil, como se fosse um leve peido em um elevador, que naquela noite dominava o ar na capital e irritou os narizes, comprometeu o buquê dos vinhos.

Assinale-se, para qualquer efeito ou uso, que a partir daquele jantar começaram as manifestações agressivas do povo diante da casa de Altivo e Dagmar. Cada vez que ele vencia um processo no Areópago Supremo, mais e mais gente se reunia nas ruas e invadia o condomínio, o que irritava a vizinhança, que fazia, por sua vez, manifestos para a saída de Altivo do condomínio. Os gritos eram: FORA, FORA, FORA. Em resposta, Altivo mandava peidos sonoros pelo Twitter. Todos percebiam, contudo, que o Astuto jamais aparecia em público ou nas redes. Na verdade, fazia anos que ninguém o via. O ódio contra ele crescia. Inútil. Altivo perdia em repulsa apenas para um presidente que tinha conseguido um feito inaudito, o de ter a popularidade 87% abaixo de zero, o que jamais se viu na História da humanidade, uma vez que mesmo Átila, Nero, Stalin, Rasputin, Mugabe e Idi Amin tiveram seus afetos. Redes sociais começaram a comentar e divulgar que Altivo e Dagmar passaram a dormir em suítes separadas, ele a repudiá-la cada vez mais, um sentimento que o aquecia, dizia. Não podiam se separar, Dagmar sabia demais. Tinha joias demais nos cofres de bancos estrangeiros.

> *Sem garantias, os pequenos empresários têm dificuldades de conseguir créditos nas instituições financeiras e usam o cheque especial, armadilha dos bancos, dizem especialistas não comprometidos.*

Satélites na imensidão do espaço, até mesmo no planeta Nove, varrem a Terra. Astrônomos garantiram há alguns anos terem descoberto um novo planeta, a que deram o nome de Nove, com massa dez vezes superior à da Terra e o mais longínquo do Sistema Solar. O planeta Nove leva entre 10 e 20 mil anos terrestres para realizar uma única órbita completa em torno do Sol. Talvez fosse também algo ligado aos misteriosos sinais de rádio, provavelmente vindos da Ross 128, uma estrela anã vermelha, distante somente onze anos-luz da Terra, que indicariam, naquele distante ano de 2017, ou seja, décadas e décadas atrás, possibilidade de inteligência extraterrestre.

CADA UM RECEBE SUA TORNOZELEIRA AO NASCER

Abertos, filmados, identificados. Estamos expostos. Convivemos com isso e não há como escapar. Satélites, câmeras por todos os cantos desta cidade, país, continente, mundo, universo, galáxia estão a nos vigiar. Há objetivas, teleobjetivas, lentes panorâmicas, radares de intensa sensibilidade em cada metro (às vezes, milímetros) das avenidas, ruas, alamedas, becos, vielas, rodovias, atalhos, desvios. Debaixo de pontes, viadutos, grudadas nos postes, dentro das árvores, banheiros, mictórios, fraldários, televisões, rádios, bolsas de mulheres, carteiras de documentos, prendedores de gravatas (ainda há gente brega que usa). Acabam de comunicar que cartões de crédito em breve trarão câmeras e microfones embutidos.

Estão nos bancos, supermercados, farmácias, consultórios, restaurantes, bares, padarias, academias, repartições, delegacias, escolas, clubes, aviões, táxis, ônibus, paradas de transportes clandestinos, rodoviárias, aeroportos, praças, igrejas, hotéis, hospitais, shoppings, banheiros, pet shops, lotéricas, igrejas (gravando exorcismos e o pagamento de dízimos), banheiros (gravando sua bunda, as xoxotas e os paus), nas bananas das feiras e quitandas.

Câmeras em cada esquina, poste de luz. E como há postes nas cidades, somos o país dos paliteiros que sustentam redes de fios que se emaranham. Há câmeras nos semáforos, elevadores, portarias, cozinhas, fogões, fornos, micro-ondas, geladeiras, panelas, bolsas, mochilas, canetas, bolsos, poltronas, computadores, canetas, anéis de noivado, band-aids, agulhas.

As construções só recebem o Habite-se se for comprovado que dentro da argamassa das paredes foram inclusos chips sofisticados do tamanho de um grão de areia que gravam vozes, capturam emoções, gravam pensamentos. "As paredes têm ouvidos" é uma frase que deixou de ser metáfora, elas realmente ouvem e registram, transmitem, identificando o sujeito.

Onde há um ser humano, um desumano e um inumano, um agregado, um associal, um indesejável ou um pária vivendo e respirando, há um aparelho a registrá-lo e a gravá-lo, enviando para o universo Cloud.

Os fabricantes de relógios, de sapatos e óculos inserem chips que se comunicam com os órgãos de segurança, de maneira que sabem onde você anda, onde está a cada hora, instante. O esmalte das unhas pode conter transmissores.

Cientistas do MIT, Cambridge, Oxford, Sorbonne, Freie Universität de Berlim, Louvain, Bélgica, Instituto Tecnológico de Zurique, Universidade de Tóquio, de Melbourne, Instituto Karolinska, Suécia, Heildelberg (não há um único instituto do nosso país nessa relação, há anos secaram as verbas de pesquisas) asseguram que essas câmeras, de todos os tamanhos, minúsculas como átomos, são extremamente sensíveis, captam pensamentos, emoções, dúvidas, ideias, temores, alegrias, certezas, esperanças, atordoamentos, surtos, raiva, impotência sexual ou moral (pesquisa revelou que este é o sentimento mais difundido no país), depressão, ceticismo, anarquismo, desesperanças, exaustão.

Há um bom tempo, determinou-se que cada cidadão, ao nascer, deveria receber a Ultratornozeleira Infinitesimal, UTI, por determinação do Ultrassuperior Tribunal, que detém todo o poder. Mas as fornecedoras não conseguiram entregar os milhões de equipamentos contratados e, se você tiver sorte, consegue evitá-la. Sorte ou propina. Conforme a condição social, a UTI pode ser sofisticada, em ouro, prata, platina, titânio, materiais nobres assinados pelos grandes joalheiros mundiais. Ou de plástico para os considerados indesejáveis ou sub-humanos.

Os ministérios anunciam que sabem a qualquer momento onde um cidadão está, o que pensa, fala, vai fazer, fez. Mas, como no Brasil os sinais sempre falham, sistemas se apagam, desativam, não funcionam, uma lei, apelidada JGebel, do Ministério da Transcomunicação e Justiça, assegura que em breve teremos chips implantados no cérebro, nos testículos, nas vaginas e provavelmente no esperma.

Por outro lado, são comuns os thinking chips, que a população adora, uma vez que, se você tiver um bom hacker, pode penetrar no pensamento de outras pessoas, assim como alguém pode penetrar nos seus pensamentos. É o Brasil de hoje.

Dicionários e ciência não definem com precisão o que são os pensamentos. O que são? Imagens? Frases? São mais do que isso. O que importa é que o pensamento existe, mas não tem forma, peso, não é sólido nem líquido nem gasoso, sua duração é curta, veloz, ilimitada, infinita. A ciência, a neurologia, a psicologia, a psiquiatria, a metacognição (nossa capacidade de avaliar os próprios pensamentos) têm se dedicado à busca de como medir, manter, formatar pensamentos. A revista *Power of Thinking*, em artigo recente, demonstrou que nanotécnicos já desenvolveram um minúsculo gravador ligado a um thinking chip que registra com precisão o que uma pessoa está pensando ou pensa no que vai pensar.

Este chip ou ship (navio que mergulha no cérebro) está sendo utilizado em câmeras, e a utilização delas depende de aprovações para as quais o Direito ainda não formulou leis, normas, é um ramo a ser criado. Na dúvida, o presidente 654 (cujo nome escapa a todos) autorizou o uso, até se estabelecer jurisprudência sobre o tema. Mas pode-se gravar um pensamento. O neurocientista Adrian Owen, da Universidade de Can't Bridge, há anos vem fazendo experimentos em torno do pensamento. Outro neurocientista, Philip Low, desenvolveu um aparelho, o iBrain, que fará com que ondas cerebrais possam ser conectadas aos iPhones.

Segundo a revista científica mais confiável do mundo, a *Digest Science of Mind and Thoughts*, chips instalados nos drones que a China está vendendo aos milhões para o mundo podem captar e gravar o pensamento. O sistema, difícil de ser detectado, vem sendo empregado principalmente no Brasil por estudantes que fraudam os exames para as universidades.

Há os que não necessitam de tornozeleiras. São liberados assim que assumem um posto de importância na vida pública, administrativa, política ou financeira do país. São os que possuem tratamento diferenciado por lei, conhecidos como pertencentes à Ágora Privilegiada. Não confundir ágora, praça, conjunto, reunião, em grego, com agora, neste momento, recomendaria Dagmar Ferraz, cujo sonho é ser primeira-dama. **COMPARTILHAR, COMENTAR, RESPONDER.**

> *Senador Altivo Ferraz, condenado pela Primeira Instância do Areópago Supremo por fornecer jatinhos para trazer cocaína aos membros da Câmara Alta. "A sanha de meus inimigos não tem limites. Essa é uma justiça de facínoras", ele declarou, furioso. Depois disso, desapareceu, mas todos sabem onde está, só que ele não recebe intimação, troca o papel oficial por uma caixa de sapatos cheia de cédulas novinhas.*

CÂMERAS NO BAR DE PRAIA GRAVAM CLARA E MARINA NO RIO DE JANEIRO, CIDADE QUE HÁ ANOS SE REFAZ DA CATÁSTROFE QUE A REDUZIU A QUASE RUÍNAS NAS PRIMEIRAS DÉCADAS DO SEGUNDO MILÊNIO.

GARRAFAS DE PERA MANCA ANIMAM A CONVERSA

— Marina, nos primeiros anos de nosso namoro, Felipe e eu fizemos tanta coisa juntos. Era divertido trabalhar com ele, um cara multitarefas, cheio de ideias. Eram tantas que umas atropelavam as outras. Febril, raivoso, inseguro, ao mesmo tempo terno, capaz de me dar uma joia caríssima, adorável. Comprada legalmente, com notas, à prestação, olhe lá, antes que você lembre uns casos escabrosos da história. Um homem grande, forte, e no entanto frágil, sempre tomado por um complexo de culpa em relação à mulher que definhava, mas de cujo convívio estava ausente há muito, ainda que desse toda ajuda. Havia ainda uma trava, vez ou outra vinha à tona, o pai que tinha desaparecido de casa, ou durante uma viagem, não me lembro bem. Alguma coisa tinha acontecido entre os dois que o corroía. Felipe chegou um dia com um projeto, um documentário sobre a Porta dos Leões, a casa célebre e desconhecida de Altivo Ferraz, personagem sombrio e enigmático da política brasileira. Nunca me esqueço dos dados que ele levantou sobre o início da fortuna de Altivo, ele comandava em grandes cidades a máfia dos papa-defuntos, ou seja, cobrava das famílias dos mortos uma taxa para liberação do cadáver nos institutos médicos legais, o que era gratuito por lei. Assim, fez fortuna antes de o grupo ser desbaratado. Olha que palavra esquisita, *desbaratou*! Mas ele escapou. O filme sobre a Porta dos Leões seria um longa pesquisando as arquiteturas loucas, bregas, sonhos kitsch, fantasias da megalomania. Viajamos juntos para São João Nepomuceno para conhecer o Castelo Monalisa, erguido por um deputado mineiro, depois cassado, nem sei se ainda está de pé. Fomos depois para o Rio Grande do Norte, era uma lua de mel, foi lindo, Felipe engraçado, bem-humorado, não o homem seco e ansioso de hoje. Visitamos o castelo de Engady, em Caicó, e o Zé dos Montes, no Sítio Novo. Ele foi sozinho para Los Angeles, não fui, estava no meio do lançamento de um produto. Achei uma doideira a tal Mansão Greystoke, que o bilionário do petróleo Daniel Plainview, um filho de uma boa mãe egocêntrica, mandou construir – o imóvel imita castelos europeus, mil estilos e cafonices. Empresário que inspirou aquele filme *Sangue negro*, hoje clássico, a data exata me escapa. Delírios de imaginação, as diferenças entre os sonhos de cada um. Adorei aquele documentário, tínhamos planos para visitar o castelo Pidhirtsi, na Ucrânia, abandonado, mas o Brasil virou de ponta-cabeça. A Porta dos Leões, do senador Altivo Ferraz, cassado e recluso bilionário com fortuna bloqueada (como se alguém acreditasse em bloqueios), fica próximo de Morgado de Mateus, onde vivi tantos anos, de onde sumi e onde moram Lena, minha irmã, e meu cunhado, um traste, cujo nome nunca digo, ele quis me comer, jamais contei à minha irmã. Para quê? Tem também uma das náiades nuas da fonte, que insiste ser nossa mãe e entrou em juízo pedindo dinheiro, ajuda de custo para viver. Meu pai transava com quem via pela frente. Parece que teve uma história com aquela mulher, que agora insiste que somos filhas dela. Ela tem quase cem anos, bonita ainda.

— E sua mãe? A verdadeira?

— Morreu quando eu tinha 23 anos. De zika. Meu pai, desesperado, saiu pelo mundo, manda um e-mail de vez em quando dos lugares mais improváveis. O último veio de uma tal Bueno de Andrada, disse que se instalou ali, está feliz. Nunca vi meu pai dizer isso, "estou feliz". O que será que encontrou ali?

— Nunca ouvi falar nesse lugar.

— Bueno de Andrada?

— Não, Morgado de Mateus, procurei nos mapas, não encontrei. Nem no Google. Onde é? E essa história de náiades da fonte?

— Tudo é curioso naquela cidade, estranho. Felipe, empenhado em uma campanha eleitoral que lhe rendeu muito dinheiro, não foi para Morgado, mandou um assistente tocar o projeto. Ele achava o nome da cidade estranho, me gozava: "Você é o quê? Uma morgadomatense ou matonense? E eu te imaginava uma carioca descolada. Você nunca me falou direito desse lugar." O que o assistente trouxe era escasso, mas passa uma boa ideia da loucura humana. Não havia possibilidade de filmar quase nada, seguranças por toda parte, Altivo era cauteloso, blindado. Percebeu uma coisa? Fala-se tanto desse político, só que ninguém tem uma foto atual dele. Mas a casa está lá, incompleta, provoca a maior curiosidade. A mulher de Altivo, Dagmar, que gostava de antigas civilizações, em uma viagem à Europa, foi a um museu em Berlim e viu a réplica da Porta dos Leões, uma das oito entradas da Babilônia. Ficou deslumbrada. A Porta dos Leões, ou de Ishtar, era monumental, riquíssima em detalhes. Ishtar, deusa do amor, da fertilidade, da guerra e da sexualidade. Na construção foram usados tijolos cozidos e esmaltados e decorados com uma série de dragões e touros. Boa parte dos tijolos era em lápis-lazúli. Felipe começou a escrever um texto lindo, nunca terminou. Não se sabe se Altivo vive nessa casa, que é favorita dele, ou no bunker debaixo da mansão descomunal em Morgado. Quando saí de lá, aquela casa parecia normal, cheia de cacarecos que as peruas adoravam (por que político, opa, se me pegam, por que os Astustos só se casam com perua?), havia festas que duravam dias, os aviões traziam cocaína, bebidas e propinas. Dali, Altivo comandava o Senado, a Câmara, os Ministérios, algumas igrejas. O que se comenta é que pedreiros – que teriam desaparecido mais tarde – construíram o bunker com paredes de cinco metros de espessura. Naquele porão de concreto há mihões em dinheiro vivo, em dólares e euros, joias e documentos que colocam em xeque cada Astuto. Os mais radicais confessam que ali se esconde uma ogiva nuclear. Mas isso mais parece história de filme, livro best-seller ou material de jornal sensacionalista. Nunca se saberá se é verdade o que a imprensa, o povo, as redes sociais divulgam. Alguém sempre tem documentos sobre os outros e chantageia. O que se sabe é que a casa da capital, aquela cidade cujo nome sempre me escapa, foi abandonada da noite para o dia, esvaziaram, sumiram porque a Lava Jato estava chegando perto e Altivo achou melhor desaparecer. Mas foi também aquele cheiro horroroso, mefítico, como foi definido em um romance da época, não sei qual, o título me escapa. A mansão cai aos pedaços, fantasma, tomada pelo mato e devastada pelo ar seco. Corre ainda a versão de que, por causa de uma diabetes, Altivo amputou as duas pernas e vem tendo o corpo cortado, pedaço a pedaço. Mas tudo isso pode ser vontade de que assim seja. Nada a ver com a realidade.

— Clara, desandou a falar. Por que me conta tudo isso? Nem os jornais publicam mais.

— Por quê? Boa pergunta. Por que a gente conta as coisas? Devia ter uma razão para isso? Talvez por querer ter morado em uma casa com Felipe, o que nunca aconteceu.

— Devia. Na vida as pontas não podem ficar soltas.

— Na minha vida, nunca amarrei nenhum ponto. Felipe, menos ainda.

— Ainda pensa nele, não pensa?

— Parece que você não me conhece. Sou assim, tomei a decisão, estava sufocada, ia odiá-lo cada vez mais. Penso nele cada vez menos, menos. A figura vai se dissolvendo. Falei muito com Mariângela, minha terapeuta, mulher sensata, avançada, mas ela fechou o consultório, está cansada.

Pediram a terceira garrafa de Pera Manca, perfeito, delicado, caríssimo. "Vamos encher a cara com elegância, não sabemos quando, ou se, tomaremos outro igual."

> *"Uma resposta branda aplaca a ira, a palavra ferina atiça a cólera. A língua suave é a árvore da vida, a língua perversa quebra o coração."*
> Provérbios 15.

Felipe grava no celular, posta:

CADA UM DE SEU LADO BATE, AGRIDE, MATA

Todo mundo deseja ser jovem. Belo, magro, saradão, musculoso, não ter rugas, estrias, celulites, manchas na pele. Querem ter pau grande, boceta apertadinha, bundas que batam na nuca. Pedem aos cirurgiões um nariz de deus grego, curiosamente ainda um ideal de beleza. De grego a maioria só conhece o iogurte ou o arroz à grega. Refazem e esmaltam os dentes para que reflitam os raios do sol. As mulheres depilam virilhas, mas deixam os pelos das axilas, é nova tendência. Os homens depilam o corpo, o bonito é ter pele lisa, mas deixam crescer a barba, como nossos bisavôs. Jovens, mas carregam rostos que lembram as efígies de antigas cédulas de dinheiro ou camafeus.

Desesperadas por felicidade, as pessoas reviram manuais de ajuda escritos por filósofos que fizeram curso por apostilas e se dedicam ao jornalismo e aos livros, com blogues seguidos por milhões de criaturas na internet. Ansiosas por paz e bem-estar (40% da população mundial está deprimida e se entope de remédios, diz Organização Mundial da Saúde), as pessoas contratam gurus, submetem-se aos leitores de tarô, vão aos jogadores de búzios, deitam-se de costas para terapeutas, como se se curvassem para a pedra sagrada que trará a salvação. A solidão é um estigma.

É o tempo em que vivemos. Cirurgias plásticas, tatuagens, celebridades, fotos no Instagram, selfies, ter iPad, iPod, iPuta, enviar tuítes, ter milhares de seguidores no Facebook, dialogar/comunicar-se pelo WhatsApp, meninas/meninos de oito anos escrevendo livros tolos, bestas, e vendendo milhares de exemplares, vivemos uma era de infantilização, informação, informações, informações, informações, info-formação. E nenhum conhecimento.

    Li hoje num blogue da internet sobre o TDC que acometeu Dagmar, a mulher do senador Altivo Ferraz, sempre na crista dos noticiários que ela mesma posta. Sua última ideia é se dizer Cleópatra, revoltada por ser chamada de imperatriz Ranavalona. Vá lá saber quem foi essa. Dagmar sofre de uma síndrome, a dismorfofobia, ou seja, jamais está satisfeita com o corpo, a aparência. A cada momento encontra alguma coisa na pele, no rosto, nos olhos, nos seios, que a leva a correr ao cirurgião ou meter-se no isolamento. Faz e refaz o nariz, o queixo, as pálpebras, é como se fosse droga. Deixou de receber, porque imagina que as pessoas olham constantemente para ela em busca de defeitos, uma pintinha, a pálpebra meio caída, uma estria.

    Gravo o que me vem à cabeça, nem sei para quê, por quê. Vou e volto, digo, repito, esqueço. Vou. Para onde? Volto? De onde? Hoje, ao preencher um cheque, escrevi "Deiz Mir Reis", o caixa do banco me perguntou: o senhor é analfabeto? Volto se eu quiser, se puder. Se eu não tiver levado um tiro. Se ainda estiver vivo. Se uma bala de borracha não me estourar o rosto, o peito, se meus olhos não estiverem cegos pelo gás pimenta, se um policial, um assaltante com a cuca cheia de crack, um traficante ou um black bloc não me matarem, se eu não desmaiar com esse cheirinho insidioso que me fere as narinas e ninguém descobre o que é. Se nenhuma dessas prováveis hipóteses acontecer, posso me encontrar com você e contar.

    Se um do grupo dos Nós não se irritar com uma palavra minha, vociferando que sou um d'Eles ou se confessar que sou um de Nós, porque hoje existem ainda os Aqueles. Também há os Nossos, os Vossos, os Vosmecês – estes os mais radicais. Cada um de um lado, se batendo, se fodendo, se matando, se estripando. Antagonismos exacerbados, comunismo/capitalismo, neoliberalismo, budismo, islamismo, pobreza/riqueza, católicos/protestantes, evangélicos, crentes, muçulmanos, judeus, motorizados/pedestres, liberais/radicais, belicistas/pacifistas, amor/terroristas, ódio, ternura.

A vida é um sopro. A frase não é minha, foi de um célebre arquiteto (por que me escapa o nome?) que projetou as câmaras, senados, tribunais, palácios de governo, ministérios, secretarias, autarquias da capital, sedes das estatais (não existem mais, tudo foi privatizado no Governo 712, atacado pela Síndrome de Alice no País das Maravilhas). Poleiros de abutres. Poleiros de corvos, carcarás, vermes que comem os corpos.

Mergulho na escuridão onde não há presente, passado, futuro, amanhã, agora, depois. Somente o já nos resta. Como se eu abrisse e fechasse os olhos. Enxergasse e ficasse cego. Lembro e esqueço coisas, pessoas, nomes. Não sei quanto tempo fico no escuro. O escuro primordial, como dizem. Nem o seu rosto, Clara, consigo visualizar. Seria este o caos no qual Deus vagava, sem saber o que fazer, sem ter o que fazer? O tédio começou antes do mundo ser criado. Antes da humanidade existir?

Te amava, Clara, e não adianta mais. Você me odeia. Lembro-me de seus olhos furiosos: "Te odeio! Nunca mais quero te ver!" Estava bonita, enquanto dizia isso. Decidi me apagar. Vou me mudar para o planeta Nove, assim como as pessoas estão se exilando em Miami, Portugal, Mônaco, Fly Geyser, no Lago Hillier, Catmandu, ou em Kilauea, onde está o vulcão mais perigoso do mundo. Tão mortal quanto essa classe Astuta nossa.

Eliminar meus traços. Ninguém me verá. Um dia toda a população arrancará essas tornozeleiras que somos obrigados a usar e cuja retirada só pode ser autorizada pelo Tribunal Maior, que há décadas se encerra naquele prédio blindado, em lugar não revelado do Brasil. Onde vamos jogar 302 milhões de tornozeleiras? Será manobra dos bilionários fabricantes? Todos ainda se lembram da revolta contra os Produtores das Tomadas de Três Furos que incendiou o país. Ou contra as melancias sem sementes em formato quadrado?

Não tenho certeza se Andreato cancelou meu chip, mesmo assim ainda arrancarei esta maldita UTI e jogarei no rio Tietê, que há cem anos continua asqueroso, bostífero, apesar das promessas de todos os gestores de cabelos engomadinhos. Dizem os Eles que um dia o rio será canalizado. Não te verei mais, Clara. Ninguém me verá.
COMPARTILHAR.

> *Fatos do passado remoto, sempre revividos.*
> *Hora do almoço, pela 23ª vez, no metrô lotado*
> *homem ejacula no colo de jovem que grita*
> *e ninguém no vagão se move, todos fingem*
> *nada ver. O homem desce na estação seguinte*
> *e ainda acena para a vítima pela janelinha.*
> *Todos ficaram horrorizados,*
> *ninguém fez um gesto.*

TINHAM COLOCADO UM TELEVISOR NO RESTAURANTE, PARA UM GRUPO ESPECIAL QUE ACOMPANHAVA O MAIOR FÓRUM ECONÔMICO DAS AMÉRICAS, DISCUTINDO A RECESSÃO QUE AFUNDOU O PAÍS. OS TELEJORNAIS DAS TREZE HORAS TRANSMITEM IMAGENS DA RODOVIA QUE ATRAVESSA SÃO PAULO RUMO AO NORTE. O CORRESPONDENTE NARRA:

OBRAS MONUMENTAIS MUDAM O BRASIL

Assombroso!

Não há palavras para descrever. Grandes governos têm engrandecido esta nação. Avançamos.

O trânsito na Rodovia A 36 57, que atravessa o país, está paralisado há dias, as laterais da estrada repletas de curiosos. A telinha não é suficiente para mostrar a grandiosidade dessas máquinas monumentais. Vejam as imagens. As pessoas são grãos de pó.

As Bagger 288, fabricadas pela Krupp alemã, são os maiores veículos terrestres do universo. Escavadeiras gigantes, quando tiverem seus componentes montados, se elevarão a 96 metros de altura, ou seja, um prédio de 32 andares. Pode nos dizer o que significa isso, doutor Sedig? Já que o senhor foi designado pelo governo para esclarecer o que vem sendo inexplicável neste país. É um engenheiro especialista em terraplenagem, em escavações, em minas a céu aberto.

— Cada uma destas escavadeiras pesará 45 mil toneladas. Não são 45 mil quilos, vejam bem... alles klar? São toneladas. Equivalem a 3 mil ônibus lotados e empilhados...

Lotados de gente, doutor?

— Evidente. Vão medir 240 metros de um lado ao outro, o equivalente a dois campos de futebol.

Qual o destino delas? Qual o objetivo?

— Como se sabe, depois de dezessete anos, estão quase terminadas as divisões entre as Grandes Regiões Brasileiras, por meio de canais que foram construídos utilizando-se os grandes rios e transpondo enormes afluentes, ao mesmo tempo que essas máquinas cavaram gigantescos sulcos, ou calhas, ou condutos de cinco quilômetros de largura, empreendimento jamais visto no universo, servindo como fronteiras entre as regiões. Prodígios da engenharia nacional, das empreiteiras já recuperadas da grande debacle dos anos 2020, terão a dimensão de mil hidroelétricas, duzentos canais do Panamá. Um impacto sem tamanho na história.

Atrás destas máquinas, aumenta o número de pessoas que estão deixando as cidades. A maior diáspora de todos os tempos. Os governos se limpam de suas sujeiras humanas. Tempos maravilhosos estes, telespectadores? Todas as crises foram extintas.

> *Fatos do passado remoto, sempre revividos.*
> *"Nenhuma sociedade que esquece a arte de*
> *questionar pode esperar respostas para os*
> *problemas que a afligem."*
> *Zygmunt Bauman.*

Celular de Felipe gravando:

VOZES ANÔNIMAS, INDIFERENTES

Quando queremos reclamar, protestar, xingar, ligamos para o Serviço de Atendimento ao Cliente da empresa, repartição pública, convênio médico, bancos, cartões de crédito, Receita Federal, controladoras dos celulares, departamento de águas e esgotos, companhia de gás, universidade, putaqueopariu, ou seja, tudo o que nos extorque, lesa, rouba, presta péssimos serviços, impinge débitos não justificados, aumenta a mensalidade, seja o que for. Uma voz gravada, anônima, indiferente, irônica (porque sabe que está nos empulhando) avisa:

Para sua proteção, esta ligação está sendo gravada.
Por favor, anote o número do seu protocolo.
— Enfie no cu o protocolo!
Para sua proteção, esta ligação está sendo gravada.
Por favor, anote o número do seu protocolo.
— Enfia na tua mãe!

As vozes cagam para nós, não ouvem, pertencem a ninguém. Somos orientados por quem não existe.

> *A Nova Constituição determina que mulher não pode ser presidente da República, governadora, prefeita, ministra, Astuta. Nada. O máximo será ser suplente de vereador, ainda que o inciso mil e dois diga que jamais uma suplente poderá assumir, caso um vereador renuncie, seja preso ou caia no abismo que parou na porta do seu elevador.*

Lena, irmã de Clara, manda um vídeo de Morgado de Mateus, a 2 mil quilômetros de distância, onde ambas nasceram:

ANUNCIANDO A CÉLEBRE CONFERÊNCIA

Clara, aqui em Morgado já anunciaram a conferência para o ano que vem e dizem que o homem é um sucesso, contratado por grandes empresas, já se apresentou até no exterior, não sei onde. Tem quem diga que é um velhinho lunático que dava aulas até o dia que teve uma inspiração, dizendo que era um construtor do conhecimento. Verdade é que há conferencistas correndo o Brasil por todos os lados, não se sabe quem é quem. A maioria são Astutos cassados que piraram quando tiveram seus dinheiros bloqueados ou sofreram impeachment por deficiência mental e ausência de cérebros. Esse conferencista que vem promete mudar o país e as almas. Nunca dão o nome dele. De vez em quando aparece um sujeito a distribuir flyers, outras vezes vem convite pela internet, daqueles save the date, garantindo que o homem vai sacudir cabeças. Talvez se candidate à presidência. Criou-se um clima que você nem imagina. Será naquele imenso salão que foi o must na cidade, ninguém sabia o que era must, mas todos usavam a palavra. Foi lindo, dancei ali quando fiz quinze anos, a última vez que vimos papai. Era o maior espaço da região e tinha sido projetado por um arquiteto que estava em todas as revistas de decoração. Orgulho da cidade em seus anos de glória, quando Altivo, ligado a todos os partidos, fez fortuna lavando dinheiro de empresários, deputados, senadores, ministros. Esteve também implicado no escândalo internacional que levou a maior estatal de óleo de mamona do país à beira da falência. Quando negociou delação premiada, teria sofrido um atentado, teve uma perna amputada e desde então nunca mais saiu de casa. Percebe, Clara, que tudo neste Brasil é conjugado num tempo só de verbo? Futuro do pretérito. Teria. Ninguém mais pode afirmar nada por lei. Tudo é suposição, dizem que é uma mudança semântica (será *semântica* a palavra?) provocada pelos muitos processos contra a mídia. Todos têm certeza de que ele será morto um dia em queima de arquivo. Tem sido salvo pela forte segurança, pela rede social que o protege e informa de tudo, pelo dinheiro que distribui com generosidade, afinal herdou o esquema do pai ou do avô, que foi braço direito daquele presidente que ficou na corda bamba pouco depois de ter dado o golpe na sua presidente, de quem era vice. Naquela época, ele comprou seus votos um a um, esgotando o Tesouro Nacional, fugindo em seguida para as ilhas Seychelles. Outros afirmam sua demência, tanto que há médicos ao seu lado o tempo inteiro para enchê-lo de drogas.

    No entanto, há um lado maluco e poético: seria a tal edição de *Os Lusíadas*, preciosíssima, fechada em cofre com segredos que de tão complexos ninguém mais sabe quais são, nem Altivo. Na minha cabeça, acho que tais documentos e a tal edição não existem. Esta é para criar um mito de intelectualidade em um homem que sempre foi grosseiro e vulgar. Deve aí ter coisa da mulher dele, que é esperta e, segundo consta, culta. Aliás, irmã, certo seria escrever documentos que estariam em um banco.

    O salão era audacioso em sua arquitetura. Enorme vão livre sem colunas de sustentação. As torneiras dos lavabos eram de ouro. Sumiram todas. Antes de começar a decadência ocasionada por puro capricho das pessoas que se cansaram de frequentar festas, bailes, vernissages, banquetes e convenções no mesmo lugar, o salão ficou fechado por um tempo, o que provocou infiltrações pela falta de manutenção.

Restaurado, abrigou uma torrefação de café, depois virou funerária e em seguida locadora de vídeos. Como os downloads em operadoras que ofereciam seriados viraram mania, as locadoras fecharam em todo o país. Sucessivamente, foi sede de concessionária falida de carros russos, reabriu com autos japoneses e chineses, tornou-se depósito de uma empresa de mudanças, concessionária de automóveis japoneses. Na grande crise econômica do século, quando foi mesmo?, com os processos contra corrupção, mais tarde desmontados, o salão passou a ser alugado para bingos, leilões e raves. Parece que foi Altivo Ferraz quem conseguiu fazer passar a lei que autorizou jogos, bingos e cassinos.

A única coisa que prosperou enormemente nestes tempos foram as pet shops, cada vez mais suntuosas, vendendo para os cães e gatos de todas as raças e tamanhos rações e pílulas anticoncepcionais, vitaminas, antidepressivos, roupas para verão e inverno, calcinhas de seda para cadelinhas no cio e convênios de saúde para os bichinhos.

A palestra. Deve vir alguém muito bom, porque, se estão reservando aquele espaço, é porque esperam uma multidão. Por toda parte há curiosidade por causa do conferencista. Você tem ideia de quem poderia ser? Pergunte ao Felipe.

Quanto ao Rafael, teu sobrinho e afilhado, continuo à espera de notícias. Sumiu, mas ele desaparece por dias ou semanas, de repente volta, fica meses por aqui. Vai embora de novo. Se perguntar de meu marido, aquele cujo nome jamais pronunciamos, te digo. Está impotente e numa cadeira de rodas. Mas estou feliz, não preciso mais dar para ele. E Felipe, querida? Não falou mais dele. Por quê? Beijos, Lena.

> *Empresas de alimentos lançam o sucesso da temporada. Queijos, salames, tortas, frutas congeladas, patês, camarões em embalagens especiais, além de cuecas à prova de cheiro, odor, que, levadas por Astutos condenados, podem entrar nas prisões sem serem detectadas.*

Redes sociais fervem. WhatsApp para todos os lados. Tuítes. Canais congestionados. Imprensa estrangeira a caminho do país. Notícia viral:

O PRESIDENTE COM SÍNDROME DE ULMER

Foi eleito no primeiro turno o ducentésimo centésimo sexagésimo segundo presidente do país, com Síndrome de Ulmer.

Essa doença, que até então só afetava mulheres, agora tem sido detectada inexplicavelmente nos homens da classe Astuta.

Características: pele enrugada, subdesenvolvimento da sexualidade, osteoporose, cataratas, obesidade, diabetes, artrite, atraso mental e grande dificuldade de aprender qualquer coisa. Neles, nota-se a ausência de um cromossomo. Nas mulheres, há ausência de mamas, os homens crescem com uma boca imensa, são chamados de "boca mole". Todos de baixa estatura, anões, ou verticalmente prejudicados, segundo o politicamente correto. Impossível saber as causas, há quarenta anos foram fechados os institutos de pesquisa.

No passado, em um país cujo nome ora me escapa, houve uma epidemia chamada Anões do Orçamento, sem registros nos arquivos da medicina. De um momento para o outro, grandes grupos enriqueciam demasiado. Malas, caixas, pacotes enormes de dinheiro surgiam subitamente em apartamentos vazios, sem que os donos jamais conseguissem (ou pudessem, ou tivessem coragem de) dizer a quem pertenciam aquelas somas monumentais.

Houve inclusive um boom na área de construção civil, porque os investidores tinham a esperança de comprar um imóvel e ele vir recheado de cédulas novinhas. Construíram milhares de prédios, a maioria vazios hoje, apodrecendo. Chamou-se o boom da Caça ao Tesouro Imobiliário.

A oposição acabou de entrar com liminar no Ultrassupremo Tribunal, ou seja, o Máximo Tribunal de Apelações (há vários tribunais, várias categorias de justiça, não procure se orientar, compreender), pedindo a anulação das eleições, denunciando fraudes por parte do partido vencedor, que pretende se eternizar no poder. Um governo para 1.001 anos, prometem.

> *Os mantras são rezados soturnamente: a defesa alegou inocência do cliente, a defesa alegou inocência do cliente, a defesa alegou inocência do cliente.*

CÂMERA GRAVANDO:

AS PESSOAS ESCARRAM NA CARA DOS OUTROS

Clara não foi trabalhar naquela tarde. Nem na seguinte, na seguinte, na seguinte da seguinte. Não respondeu ao telefone, sabendo que seria ele. Pediu para Marina, amiga mais fiel, que fosse à agência buscar suas coisas. A amiga, escritora que estava na equipe de uma novela que fazia muito sucesso na televisão, colocou tudo numa caixa. Trazia um livrinho na mão.

— E este? Leva ou jogo fora? Você gostou tanto.

Como montar uma mulher-bomba – Manual prático do terrorista era o nome dos contos de Luciana Pessanha que tinham feito sucesso em um grande círculo, pena que foram mal divulgados, eram bem-humorados, divertidos, certeiros.

— Não sei, não mesmo, faça o que quiser.

— Vai mesmo embora? Largar tudo?

— Depois de ontem, para mim acabou. Não dá mais.

— O que houve? Não sei de nada, cheguei hoje de manhã de Portugal. Lisboa é linda.

— O grupo que luta pela arte pura, que queima tudo, incendeia, explode bombas condenando a arte decadente, invadiu a exposição de fotos e aquarelas de Leontina, aquela minha amiga incrível, que tem dois desenhos no MoMA e um no Guggenheim Bilbao. Eu estava lá, destruíram tudo, agrediram quem viam pela frente, não sei como escapei. Mas fui filmada e fotografada, ameaçada, gritavam "você é da turma D'Eles, gosta dessa arte, ainda te pegamos". Leontina está em coma no hospital. Anteontem puseram fogo em um cinema que exibia um filme, clássico, disseram que era pedofilia pura, e não havia sequer uma criança em cena, um WhatsApp originou tudo, chegaram lançando coquetéis molotov. Estou com um medo danado, acho que volto à minha cidade, vou me esconder.

— Morgado? A tal de *Os Lusíadas*? Ficou famosa uma época, depois ninguém mais falou dela.

— Naquele tempo, eu era criança, a cultura ainda interessava aos pesquisadores. Depois, veio aquele período em que o dinheiro para ela desapareceu, o país paralisado pelas investigações do Ultrassuperior Tribunal, que envolveram procuradores, juízes, promotores, desembargadores.

— É verdade ou lenda? Aquele exemplar de *Os Lusíadas*, se é tudo o que dizem, deve valer muitíssimo. Portugal exigiu a devolução, foi recusada, não há repatriação de livros históricos. Os lusos quase romperam com a gente. Afinal, dizem que esse *Lusíadas* tem valor maior que a Bíblia de Gutenberg ou The Codex Leicester, de Leonardo da Vinci. Morgado de Mateus. Ficou louca? Já fugiu de lá!

— Minha irmã recebeu uma carta anônima revelando alguma coisa sobre o filho, meu sobrinho, afilhado. Parece que foi degolado, como os terroristas do Estado Islâmico fazem.

— Meu Deus, aqui também? O mundo virou de ponta-cabeça. O garoto desapareceu?

— É uma história enrolada, esquisita. Há dois meses ela me pede, a barra está pesada com o marido. Tem coisas estranhas por lá. Eu odeio aquele meu cunhado, por tudo que faz para minha irmã. Aproveito, desapareço, vou dar um tempo.

— Para aquela cidade? Ninguém merece. Não é lá que se refugiou o Altivo Ferraz, o sujeito mais escroto da política brasileira?

— O povo fala, e daí? O que é verdade, mentira? Preciso sumir. Horas no trânsito, apagões de energia, multas em cima de multas, medo. Ontem no restaurante dois sujeitos brigaram com um casal por causa de política, ou seja, de Astúcia, um escarrou na cara do outro, coisa nojenta. Agora tem também os refugiados venezuelanos, os haitianos, os bolivianos e os mexicanos enchendo as ruas. Sem contar os que vieram da Europa e do Oriente Médio na grande crise. E os do Leste Europeu, soltos em balsas no meio do oceano.

— Mas ir praquele lugar?

— Estou perdida. E quando estamos perdidos, voltamos para lugar nenhum. Ao menos tenho uma irmã, família...

— Não queria terminar com Felipe? Terminou faz dois meses.

— Não pensei que fosse tão difícil. Ao mesmo tempo, tenho uma curiosidade. Minha cidade. É e não é. Uma gente fechada, impenetrável, todo mundo esconde não sei o quê. Um mundo esquisito. Quero desaparecer e aquele é o lugar para isso. Um professor meu de estética na faculdade me disse que Morgado – que ele conheceu – é um não lugar...

— E ele, o professor que na aula te passou a mão na xoxota?

— Não deve estar mais lá. Não é possível, alguém deve ter matado o filhodaputa!

— E se você tivesse esperado, dado um tempo ao Felipe?

— Não posso ficar aqui. Outro dia vi que Felipe me seguia. Virei o carro numa esquina e ele se escondeu atrás de uma árvore.

— Ou imaginou? Por que te seguiria?

— Deve ter surtado. De vez em quando imagino que está me vigiando em frente ao meu prédio. Pode ser alucinação.

— Vocês dois estão surtados.

— Senti que ele entrou em pânico quando eu disse que o odiava. Ele viu que era sério. Será que odeio?

— Não sei. Ou sei? Sou sua melhor amiga, mas você me esconde coisas.

— Sabe quando percebi que ele estava em outra? Não, não, não. Não vou te contar. É uma história tão boba. Vai ver que nem foi assim. Deixa pra lá.

— Acha melhor fugir?

— Quem sabe o que é melhor, pior? Vou embora até que Felipe se esqueça de mim. Vai ficar pegando no pé, ligando, mandando e-mails, procurando. Fugir, por que não? Milhares fugiram, estão fugindo. Será que tem lugar no mundo para a gente? A cada dia saem do porto de Santos quarenta transatlânticos com 4 ou 5 mil pessoas partindo. Os oceanos estão congestionados.

— E o trabalho?

— Está tudo desmontado. Setenta milhões de desempregados e o número aumentando. Um presidente catatônico. O governo tem despachado os desempregados e os aposentados, que ele chama de "os inúteis", para China, Índia, Austrália, lá eles devolvem, os povos ficam soltos no oceano. Além dessa horrenda fila da autoeutanásia. Ninguém no mundo fala contra ela.

— Sabe-se que este presidente não tem cérebro. Tem ideia de quem está governando?

— Não, nem interessa. Há quanto tempo não nos interessamos mais por coisas assim? Penso que, na agência, soube que vão colocar minha assistente em meu lugar, com um terço do salário. Estou ali há quinze anos, cheguei aos 48, sou mulher, é tudo igual. Lembra aquele presidente antiquíssimo, de cara pétrea, feição paralisada pelas plásticas, que determinou que as mulheres eram vitais? Isso que ele disse, vitais para o país, desde que se dedicassem ao lar, vigiassem os preços de supermercados? Vitais para a economia porque faziam as compras de casa? E a agência? Anúncios em queda, medo da digitalização. O dono comprou casa em Salt Lake City. Todo mundo despirocado.

— Acha mesmo que Felipe te segue?

— Passei a ter medo. Deixei de frequentar os restaurantes e bares aonde íamos.

— Não pode ficar se escondendo!

— Ele deixa flores na portaria do meu prédio. Penso em devolver o anel que me deu, e que adoro. Peguei minha empregada falando com ele ao telefone, ela passava informações que eu ditava, ele gostava de ouvir que eu continuava usando as joias que me deu. Vou embora por uns tempos. Antes, vou viajar, parar no Rio, pegar uma praia, muito sol, me encharcar de caipiroscas e cervejas na calçada do Bracarense. Sei que hoje está reduzido a uma portinhola e vigiado por seguranças muito armados. O nosso Rio de Janeiro está moribundo. Há anos o medo vem consumindo as pessoas. Mas vou. Alguma coisa há de restar. Será que ele ainda me ama, mesmo?

Foi a uma prestadora de serviços, esperou 119 horas, conseguiu mudar o número do celular.

> *Três quartos da população está infectada há mais de quarenta anos com o HPV, vírus causador do câncer de colo de útero, porém, o governo só está preocupado em não gastar com atendimento médico aos idosos, chamados de inúteis na intimidade do Palácio.*

"QUID FACIAT VULT SCIRE LYRIS. QUID? SOBRIA, FELLAT VULT", MARCIAL, POETA ROMANO IN LYRIM, CITADO E TRADUZIDO POR JOSÉ PAULO PAES. LIRIS QUER SABER O QUE FAZER. O QUÊ? ELA CHUPA, QUANDO SÓBRIA. A TRADUÇÃO PODE SER EXPURGADA DESTE TEXTO PELA FORÇA DAS LIGAS ÍNTIMAS DA PUREZA SEXUAL.

LAVRADOR QUE PASSAVA EM SUA MOTO NA ESTRADA RURAL PRÓXIMA A AIURUOCA, MINAS GERAIS, FICOU ASSUSTADO E REGISTROU COM SEU CELULAR, DEPOIS ENVIOU A AMIGOS E O VÍDEO VIRALIZOU VELOZMENTE.

MÃOS NAS TETAS, OBSCENIDADES

Numa comunidade do interior de Minas Gerais, Monjolos, um belo museu de arte cabocla, primitiva, foi invadido por um grupo que percorre as regiões de São Paulo, Minas Gerais, Rio de Janeiro e Espírito Santo defendendo a Moral e os Costumes da Família e da Tradição Cristã. Em fúria, centenas de mulheres, homens, jovens, crianças e cachorros arrancaram e colocaram fogo na enorme placa de madeira de vinte metros, resto de uma carnaúba centenária que caiu e foi reaproveitada. Na placa, gravada por artesãos da região, uma frase retirada de uma carta que Beethoven enviou, um dia antes de se encontrar com Goethe, em 1812, a uma jovem pianista de Praga, de nome Emilie M.[3] Escreveu o músico:

"SÓ A ARTE E A CIÊNCIA PODEM ELEVAR OS HOMENS AO NÍVEL DOS DEUSES."

---

[3] Carta citada por Jan Swafford no livro *Beethoven, angústia e triunfo*, editora Amarilys, Barueri, 2014.

Derrubaram a placa, picaram com machados, aos gritos de "blasfêmia, blasfêmia, não se pode invocar o santo nome de Deus em vão". Puseram fogo em esculturas de madeira que representavam homens com as mãos nas tetas das vacas e das cabras, símbolos dos produtores de queijos da região, os melhores do Brasil, protestando: "obscenidade, obscenidade". Ao clamor de "nenhum humano pode se elevar ao nível de Deus", continuaram destruindo, estrada afora, sem serem detidos por nenhum policial, ou o que quer que seja. Compartilhado nas boas redes sociais. E o que são as boas redes sociais? Prometem higienizar o país de ponta a ponta. Os mais radicais propõem a instalação do Departamento da Noite, nos mesmos termos daquele que existiu em Florença no século XV para denunciar os sodomitas.

> *Os impostos sobem pela 16ª semana seguida.*
> *Povo calado. Há uma suspeita de que o mau*
> *cheiro que domina tudo seja o gás anestesiante*
> *contra manifestações. O governo protesta:*
> *boatos, ilações, especulações,*
> *conspiração, golpe.*

Como e quais câmeras com thinking chips captaram este momento?

DEUS, O QUE VOCÊ FAZIA NO ESCURO?

Imenso escuro, ocasionado por um apagão, o ducentésimo, como se todas as hidros, termos e as unidades de energia eólica e nuclear tivessem entrado em pane ao mesmo tempo, o que sempre foi previsto. Como não existe mais o Ministério de Energia, acho que talvez eu possa encontrar Deus para fazer a pergunta que me assombra desde a infância:

— Deus, diga, o que você fazia no escuro, antes de criar o mundo, se é que foi você que o criou? E por que criou?

Que tratamento se dá a Deus? Dizer *você* parece desrespeitoso. Excelência, vossa excelência, reverendíssima, eminência, meritíssimo, ilustríssimo, godfather, digníssimo, santidade, sereníssima senhoria, Mein Herr, chefão, capo, dom, boss, big boss, colendo? Digo, ou escrevo, Deus. Mas esse nome era impronunciável, era o nome bendito do santo dos santos. Na Antiguidade, somente o sumo sacerdote podia pronunciá-lo em voz baixa uma vez por ano. Não podia ser escrito. Guardar e enviar para Andreato arquivar, segundo meu plano. O que era meu plano? Ele me escapa agora. Preciso explicar para ele entender. É o melhor hacker que conheço.

Viro-me na cama, apanho o telefone, modelo antiquíssimo, de teclas, não acionado pela voz. Liguei, dei com a secretária eletrônica:

— Deixe recado...
Tentei o celular.
— Desligado ou fora de área.
Dia seguinte, liguei.
— Deixe recado...
Tentei o celular.
— Desligado ou fora de área.
Outra tentativa.
— Desligado ou fora de...
— Atenda, Clara, atenda, atenda, por favor!
Mandei um e-mail, voltou. Outro, voltou. Voltaram cinco, seis, oito.
A caixa deve estar cheia, vou continuar tentando.

> *Fatos do passado remoto sempre presentes. Fernando Diniz, morto aos oitenta anos, em 1999, no Rio de Janeiro, foi preso e internado como louco aos 26 anos, por estar nadando nu na praia de Copacabana. Sob as mãos de Nise da Silveira, tornou-se um dos maiores artistas plásticos do Museu do Inconsciente. Nise foi acusada de subversiva e comunista e foi presa. Mais tarde, tornou-se colega de Jung.*

DATA: 31 DE SETEMBRO. SKYPE LIGADO, CÂMERAS NO ELEVADOR, NO LOBBY DO PRÉDIO E NO APARTAMENTO DE FELIPE GRAVARAM:

CHOROU AO VER QUE CLARA DEVOLVEU O ANEL

Porteiro surgiu no monitor:

— O senhor precisa descer. Tem encomenda.

— De onde?

— O motoqueiro não falou. Recebeu ordem de entregar em mãos e o recibo precisa de sua assinatura. Delivery especial.

O relógio de pulso marcava 31 de setembro.[4] Delivery? Desceu de saco cheio. De onde viria a encomenda? Não tinha comprado nada, há meses não comprava. À medida que nosso nome some dos expedientes, nossos extratos não registram movimentação, pensam que a pessoa morreu, foi presa pela Polícia Federal, viajou, e ela se vê isolada. Nem telemarketing liga. O motoqueiro esperava com uma caixa.

— Rápido, rápido, vai, por favor, tenho mais entregas.

— Não tenho pressa.

---

[4] Há algo de estranho com o marcador de data e relógio da câmera ou com a memória de Felipe. Setembro não tem 31 dias. (Anotação do autor.)

— Eu tenho, caralho! O trânsito está uma merda, uma manifestação parou as quinze marginais e as ruas do centro. Assina logo, vai!

O jovem entregou a caixa, recebeu o protocolo, como não sabia, não viu que não era a assinatura dele, enfiou no bolso da jaqueta. Partiu, bib-bib-bib-bib.

Felipe abriu a caixa no elevador. Havia um envelope grosso, estranho. Dentro havia algo mole, sensação de açúcar. Ou farinha. Abriu ali mesmo, um pó preto escorreu, caiu no piso inoxidável.

— O que é isso? Parece cinza.

Chegou em casa, tirou tudo da caixa de papelão resistente. Havia um bilhete de Clara.

"Felipe, devolvo todas as suas cartas, os e-mails, os postais, os bilhetes, o que havia de texto seu para mim. Devolvo mostrando o que elas significam hoje. Nada. Cinza. Cremei tudo. Ou devo dizer incinerei? Você era o bom com as palavras, me envolveu nelas. Isso significa que quero apagar tudo o que aconteceu. Você mentiu para mim o tempo inteiro. Ou seja, queimou tudo. Tudo foi nada, pó. C."

As cartas dele para Clara. Anos de cartas, cópias de mensagens enviadas pelo computador, fotografias dos dois em eventos, fotos dela, algumas nuas, ela gostava de se fotografar nua e colar na porta dos armários. Eram programas de teatro, ainda que ela odiasse teatro, uma idiossincrasia, não tinha paciência de sentar-se e ouvir os atores no palco. "Eu a tratei mal", anotou em uma agendinha Moleskine. "Clara, pessoa doce, tinha seus momentos de ira, de repente, sorria, os olhos brilhavam, a tormenta desaparecia. Não, o anel não! O anel de ametista com que ela sonhou. Dei para sempre, não quero nada de volta, é dela. Imaginava, a cada momento, que ela estava com o anel e isso me alegrava." Os livros que tinha dado. Um bilhete: "Por favor, me devolva o *Mahabharata* que te emprestei há dois anos". Havia uma frase que ela tinha copiado, adaptado e ampliado no computador e que estava (ao menos esteve) no espelho do armário do quarto: "Você vê tudo em mim, e eu me vejo igualmente em tudo, nunca fico perdida, nem você se perde em mim".

Onde estaria o livro? Tinha mudado nove vezes em três anos, até chegar a esta cobertura, mobiliada, vazia, desarrumada, cheia de coisas largadas... Onde teria deixado? Nem adiantava comprar um novo, aquele de Clara trazia frases sublinhadas e anotações. Ela queria o dela.

Terminado. Não era o fim que o angustiava, era um cansaço muito grande. Abatimento, indiferença. Dominado por letargia, não queria mover um dedo, abrir os olhos. Ouvia o celular, as mensagens que pipocavam, os e-mails chegando, os WhatsApp constantes, seguidos, moinho a girar. Ninguém mais consegue ficar sem se conectar, mas ninguém quer ouvir, ler, quer mandar mensagem, mandar mensagem. Entre muitas, várias recomendando: se cuide. CURTIR.

Desconhecido compartilha: *E como estas câmeras de última geração gravam pensamentos? Será que pensam também? É a grande discussão, será que vamos entender um dia? Para onde vão meus pensamentos? Estou com medo de pensar demais.*

> *Momentos remotos da História que é bom relembrar. O lançamento há tantas décadas que a data me escapa do livro de Nina Brochmann e Ellen Stokken Dahl,* Viva a vagina, *que assustou mães, pais, padres, pastores, professores, diretoras, secretários e ministros de cultura e de educação – no tempo em que existiam – beatas, tradicionalistas, conservadores, impotentes, a tal ponto que tremiam, tiveram náuseas, AVCs, herpes. Compraram o livro, gostaram, mas não gostaram, odiaram e lutaram para proibir. A vagina venceu a luta.*

CÂMERAS CRIADAS PELA CIÊNCIA REGISTRARAM O PENSAMENTO:

O VIGILANTE TERÁ ME VISTO?

O vigilante da rua preferiu ignorar. Ninguém mete mão em cumbuca. Todos têm medo de ver o que não deve ser visto e podem morrer por isso. Ninguém testemunha nada. Como aquele Astuto (ou político) do passado, ligado à Bíblia, que teve a cabeça decepada na fábrica em que trabalhava, dizem que propositalmente, para se aposentar por invalidez. E que ninguém sabia como, talvez um milagre da medicina moderna, ou da religião, tinha sobrevivido e ficava na varanda de sua casa, diante de um aparelho de som, no qual bradava: "nada vi, nada sei, nada saberei, nada tenho, nada guardei, nada escondi, nada possuo". A princípio, multidões paravam para ouvi-lo: como ele sobrevive sem cabeça? Quando morrerá? Foram décadas esperando a morte que nunca chegava. A essa altura, ninguém mais parava diante de sua varanda. E como ele falava sem boca? Fiz um vídeo extraordinário, viralizei. E me ameaçaram de morte. E agora? O jipe de Clara, meu pé acelerando. Quando o vigilante me olhou, gritei: "Esqueça, não me viu". Não deve ter me ouvido, os cachorros latiam. Latiam tanto que imaginei que fossem me despedaçar. Estavam por trás da grade de um jardim, de uma dessas velhas casas de um decadente bairro tradicional. O que ela fazia neste bairro? Todo mundo está com medo de gestos, palavras, olhares atravessados. Claro, tem as câmeras da rua, mas aquele trecho tinha tantas árvores, escondiam as lâmpadas, estava escuro, pode ser que eu dê sorte. Fiz o que fiz, foi horrível. Não sou isso que fiz, não podia fazer. Merda, merda, quando vi tinha apertado o acelerador. Medo, tenho medo de mim. Estou vazio. Era a única coisa a fazer na minha humilhação, desencanto. Fotografei e quis mandar pelo Instagram, não tive coragem. Tolice. Nada mais neste mundo ofende, provoca indignação e revolta. Quem não se lembra das fotos enviadas para milhares de seguidores mostrando pedaços de corpos daquele ex-governador e sua comitiva, cujo avião explodiu? Ou foi explodido. Faz tempo, tudo é esquecido. Foi bombardeado? Eram pedaços minúsculos, dentes, dedos, narizes, orelhas, o que se pudesse imaginar de horror. E as decapitações do Estado Islâmico? Todos querem ver, esperam. E a polícia batendo e atirando e matando os vândalos e black blocs que eles mesmos contratam e treinam. Matam até as crianças, quem estiver pela frente. A delícia que sentem ao ver invasores despejados a golpes de cassetetes e balas de borracha. E o bebê que foi baleado pela polícia dentro da barriga da mãe, prestes a dar à luz? Agora, tenho medo. Não há uma pessoa que não tenha.

> *As longas, intermináveis jornadas dos dias*
> *por dentro das noites e dos outros dias e noites*
> *rumo a quê?*

Câmeras de ruas, praças e cinegrafistas da polícia gravam e também Felipe registra para Andreato:

GÁS PIMENTA NO OLHO DO OUTRO NÃO ARDE

Na varanda de uma farmácia do bairro Chora Menino, esperando alguém tirar sua pressão por causa de uma tontura que sentiu na rua, e quase desmaiou, Felipe espera. O velho farmacêutico em uma jaqueta impecável disse que pode ser estresse, está acontecendo muito. Estresse? Pelo que fiz? O que sou? Tenho nojo de mim. Como conviver com isso? Em que me transformei? A calma da manhã foi interrompida por gritos, foguetes, rojões, bandas. Em minutos a praça estava cheia, pessoas com bandeiras, batendo latas, atirando pedras nas janelas, quebrando vitrines. Um sujeito musculoso pulou a mureta, entrou na varanda com um megafone, ficou a gritar, comandando uma ação incompreensível. Depois, ele entrou, pediu um copo de água. Suava, tremia, transfigurado. Felipe:

— O que é isso aí? Essa muvuca?

— Muvuca? Porra, muvuca? Muvuca para você, capitalista! Coxinha, burguês. Claro que você é D'Eles. Nós aqui somos o povo exigindo nossos direitos.

Uivava, os longos cabelos encaracolados se agitando. Musculoso, bombado, tinha um porrete nas mãos. Felipe encarou:

— Protesto contra o quê?

— Contra tudo.

— Tudo o quê?

— Tudo o que tá aí.

— Aí onde?

— No Brasil.

— E onde é o Brasil?

— No cu da tua mãe, aquela puta arregaçada, encontrando ela, vou comê, comê tua mãe. Você é um D'Eles, não é?

— D'Eles? Quem são Eles?

O homem que protestava olhou para Felipe, ergueu o porrete.

— Tá zoando, malandrão? Qual é a tua, cara?

— Me diz o que está errado.

— Tudo. Tudo tá uma merda.

— Sei, mas tudo o quê?

— Tudo o que está aí.

— No país inteiro não tem nada bom?

— Nada. Vamo acabá com tudo.

— Vai acabar com tudo, por que tudo é ruim? Mas não é preciso organizar, ter estratégias?

— Esse teu jeito de falar! Você foi líder estudantil, sindical, ou é da polícia?

— Nada, não sou nada.

— Isso você diz porque tá numa boa, vive numa boa. Vamo quebrá tudo! A gente se junta, estraçalha, não deixa loja, banco, caixa eletrônico, concessionária de automóvel. Acaba com tudo. Você não sabe o que é um vidrão espedaçando.

— Quebrar por quebrar?

— Quem é você, caralho? Por que me enche o saco? Você é um cagão, um cagado. Cagam em cima de você e você não diz nada. Engole tudo!

— Engole tudo o quê? Há tantos anos vocês fazem a mesma coisa, quebram, quebram...

— Esquece que eles também quebraram? Foderam com tudo. O cu da mãe, os puto que mandam no país.

— Quem manda no país?

— E eu sei?

— Sabem quem é o presidente hoje?

— Hoje não sei, só sei que há um por mês.

— Pois eu sei. Foram quase mil.

— É o que você diz. Nem foi tanto... Olha, tô de saco cheio de tudo e também de você. Vai te foder, seu merda. Posso te rebentar...

— Pode mesmo, com esse taco de beisebol.

— Te quebro, não acontece nada. Por isso é bom quebrar. A gente quebra e vai embora, vem uns putos de uns polícia, atira umas bombas, jogam o gás que faz tossir, fode com os olhos, é só botar vinagre num lenço, acabou. Tenho medo do gás paralisante, parece que ninguém mais desperta, mas também não morre. Já ouviu falar?

— Nunca, nunca participei de nenhuma manifestação.

— Nunca? E qual é a sua, cara? Tá em cima do muro? É do Nós ou do Eles? Por que num vem com a gente? Tem um sujeito aí que dá cachê.

— Cachê?

Quem sabe é alguma coisa para fazer, cansa ficar rodando, pensando desesperadamente em Clara, no que fiz não fiz não queria fazer. Esperando que ela esteja viva, tudo tenha sido um pesadelo, alucinação, overdose de pó, enquanto espero encontrar Clara em algum lugar desta cidade. Quebrar tudo, tudo, pôr fogo nos ônibus, estourar o reservatório de água da Cantareira, desabafar. Vou desencadear uma guerra de *mentiras* pelas redes como todo mundo faz, qualquer bosta tem opinião, voz. Vão ver o que é um sujeito puto, pirado, irado.

> *Fatos do passado que é bom saber: professores são agredidos semanalmente dentro da escola por alunos ou pais. Hoje nem mais existem professores, vários se tornaram garis nas prefeituras, faxineiros, passadores de café em repartições.*

Dezenas de câmeras em edifício com altíssima segurança gravam:

A ARTE DE ENTRAR NOS PRÉDIOS

Longuíssima fila para a recepção. Cinquenta e sete catracas. Caiu o sistema informático e somente um funcionário atende. A publicidade imobiliária se refere a este prédio como o maior edifício inteligente de escritórios das Américas. Felipe observa o movimento, lembrando que antigamente era fácil entrar em um prédio. Cumprimentava-se o porteiro, perguntava-se o andar da pessoa e ele:

— O doutor (ou doutora) fulano fica no oitavo.

Doutor, todo mundo era doutor. Sabiam-se os nomes dos porteiros e eles os dos usuários. Depois passaram a pedir nome e identidade, que anotavam em um caderno escolar. Em seguida, apareceram planilhas impressas em que colocavam nome, endereço, RG, empresa, motivo da visita, e telefonavam à pessoa procurada. No período seguinte, passaram a exigir um documento, RG, carteira de trabalho, de motorista, passaporte, carteira do convênio médico, do clube social. Então, um novo passo. Começaram a fotografar visitantes por meio de uma câmera estranha, um ovinho negro, que parece olho de vidro.

Nessa fase, quando sabia que precisava entrar em um prédio, Felipe se arrumava, colocava paletó e gravata, fazia barba e passava gel nos cabelos, querendo parecer bem. Teve certo dia a ideia de levar fotos prontas, bonitas, retocadas, feitas pelos grandes fotógrafos com quem trabalhara, com quem tinha produzido comerciais. Não aceitaram. "A foto precisa ficar no computador, acompanhando seu cadastro."

Sempre se fizeram cadastros em empresas, bancos, lojas de crediários, seguradoras. Nunca em portarias. O mundo se aperfeiçoava. Então vieram os crachás. Os primitivos eram um papel impresso e plastificado. Evoluiu-se para crachás magnetizados que abrem catracas. Há também o crachá que ou fica preso ao pescoço, como um santinho ou escapulário, ou deve-se exibir na lapela do paletó ou no bolso da camisa. Existe o crachá para entrar e que deve ser devolvido ao sair. E outro que se leva o tempo todo ao pescoço e identifica a pessoa como funcionária de tal firma. Para que se reconheçam os "nativos" e os "estranhos ao ninho".

Cada vez mais, há pessoas "crachadas" pelas ruas. Não se abandona jamais a identidade plástica. Penduram ao pescoço, saem para o almoço, o café, o lanche, estão o tempo inteiro com ela. Infunde respeito. O crachá significa: estou empregado. Sou. A crise de emprego aumentou depois que aquele parlamentar que recebia informantes no assento de um banheirinho de funcionários da Câmara foi eleito presidente. Seu apelido era "esfinge", um rosto indecifrável. Ele e seu assessor de comunicação, que empregava o método JG, já anunciavam que em breve a Constituição seria modificada e cada Astuto seria presidente por uma semana. Esta é a verdadeira democracia. Poder total ao povo, alegam.

Já existem edifícios hiperinteligentes, nos quais não há ninguém no hall, a pessoa se identifica para um microaparelho e o crachá cai de um orifício à sua frente, como um saco de balas, um chiclete, um refrigerante, um saco de pipoca nas máquinas de estações, parques, hospitais e lanchonetes. Afirmam os pesquisadores que, com a evolução do sistema, chegaremos aos chips implantados sob a pele.

Os nomes desapareceram. Nem os porteiros sabem o do visitante nem este o deles. Ao menos não se usa tanto o *doutor*.

Estamos agora na tecnologia de ponta, denominada *a grade*. Ela está em todos os prédios. Maciças, de ferro, ou gaiolas de vidro blindado. Depois da grade vem o portão, acionado de uma cabine fechada. Dentro da cabine há uma câmera que analisa e avalia quem apertou a campainha. Vê o rosto. Identifica. Pede o número do RG. Solicita que o visitante aproxime o rosto de uma câmera que fotografa e cadastra. Cadastram-se também impressões digitais, chama-se biometria. Bilhões de impressões estão arquivadas nas Clouds.

 O porteiro invisível liga para a pessoa que o visitante procura. Diz nome. É autorizado a entrar. Aberta a grade, ele se vê dentro de uma gaiola de ferro. Fechada a porta às costas de quem entra, abre-se a porta da frente. O visitante penetra no espaço entre o portão e a porta de entrada, à esquerda da qual está a cabine do porteiro. O porteiro aciona um aparelho que faz uma varredura com scanner para saber se o visitante tem arma.

 Às vezes, o sinal vermelho indica alguma anomalia e o visitante tem de tirar os sapatos, tirar o cinto, tirar o relógio, os anéis (o tanto de homem que se vê hoje com pulseiras), colocar o celular numa gavetinha que é puxada para dentro, sendo que o porteiro assistente examina o fone móvel, como se diz em Portugal.

 O visitante passa pela portaria, chega ao elevador. Precisa saber o número exato do apartamento a visitar. Aperta o número no painel, o elevador assinala que vai abrir dentro de dois segundos. O elevador chega, o visitante tem de dizer o código em uma voz que já está cadastrada: "Antes de entrar no elevador, vou verificar se o mesmo encontra-se no andar".

 O visitante penetra. Precisa ficar de frente para a porta e de costas para o espelho do fundo. O espelho do fundo é um raio X. Um tomógrafo-ressonância no teto faz uma varredura dos pensamentos e intenções do visitante. Ao chegar ao andar, o visitante se vê aprisionado em um cubículo. Não sabe que está sendo visto e examinado pelas pessoas a quem vai visitar. Autorizado, as luzes do lobby acendem, a porta abre, o visitante entra.

Recomenda-se às visitas que cheguem com meia hora de antecedência. Se for um jantar, filas se formam uma hora antes, diante do prédio, os anfitriões mandam garçons descerem e servirem canapés, sucos, coquetéis. Drinques, como dizem os que acham a palavra elegante e como se vê nas telenovelas e nas legendas mal traduzidas dos filmes. Seguranças de terno preto e armados circulam ostensivamente para evitar arrastões.

Felipe teve vontade de desistir, mas enfim chegou ao porteiro.

— Com quem? Quem gostaria?

— Clara. Quadragésimo terceiro andar.

— Me dê o número do crachá dela e o código de sua tornozeleira.

— Ramal dela? Não lembro.

— Primeira vez?

— Trabalhei no prédio, o senhor não me conheceu.

— Estou aqui há sete dias. Mesmo que estivesse há trinta anos precisaria saber nome completo, número do crachá e do ramal e o código da tornozeleira.

Ele arriscou usar o número da senha que interligava os vários computadores de departamentos diferentes.

— EdBr, 938-10.

O porteiro ligou, ouviu, olhou para ele, ouviu mais. Mirou-o demoradamente, desligou.

— Uma pessoa vai descer. Dona Clara, se for essa mesmo, desapareceu. Ou, não sei se entendi, parece que morreu.

— Morreu?

— Ouvi dizer, mas ouço tanta coisa. Era amigo dela? O senhor sabe de alguma coisa? Isso que perguntaram. Espere! Uma pessoa vem conversar com o senhor. Entre!

— Obrigado, estou com pressa.

— Entre, estou dizendo! Entre!

Virou e correu, o porteiro tentou chamar o segurança, Felipe já tinha saído. Correu pelas ruas cheias de carros de luxo, importados, blindados, repletos de gente bem-vestida, funcionários de bancos, escritórios de luxo, agências, investidoras, corretoras, consulados, gente de bem com a vida, com seus empregos. E o lixo enchendo as ruas, os gestores da cidade não se incomodavam, tudo o que faziam eram selfies, logo postadas para disputar a presidência do país. Ele disparou, desesperado:

— Então não sonhei, fiz. Não queria, mas fiz. Não tem mais jeito. Preciso mesmo sumir, sumir dentro de mim.

> *Relatos mantidos por décadas nas Clouds, escritos por Lira Neto, autor perspicaz: "Espalhados pelo pátio, recostados nas paredes, divididos em pequenos grupos, praticamente todos os alunos mantinham os olhos presos às telinhas dos respectivos celulares... De ombros arqueados, quase nenhum olhava diretamente para o outro... Estavam fisicamente juntos, mas separados por uma barreira invisível... A energia e o fulgor tão típicos à idade pareciam tragados pela entropia de um assustador buraco negro". Era o início de uma época.[5]*

Câmera gravando:

O FUTURO É NO FIM DESTA TARDE

Primeiro dia
Chamou Clara pelo celular.
— Fora de área ou desligado.
— Responda, responda, por favor! Diga que está viva.

Quarto dia
Chamou pelo celular.
— Este número não existe, verifique o número chamado e digite novamente.

Três semanas depois
Chamou pelo celular.
— Este número não existe, verifique o número chamado e digite novamente.

---

[5] "Abominável mundo novo", por Lira Neto, *Folha de S.Paulo*, 15 de outubro de 2017, ano em que a Lava Jato começou a ser desmanchada.

— Responda, filhadeumamãe, responda! Sei que está aí, está com outro, com outra, sei lá. Por que terminou? Você não morreu, morreu?

Um mês e meio depois
Chamou pelo celular.
— Este número não existe, verifique o número chamado e digite novamente.
— Pensa que vou desistir?

Gravando no celular:
Onde estará? Mudou o telefone, pensa que me engana. Me engana, sim. Acabou de vez. É, acho que morreu mesmo. Claro que acabou, sei disso, preciso sumir. A amiga dela, Marina, também não atende, ligo para a televisão, dizem que têm ordens de não perturbar o departamento de roteiros. Mochila, camisetas. Não tenho nada que levar. Clara me deu camisas tão lindas, ela era boa para escolher roupas. Ao sair vou pôr fogo neste apartamento. Acho que era isso que ela detestava, esse apartamento bagunçado. Ela merecia coisa melhor, Clara sabia o que era bom, móveis, objetos, sempre teve bom gosto, lia aquelas revistas todas, desenhava móveis. Não é à toa que era quem era na vida profissional. Era? Esperem, outra vez me traindo. Vou pegar qualquer ônibus para qualquer lugar, qualquer cidade. Aciono o site da Amazon, demoro horas, compro livros. Encontrei uma esgotadíssima edição de *Friedrich Nietzsche – uma biografia*, de Curt Paul Janz, um clássico, livro de colecionador. Há anos quero entender esse filósofo, talvez agora, na solidão em que pretendo me situar, eu possa ler, dure quantos anos durar. Quem sabe se eu tivesse estudado filosofia, sido professor, teria menos angústias na vida. Encontrei também *O som e a fúria*, de William Faulkner; *Os sertões*, de Euclides da Cunha; *Carlos Magno*, de Jean Favier. Magno construiu os alicerces do mundo ocidental. Fiquei duas horas (talvez menos) a pensar se levaria este livro que comecei a ler há cinco anos (talvez menos): *Passagens*, de

Walter Benjamin, monumental, pesado, 1.167 páginas. Loucura levá-lo (talvez nem tanta), vai ser companheiro. Minha vontade é mesmo aprender (será?). Ou quem sabe ocupar o tempo, coisas diferentes. Tenho uma mochila especial para *Passagens*, ele merece. O livro pesa dois quilos e 750 gramas. Quanto em dinheiro caberia aqui? Em notas de mil dólares, se é que a nota ainda existe, quanto teria aqui? Será que lerei estes livros? Há quanto tempo não me sento para ler, gasto a vida em textos rápidos, mensagens velozes, curtas, cheias de abreviações. Quem decifrará estas mensagens no futuro, sendo que esse futuro pode ser no fim desta tarde?

> *Cresce o interesse da China no Brasil. Anuncia-*
> *-se que chineses vão construir uma ferrovia*
> *que atravessará o país, irá ao Norte e depois*
> *atravessará o Peru, dando acesso ao Pacífico.*

Mensagens de Clara para Marina e gravações das câmeras do ônibus e das rodoviárias:

FELIPE QUERIA MESMO MATAR?

Marina foi à rodoviária. Superlotada, pessoas dormindo em cima de malas e pacotes. Ladrões roubando incautos. Um pedófilo de sessenta anos foi preso molestando uma menina de nove. As pessoas em volta lincharam o homem. Ao saber disso pelas tevês dos portões de embarque, Clara vomitou. Encaminharam para o embarque.

— Não devia ir, Clara, está na hora de ficar com você.

— Vai embora, prefiro ficar sozinha do que ficar te enchendo o saco. Nem eu me aguento mais. Explodi, me arrebentei toda. Tenho medo. Será que Felipe quis me matar? Era a última coisa que eu podia imaginar. Ele é difícil, mas afetuoso, nunca teve ódio, surtos.

— E se não foi Felipe? Alguém com um carro igual? Não soube mais nada dele?

— O estranho é que desapareceu. Evaporou. O apartamento dele foi invadido, levaram tudo. O zelador encontrou as portas abertas.

— Faz tempo?

— Uns meses...

— Pode ter sido a polícia ou militantes das redes sociais. Ou esses despirocados que aparecem de todo lado. Não andam à procura dele? Também pode ter se mandado de vez, achando que te matou.

— Nunca imaginei que chegasse a isso.

— Será que tentou? Não parecia capaz, no fundo era bom. Pode não ter sido ele.

— Tenho certeza, era ele. Ou não tenho? Ele nunca levantou um dedo para me agredir. Nunca. Encontraram o carro abandonado na Freguesia do Ó, depenado. Com os documentos no porta-luvas.

— Tem tantos carros iguais nesta cidade. E aí? Me fala. Você não me contou. Quando teve a certeza que devia terminar?

— Você vai rir, me achar louca. Só uma mulher vai entender. Quer mesmo saber quando acabou de vez? Aquilo foi demais, o fim, chorei de ódio, rejeição, tudo. Chorei de amor, acredita? Uma semana antes do fim, estávamos na cama, prostrados, fazia calor, me deu uma serena loucura, comecei a lamber suavemente o pau dele. Tesão. Quando percebi, ele dormia... Tive ódio, filhodeumaputa.

— Mas ir para Morgado? É tão estranha a cidade. É um exílio. Já se escreveu tanto sobre essa cidade, virou lenda, imaginário.

— Nem sei por que estou indo. Me deixo levar. Aqui não dá mais, a agência fechou, mudou-se para Nova Orleans, vendida para uma multi que domina a América Latina. E você, agora?

— Vou para o Rio, me apaixonei por um ucraniano lindo. Soube que estão retirando o que restou de areia em Ipanema e no Leblon, tudo vendido para uma multinacional chinesa que deseja construir praias com as areias de todas as praias míticas do mundo. Vai, amiga, seja feliz. Afinal, estamos todos enlouquecendo serenamente.

Clara inclinou-se, deu um beijo na boca de Marina. Suavemente.

— E se fôssemos uma da outra?

Riram.

— Nos adoramos.

Abraçaram-se.

— Quem sabe um dia.

Clara entrou no ônibus. Ar-condicionado. Na tevê, muita publicidade, som no máximo. De cidade em cidade. Sufocada. A vista sem repouso. Ela sobe e desce de jardineiras, ônibus, pullmans, cidades se sucedendo. Tantas cidades. Não quer parar. Quer saltar do mundo. Seus olhos captam as placas, legendas, tabuletas, letreiros, outdoors, faixas. Retorno. Velocidade máxima: oitenta. Fim da terceira faixa. Retorno a quinhentos metros. Centro. Entrada zona sul. Quer se distanciar.

Faixas nas fachadas. Nos postes. Nenhuma árvore; ou poucas. Muros. Banners. Posters. Outdoors. Letreiros de acrílico, alumínio, ferro, lona, plástico, zinco, madeira. Aluga-se. Vende-se. Estacionamentos, estacionamentos, estacionamentos vazios. Lojas fechadas. Vende-se. Painéis eletrônicos sobre edifícios despejam cachoeiras de informações, comerciais. Informações, informações. Ignorância e analfabetismo cobrem tudo. Tabuletas avisam: "estabelecimemtu tá sobre nova direção".

Aluga-se, aluga-se, vende-se, vende-se, aluga-se, aluga-se, vende-se, vende-se, vende-se, aluga-se, aluga-se, vende-se, vende-se, aluga-se, aluga-se, vende-se, vende-se, vende-se, aluga-se, aluga-se, vende-se, vende-se, aluga-se, aluga-se, vende-se, vende-se, vende-se.

Parada numa rodoviária com teto de madeira e zinco, tudo molhado por uma garoa intermitente, sua passagem a trouxe até aqui. São tantas as transferências no rumo de Morgado. Nos carrinhos de esquina, gelatinas coloridas, vermelhas e amarelas, pudim de leite, cocada.

— Morgado de Mateus está a dezessete horas daqui — informou o motorista. — Mas pode ser mais, criaram-se tantos desvios, túneis, viadutos, monumentos, ergueram a Montanha das Palavras Exauridas, a Serra do Toc Toc Toc...

Clara:

— Puta merda, dezessete horas, o que fizeram? Tinha me esquecido que era tão longe, que existia. Ou não era? Serra do Toc Toc Toc? Nunca ouvi falar.

> *São 21h43. A cada onze minutos uma mulher é estuprada neste país. A cada cinco horas uma mulher é morta por um ex.*

Câmeras no corredor de entrada do apartamento de Andreato gravam:

ANDREATO VAI SEGUIR CADA PASSO DE FELIPE

Mal a porta entreabre, Felipe entra como um raio, Andreato se espanta ao ouvir:

— Desligue as câmeras aqui dentro.

— Estão mortas desde que me mudei para cá, é como se esta casa não existisse. Ou eu seria um profissional de merda, não acha?

— Surtei! Uma cagada, amigo. Estou fodido. Mal.

— O que foi?

— Joguei o carro em cima do jipe de Clara.

— Atropelou?

— Acho que matei. Faz três dias.

— Não li nada, nem a tevê deu. Essa notícia seria um filé. Aqueles programas policiais nojentos viriam todos. A morte de uma designer conhecida e linda. Puta notícia! Ficou louco?

— Clara me deu o fora.

— Porra, e quis matar? Todo mundo leva fora.

— Fiquei putíssimo.

— Estranho, ninguém noticiou! Vou ligar para Marina, é a melhor amiga dela, não se largam.

O celular de Marina não responde, Andreato tenta uma, duas, três vezes. Liga para o estúdio de televisão, Marina não está. Folga de dez dias, a novela que escreve está nos capítulos finais, bombando no Ibope, todos os redatores sumiram, a imprensa está em cima querendo o último capítulo.

— Pelo sim, pelo não, estou me mandando.
— Eu tinha dito, você andou vacilando. Vai para onde?
— Pensei na Nêustria.
— Ahn? Como? Nêustria? Que caralho é isso?[6]
— Li em uma biografia de Carlos Magno.
— Porra! De que século foi esse imperador? Tá no Google. Século IX. Vai viajar no tempo?
— O tempo foi eliminado.
— Não diga. Felipe, tá chapado?!
— Vou para lugar nenhum, quanta gente vai embora e ninguém sabe para onde vai? Estou indo, o mais longe que puder. Quer saber? Cansei dessa merda toda. O acidente me obriga a sumir.
— Você pirou. Não é acidente, vai ver você não atropelou ninguém, pensa coisas que quer fazer, acha que fez. Sempre foi assim. Você está fora de sintonia.
— Me vou. Vazo. Mas preciso de uma coisa. Fica de olho, acompanhe o que postam de mim. Também vou te mandar coisas. Vá arquivando, guardando. Talvez eu te peça gravações extras.
— Tipo?
— Você consegue hackear computadores, sabe entrar na Receita, em bancos, na Polícia Federal, na Alta Câmara, nos ministérios...
— Porra, quer me meter em fria?
— Quero que entre no computador e no celular da Clara e da Marina.
— Clara?
— Veja se ela morreu. Vou por aí, te mando gravações. Você vai me acompanhar.

---

6 A Nêustria existiu. No ano de 486, Clóvis, um chefe bárbaro, se apossou da Nêustria. Segundo Jean Favier, autor da biografia de Carlos Magno, a Nêustria é o velho território dos francos sálios, que se limitava com o Mar do Norte e a Mancha, abrangendo os vales inferiores do Oise do Marne, a Touraine e o baixo Loire.

— Para quê? Te acho bem despirocado.

— Não estou entendendo o mundo, me perseguem.

— Vai pra putaqueopariu. Caralho, vítima? Não me vem com essa. Você sempre foi arrogante para admitir mil coisas. E me pede para grampear os outros? Virou pilantra? Sabe o perigo? Grampeio eles, eles me grampeiam, me pegam, sou conduzido numa coercitiva.

— Sei que não se deixa pegar. Nunca deixou, não sei quem segura tua barra! Te conheço. Vai fazer isso por mim, sabe que vai. Cada gravação, você data e arquiva. Nessas gravações, você vai me ouvir falar, vou contar o que estou pensando, planejando fazer, vai ouvir minha confusão, meu saco cheio. Guarde tudo, coloque data.

— Datar? Felipe, o que interessa o tempo? Ninguém sabe o que aconteceu, nem quando, é tudo misturado, nem mil arqueólogos nem carbono-14 resolvem nada. Percebeu que os relógios ficaram obsoletos?

— Você vai fazer isso. Tem de fazer, sabe que tem. Me deve.

— Está me cobrando? Sabia que cobraria.

— Não é cobrança, não de você. O que fiz por você, fiz. E esqueci. Você é que lembrou.

— Não esqueceu. Você jamais esquece, Felipe. É um lado seu que todos conhecem. Quanto a pagar, nunca cobraria de você.

— Você tem acesso ao Código das Palavras Fiscalizadas, o CPF, você entra quando quer no Projeto Capilar de Conversações, o PCC, você tem drones, usa thinking chips, fotografa por nanotecnologia, quebra todas as senhas, você não nasceu para este país mixo, você é um cara de grandes coisas, Andreato, devia estar nos Estados Unidos, Rússia.

— E olhe o que sou. Trabalho para lobistas, deputados, Astutos, empresários. Uma puta de uma concorrência. Todos têm medo desses serviços hoje. E todos precisam. Ninguém sabe direito o que outro faz, muitas vezes entramos em canais que não deveríamos. Ser pego no canal de um ministro da Alta Câmara ou do Areópago Supremo. Já pensou? Me encontram morto.

— Me faça uma coisa, você sabe como. Troque o chip de minha tornozeleira. Desapareça com meu código, número, sei lá como comandam isso. Troque, para que eu esteja em um lugar e a tornozeleira em outro.

— Viu? Acho que já falamos nisso. Resolvo. Fácil, nem precisa ser um sujeito de minha categoria. Faço já. Mas, antes de desaparecer, por favor, mude essa cara. Essa tua imagem está manjada, ainda que você sempre tenha tomado cuidado para não aparecer. Te achavam low profile, tem poucas fotos suas na rede. Mude a cara, faça uma plástica se puder. Ou vai aparecer no fundo de alguma biboca da periferia.

— Vá te foder!

Felipe ia saindo, voltou.

— Você não tem ideia do que aconteceu, vai ver preciso ir a um psiquiatra ou a um neurologista, se é que isso é com eles. Esqueci meu nome.

— Esqueceu? Como? Não sabe mais como se chama?

— Quando pergunta, se me sinto pressionado, me dá um branco.

— E como isso aconteceu?

— Não tenho ideia. Perdi meu nome, não sei onde, como, quando. Acordei e estava sem. Li na internet que vem acontecendo com muita gente, o que deixa as pessoas confusas. Vi também que as pessoas estão atordoadas, as horas estão desaparecendo dos relógios. Há relógios que estão girando para trás. Pouco importa, com nome ou sem nome, sou eu.

— Estranho, engraçado, Felipe. Você deve estar bem mal. Nomes não nos deixam, caindo na rua, nos esgotos, se despregando de nós. Também não se rouba um nome, apesar da falta de segurança nesta cidade. Roubam até chupeta de criança, celular pré-pago de pobre, aposentadoria de velho, alianças de ouro. Não teve um ministro corno que deu golpe de milhões nos aposentados já fodidos? Qualquer um rouba, viramos um bando de sem-vergonhas e grosseiros. Outro dia, anos e anos atrás, foi há tanto tempo, em um jogo de futebol, não xingaram o presidente de um país vizinho, gritando: "viado, gay, bichona, vá tomar no cu"? Não sei se era o presidente do nosso país ou de outro qualquer, pouco importa. Todos os países são uma merda.

    Felipe saiu, Andreato não entendeu o que o amigo pretendia com as gravações. Também não disse que não desligou câmera alguma, tudo foi registrado.

PRESIDENTE, VADA A BORDO, CAZZO!

Meme que viralizou
pela galáxia.
Um trilhão de acessos.

Celular gravando:

NO TEMPO EM QUE O POVO PROTESTAVA NAS RUAS

Grito de guerra de milhões de pessoas, de norte a sul, faixas e cartazes e camisetas, durante uma quinzena repleta de manifestações a fim de obrigar o 359º presidente da República, cujo nome me escapa, a reassumir o Executivo, uma vez que, tendo apenas uma semana de mandato, preferiu passar doze dias com a equipe de assessores econômicos e sexuais, iates, na Ilha Li Galli, entre Capri e Positano, cuja mansão biliardária pertenceu a um bailarino de gênio, Nureyev, falecido em 1993.

Esse grito de indignação viralizou nas redes sociais em manifestações contínuas que viravam a noite, como imensas raves. Eram retomadas dia a dia e levaram ao impeachment do presidente e à prisão de milhares de pessoas. Ressalte-se que os impeachments, por manobras do senado, exibindo a Constituição (qual delas?), não tornam inelegíveis os atingidos.

Durante semanas os vídeos tiveram cerca de 1 bilhão de compartilhamentos e comentários. O 739º presidente deu um tiro no peito (calibre 38), assim como certa feita o presidente Getúlio Vargas também o fez, com vergonha da corrupção que grassava à sua volta.

Vargas fez pela honra, muitos anos depois o ministro da Agricultura, Florestas e Pesca do Japão se suicidou após ter sido envolvido em um escândalo por fraude de fundos públicos. O 739º presidente que se matou aqui, admitiu sua família – um milagre raro na questão de amor à verdade –, não tinha honra nem consciência nem pudor. No entanto, não se pode aceitar a informação sobre a família, por ter vindo por meio das redes sociais, sobre as quais pairam desconfianças de toda ordem.

A frase, que viralizou, apropriada por um comunicador, *Vada a bordo, cazzo*, refere-se ao acidente de um barco italiano em

2012, que foi atirado aos rochedos da costa. O capitão abandonou o navio covardemente e recebeu o ultimato do capitão Gregorio De Falco, da Guarda Costeira Italiana.

As redes, contudo, disseminaram a notícia de que o presidente deu um tiro de festim, o sangue das fotos era efeito de cinema e o político se encontra hoje disfarçado como mochileiro nas cavernas de Sete Cidades, no Piauí. O estado, não a revista quase centenária.

CUIDADO, ANTES DE ABRIR A PORTA, VERIFIQUE SE O ABISMO ESTÁ PARADO NESTE PISO.

CUIDADO:
ANTES
DE ABRIR
A PORTA
VERIFIQUE
SE O ABISMO
ESTÁ PARADO
NESTE PISO.

> *Câmara e governo aprovam: transgêneros, refugiados orientais e africanos devem ir para os campos de trabalho de reabilitação.* "Arbeit macht frei", *sintetizou um filósofo da rede social. Ninguém entendeu.*

CÂMERAS GRAVAM NO APARTAMENTO DE FELIPE E NA CENTRAL DE SERVIÇOS MÉDICOS DOS CONVÊNIOS PRIVADOS DE MENSALIDADES INCALCULÁVEIS.

AO VIRAR A ESQUINA, VOCÊ NÃO ESCAPA

— Ali, ali, o bando de refugiados, pau neles.
— Pau neles!
— Fogo neles, arrebentem.
— Fodam-se, chupins, parasitas.
— Voltem para as merdas de suas terras.
— Aqui não, aqui tem patriota! Fora, fora!
— Este país tem que se libertar da América Latina. Voltem pros merdas de seus ditadores. Fora, vão pro mar, vão pras balsas.

Sobram corpos quebrados, pedaços de ossos espalhados, lamentos, soluções, dentes, dentaduras, um nariz, orelhas cortadas, unhas.

Eles em conflito absoluto, pois a Eles tudo é permitido. De tempos em tempos, efetuam uma blitzkrieg, guerra total de limpeza, como chamam. Temidos, em bandos que engrossam a cada quadra, eles chegam a milhares, chamados, unidos, convocados, reunidos pelas redes que se comunicam, interagem, despertam, agitam, clamam, ordenam, despertam os sentimentos patrióticos, religiosos, ideológicos, astuciosos, étnicos, racistas. Gritam, batem tambores, tocam pistões, armados, porque a eles foi dado o poder de usar armas sem necessitar de porte. Qualquer tipo de arma que queiram comprar, e que vão buscar nos Estados Unidos, Rússia,

Afeganistão, Paraguai. Levam espadas de samurais, bastões, peixeiras, cassetetes elétricos, todo tipo de armamento infalível, sem esquecer o corner shot, cujo projétil vira a esquina, como se fosse coisa de desenho animado, ficção científica. Nada disso, vida real, a indústria bélica mundial é aqui copiada, falsificada, imitada, o que ocasiona desastres entre os que a usam, armas que explodem nas mãos, projéteis que se voltam contra os atiradores. Nada importa, eles se juntam e partem para derrubar igrejas de seitas opostas, terreiros de umbanda, macumba, religiões afro, islâmicos, espíritas, católicos, universais do reino de Deus, misturam-se, Eles contra Nós, contra Eles, contra Aqueles, contra Estes, dizimando casas, vitrines que exibem roupas consideradas imorais para as mulheres, incendiando galerias de arte, queimando bancas de jornais. Fazem pilhas enormes de livros nas praças principais, ateiam fogo, e vão atirando os volumes um a um, passam a noite nesses autos da fé, embriagados pelo poder, pelo ódio, prometem para dentro de dez anos um auto da fé gigantesco com todos os livros do Brasil e do mundo. Os volumes virão em navios pelos oceanos, ou em imensos cargueiros, e arderão por anos, ou décadas, ou até mil anos, até que sejam extintos todos os livros, quadros, fotos; imagens não permitidas. Ai de quem for pego com uma obra sacrílega, ai de quem for pego com um livro não recomendado, puro, edificante, em mãos.

> *Ninguém percebe o tempo correndo para trás. Anúncios de CafiAspirina, Cibalena e Calcigenol surgem no alto dos prédios.*

CÂMERAS NA PORTARIA, CORREDORES E QUARTOS. FELIPE TAMBÉM GRAVA SEUS PENSAMENTOS NO CELULAR M700:

COMO SE TORNAR INVISÍVEL?

O Bússola é um micro-hotel nas proximidades do terminal rodoviário. A bússola foi inventada em 1302 por Flavio Gioia, que nasceu e viveu em Amalfi, Itália. Ele mudou a história da navegação. Depois da roda, era considerada a invenção mais importante da História. Agora, a bússola disputa com a mala de rodinhas, o GPS, a caneta Bic e o corrimão de escada. É o que diz o quadro emoldurado na portaria.

— Foi o dono que deu nome ao hotel?
— O avô dele.
— E por que *bússola*?
— O dono disse que o avô prezava os grandes feitos.

Engraçado um porteiro de hotel fodido dizer "prezava os grandes feitos".

— Devia ter uma bússola aqui na parede, ou no letreiro da fachada.
— Tem uma sala cheia de bússolas. O velho viajou muito e de cada lugar trazia uma. Precisa falar com o neto para entrar lá. Ele tem medo que roubem. Esta região, sabe como é, não?
— Igual a todas, todos os bairros, igual a cada esquina desta cidade! E o avô, mora aqui?
— Morreu. O senhor tem interesse em bússolas?
— Ando precisando de uma.
— O senhor é navegador?

— Não, apenas um equilibrista desequilibrado.

O porteiro, pasmado. Deixou passar batido, atende todo tipo de gente. Entrou um sujeito tossindo, pediu um quarto, ele disse que estava lotado, o homem se foi, amparado por uma mulher gorda que o olhou com ódio.

— Por que não deu um quarto? O hotel não está lotado!

— E ele ficar tossindo, espalhando germes, bactérias? Quem sabe está com ebola, dengue, H1N1, chikungunya, peste negra? Pior, corruptela?

— Peste negra? Sabe o que é isso? Essas doenças todas, a gente só ouve pela tevê.

— Pode ser, mas a corruptela existe, está avançando, comendo pelas bordas. Desde quando descobriram aquela rede de lavagem de dinheiro feita por frentistas de postos de gasolina, laranjas de doleiros.

— Nossa! Há quanto tempo!

— Tudo isso? Perdemos a noção do tempo desde que o bug do milênio retornou.

— Mas diga, custava dar um quarto? Não tem dó?

— Nenhum. Se tiver dó, me fodo!

Do lado do hotel fica um autoelétrico, depois um boteco que serve PFs, em seguida o ateliê de duas costureiras que consertam roupas, costuram, cerzem. A arte de cerzir está sendo perdida, mas as velhinhas parecem hábeis.

Essas duas mulheres me levam à adolescência, quando pulava o muro de casa e ficava vendo costureiras vizinhas trabalhando. Enfiava-me por baixo da máquina de costura de uma delas, imaginando que estivesse sendo sutil, quando na verdade ela sabia, e deixava que, encostado à parede, olhasse suas coxas brancas, enquanto manejava o pedal da máquina. Vez ou outra, abria a perna um pouco, de modo que eu visse a calcinha e alguns pelos, o que me deixava inquieto a tal ponto que corria afobado. Um dia, ouvi as duas rindo, não sabia se de mim, elas sabiam o motivo da fuga. Isso foi muito depois de eu me perder de meu pai na romaria à cidade da padroeira. Perdi meu pai, ele guiava a família, de repente virou uma esquina e nunca mais o vimos. Minha mãe, que usava um vestido vermelho naquele dia, nunca mais usou nada dessa cor.

O hotel é simples. Não confortável. Cama de solteiro, um banheiro que cheira a desinfetante. Não é um puteiro, para cá vêm viajantes em trânsito, chegam no final do dia no terminal, vão apanhar o ônibus na manhã seguinte. Na portaria me pediram o RG, dei um número qualquer. Neste país aceitam qualquer coisa, mas de repente te prendem porque roubou uma caixa de uva-passa no supermercado. Aquelas vermelhas americanas, grape, raisins.

O porteiro anotou o número no caderno de capa dura, um daqueles livros de atas que desapareceram das papelarias. Pretendo escrever o livro das coisas mortas, aquelas que sumiram das papelarias e da vida, como papel-carbono, fita para máquina de escrever, mata-borrão, o bloco pautado para cartas, apontador e ponteira de metal para lápis.

À noite, silêncio. Durante o dia, barulho infernal, estão demolindo uma vila de sobradinhos que abrigaram no começo do século passado os operários das fábricas de tecido, de sabão e de óleo vegetal que fizeram o bairro se desenvolver. Depois foi ocupado por refugiados estrangeiros que fugiram dos Estados Unidos com as leis de imigração. Erguerão nove torres de setenta andares. Pedi quarto nos fundos. Por estar sem bagagem, apenas com a mochila, tive de pagar duas noites adiantadas e no quarto encontrei um pedaço de envelope pardo sobre o criado-mudo com o número de um telefone celular. Quem esqueceu? Quem deixou e por que deixou? Na gaveta do móvel uma pequena Bíblia, *Novo Testamento*. Os da Bíblia estão por toda a parte. Ruim é a televisão pequena, imagens fora de sintonia, dançam para cima e para baixo. Olhei os noticiários, nenhuma informação sobre o atropelamento de uma designer.

Sinto-me bem, nunca imaginei que ficasse calmo assim. Na minha cabeça, estaria desesperado, doido, batendo a testa nas paredes. Um banho, o chuveirinho é vagabundo, esquenta mal. Nem tinha tirado a sujeira do corpo, a água acabou. O box encheu de água, preciso pedir à portaria que consertem. Clara disse uma noite que quando ficávamos sentados no sofá do apartamento dela, namorando, mãos dadas, ela se emocionava, tinha vontade de chorar, tão feliz estava. Ela se lembrava:

— A noite mais bonita de nossa vida foi quando, em Nova York, assistimos no meio de milhares de latinos a um show de salsa em homenagem a Celia Cruz, e ela cantava: *"yo no olvido el año viejo"*.

De manhã, fico numa poltrona na entrada, quero ver o tipo dos hóspedes, é um teste para saber se me reconhecem. A melhor coisa do mundo é ser desconhecido, invisível. Casais caipiras com grandes malas sobem com dificuldade a escada. Entrou um travesti, parece que faz ponto aqui, há três manhãs chega cedo, vai para a sala do café, come pastel e toma Tang amarelo. Homens sozinhos com pastas, representantes comerciais. Meu pai parece que foi um. A imagem dele está cada vez mais nebulosa em minha memória. Uma mulher chorosa entrou, pediu dinheiro, tinha perdido a passagem no terminal, acha que foi roubada, quer ir para Alagoas. Não dei, claro, vivemos numa cidade de golpes. Sei que assim que acabar o dinheiro vou dar golpes de joão sem braço. Se precisar, roubo.

À noite, há putas na calçada. Metade são travecas, trans, vêm uns bonitinhos também, garotos de programa, chegam tarde, pensei que não existissem mais, é tão fácil comer quem a gente quer, sem pagar. Tem caras com seus cachimbinhos de crack, a cidade está cheia, espalharam-se, uma cracolândia universal. Aos gestores, ao longo de décadas, foi permitido pelo Ultrassuperior Tribunal passar com tratores em cima deles, os corpos viram uma pasta sanguinolenta, vêm caminhões-pipa com mangueiras poderosas, lavam a jato. Não acreditam? Esperem aqui comigo e verão.

Estou pirado, mal com o que me aconteceu, com o que fiz. Por que fiz? Não há remédio. Falo sozinho. Este cheiro estranho, metálico, acentua-se na madrugada, as pessoas ficam como que sonolentas, inertes. Certa vez, fiz longa viagem pelo interior do estado e em algumas cidades sentia à noite o cheiro ácido de laranjas esmagadas, ou então cana-de-açúcar triturada em um imenso moedor, que formava um espesso lençol sobre a noite e nos levava a adormecer em paz, depois de muitos espirros.

Pago outra noite, estou gostando do lugar. No meio da madrugada (e o que será o meio da madrugada?) ouvimos tiros. Desci, havia um grupo assustado na entrada. Na esquina tinham matado cinco traficantes. Depois descobriram, não eram traficantes, eram fumantes, a imprensa ficou alvoroçada, teve jornalista na vizinhança até de manhã. Preferi não sair. Medo que me fotografem em segundo plano, ou mesmo em close, jornalistas são malandros. Vai que me reconheçam! Fico no quarto o dia inteiro, exercício de paciência.

Corri ao terminal, comprei revistas, há uma série nostálgica, álbuns do Fantasma e do Mandrake. Como era possível acreditar num homem mascarado que cavalga seguido por um cachorro, o Capeto? Hoje seria morto em dois minutos, qualquer bandido mata a torto e a direito. Fico imaginando o Fantasma, chamado o Espírito Que Anda, a cavalo por estes becos e vielas, mascarado. Polícia matava logo pensando que fosse um black bloc. Nada mais ridículo do que Diana, eterna noiva, transando com um mascarado. Ele jamais tirava a máscara? Quem lavava os uniformes dele? Quem fabricava ou costurava? Não havia costureiras ou lojas na selva e, pelo que se sabe, o Fantasma morava numa caverna. Esses super-heróis eram uns brochas, babacões. O Fantasma tinha tudo para comer vinte mulheres por dia. Ficava cavalgando seguido pelo Capeto. E o Super-Homem, que brochava com uma pedrinha de criptonita? Babacões.

Fechei a veneziana, puxei o blackout esfarrapado, fico na penumbra, me vem a eterna questão: o que Deus fazia no escuro, antes de criar o mundo? Isso pode me deixar louco, mas, se conseguisse desenvolver o trabalho, seria algo para ser lembrado. Todos queremos ser lembrados. Se chegasse à conclusão sobre o que Deus fazia, tenho certeza que poderia ser consagrado; é uma questão de teologia ou filosofia, ou o quê? Ninguém jamais abordou o tema. Neste momento há tantas igrejas, muitos deuses, muita fé (será fé?), bispos e pastores bilionários, comendo as beatas, curando, exorcizando. Mil dólares por um exorcismo e terás o reino de Deus.

Clara, um dia, me falou para sair do pedestal. Me acusou de indeciso, ambíguo. Mas e meus fracassos, que escondo tão bem? Tive mais de um, além de ter abandonado a Stock Car. E dirigia bem. Nunca esqueci o desapontamento dela quando a campanha que fiz para o lançamento de um vinho do Vale dos Vinhedos, que seria espetacular (indicado por ela, fiz como freelance), foi recusada. Mais do que isso, ridicularizada. Riram na sala, olharam para ela, como que dizendo: você tem cada uma. Agora, essa busca sobre Deus pode me reerguer, pesquisei muito, nunca encontrei nada sobre Deus vagando solitário no escuro. Havia solidão ou esse é um sentimento humano? Uma coisa me martela, dói. Clara terá sofrido?

Hoje de manhã, quando cheguei à sala de café, um sujeito saía assobiando. Coisa mais cafona assobiar. Me olhou:

— Acho, não tenho certeza, acabei de ver o senhor na televisão, no noticiário!

Estremeci:

— E por que eu estaria na tevê? Não sou ninguém, apenas um pé-rapado. Deve ser alguém parecido.

— Pode ser. Não prestei atenção, fico olhando imagens, ver se aparece uma boazuda, dessas bundudas. Onde fazem essas bundas? Não podem nascer com elas. O jornal mostrou também aquela supergostosa toda feita com hidrogel que está morrendo na UTI com infecção. Havia também uma Miss Barriga Tanquinho que se casou com um ministro e tirou fotos peladas, a gostosa. Dizem que as mulheres agora querem uma bunda que bata na nuca. É a moda, o tesão dos homens. Era o senhor mesmo? O senhor faz o quê? Vai ver que me enganei. Acho que foram os seus olhos, o senhor tem um olhar de louco. O sujeito parecia chapado.

— Olhar de louco? Ora, vá te foder.

Hora de cair fora. Vou ao terminal rodoviário, há uma barbearia, mando raspar a cabeça, passar a navalha. Ainda existem navalhas? A maquininha elétrica faz cócegas. Aproveito, peço com dor no coração.

— Tire também toda a barba.
— Uma barba tão bonita, vai ficar com cara de gente antiga.
— Todinha.
— Qual é, está fugindo da cadeia?
— Me enchi da minha cara, de mim, da porra da vida.
— Eu também, estou há 37 anos nesta barbearia, vendo gente chegar e partir. Qualquer dia desço essa escada rolante matando todo mundo, roubo um ônibus.

Numa loja, hesito entre um gorro mano de lá e o boné de um time de Birigui. Fico com o boné, mas com a aba normal, na frente. Passo por um espelho. Clara gostaria de me ver assim? Sem a barba de papa Ernest, me sinto frágil. Se Clara me visse ia rir. Nem eu estou gostando. Como as pessoas que fazem plásticas fracassadas conseguem se olhar no espelho? Como as pessoas conseguem se olhar no espelho?

Câmeras de rua gravam os pichadores trabalhando nos muros e fugindo quando os carros Antiarte enviados pelos gestores chegam aspergindo jatos de ácido sulfídrico. Dois artistas se derretem com o impacto.

WY2KAJ0K
PS6N GK+EDD0K5
SQVFXZ1JGSUK8 KPS6ROKJ
OX3DTTV 5VWWO6W 1M6
UCXP0 CG VML4KY
FEM DXYS TVL1 D8 MINISTRO

Palavras ou mensagens pré-históricas? Apaguem, isso não é arte, disse o gestor.

> *São 4h13. A cada sete minutos, uma mulher é estuprada ou morta neste país.*

Postado na rede social:

PARA QUE ENTENDER O PROCESSO EM QUE VIVEMOS?

Um mil reais. Mil contos de réis. Cem mil cruzeiros. Um milhão de reais. Um bilhão. Um trilhão. Um quatrilhão. Banalidades. Qualquer bunda mole fala em um milhão, um bilhão. Perdemos o sentido do valor do dinheiro.

Não quero ganhar na Mega-Sena. Não quero lutar por um trilhão, para entrar na lista da *Forbes*. Quero estrangular esses personal conductors de cachorros que percorrem as ruas, puxando uma matilha que late, estoura meus ouvidos. Abaixam-se e pegam o cocô dos cães. A bosta dos cachorros vai sufocar o mundo. Todas as ruas fedem a mijo de cachorro.

Li que o chefe da manutenção de uma empresa em São Paulo saiu do trabalho e apanhou uma van para voltar para casa. No caminho, um buraco abriu-se debaixo dele, uma cratera enorme engoliu a van, caminhões, ônibus, basculantes. Uma obra do metrô ruiu, afundou, como se um minitsunami tivesse passado pelo local. O metrô superfaturado, feito com material de quinta, nem tinha sido inaugurado e estava podre. O chefe era um homem precavido, tinha acabado de confirmar que se aposentaria em dois anos, estava com a vida preparada. "Agora vou viver", confessava. Quer dizer que até então não tinha vivido?

Ontem um artista de cruzamento encheu a boca de gasolina e soprou sobre uma mecha acesa, o fogo subiu. Na hora, ele engoliu gasolina, o fogo desceu pela goela dele, o sujeito começou a gritar, caiu no chão, a garrafa arrebentou, a gasolina esparramou, virou uma bela de uma chama, em pouco tempo era carvão.

Ninguém se moveu, se mexeu, ficaram olhando. Já viram alguém incendiado, o fogo comendo até os ossos?

Não suporto ouvir as perguntas: o que você faz dá dinheiro? Tem títulos de capitalização? O que você guarda para a velhice? Exausto de abrir jornais e revistas, ligar a televisão e ver centenas de páginas com todo tipo de ajuda, como sair da crise, receitas + métodos + sistemas + fórmulas + preceitos + modelos + diretrizes + ensinamentos + sugestões + conselhos + listas para emagrecer, manter o corpo delgado, receitas para ser feliz, ter orgasmo, dietas contra o colesterol, contra a glicemia, fisioterapias, pilates, ioga (agora pronunciem iôga) e mais 600 mil métodos que a Índia, o Tibete, o Butão, o caralho exportam para o mundo ter serenidade, sossego, espiritualidade.

Não aguento congestionamentos, motoristas a buzinar, britadeiras, betoneiras misturando cimento, bate-estacas dia e noite, vivemos entre corredores de arranha-céus, cansados de ler reportagens sobre atores, empresários, executivos, banqueiros, gerentes, líderes bem-sucedidos, Astutos roubando, empresários comprando governos, mulheres bem-sucedidas, escritores famosos, jogadores famosos namorando jovens famosas, empresários bilionários comendo apresentadoras de televisão, casando com elas, dando iates, mansões, fulana de tal levando o filho à sorveteria, fulano de tal visto entrando no motel com fulana de tal, desligo a televisão quando vejo comerciais oferecendo internet barata, tantos megabites, ultravelocidade, velocidade, velocidade, rapidez para crianças e jovens jogarem videogames.

Não suporto palavras como *felicidade, bem-estar, tranquilidade, sustentabilidade, fazer o bem, ajudar o próximo, ser solidário, estender a mão ao outro, amparar os desamparados*. Agora tem uma palavra nova: *destradicionalizar*. Destradicionalizemos. Estou no limite e assim que lerem isto vão querer me internar, é mais fácil internar um homem de saco cheio, saco estourando, revoltado contra o mundo idiota, cretino, estúpido, merdalhão, do que ouvi-lo e entendê-lo.

Tenho vontade de matar quando peço café e o garçom me pergunta: descafeinado? Ou quando me estende um cardápio onde oferece café marroquino, sabor de rosas ao entardecer, cravos do oriente, crepúsculo da Escócia, café africano, café colombiano, café imperatriz. Quero só café. Café de bule, café de saco, como dizem, café de coador. Cheio de viver em um mundo em que preciso escolher num cardápio até a porra de um cafezinho de merda.

Ando irritado com quem procura entender os outros. Com quem procura entender o processo que estou vivendo. Não estou vivendo processo nenhum. Aliás, não quero ser entendido. Não quero ser analisado, não quero passar por reabilitação. Não quero entrar para os alcoólicos ou alcoólatras anônimos, Astutos corruptos anônimos, drogados anônimos, corruptos anônimos (ô, repeti, deixa), traficantes anônimos (até eles adoram ser famosos), transexuais anônimos, fracassados anônimos, solitários anônimos, gays anônimos, anônimos anônimos, bem-sucedidos anônimos.

E aqueles que querem entender o país, o que está acontecendo, por que tantos presidentes, tantos impeachments seguidos, estradas bloqueadas, pneus queimados, prédios ocupados, bombas de gás, sprays de pimenta. Hoje pela manhã, uma dona de casa expulsava um cachorro que invadira seu jardim. "Fora, fora, fora", gritava. Foi presa na hora, não se pode dizer a palavra *fora*. Nada que contenha o *fora* pode ser usado: forasteiro, foragido, fora de jogo, fora da lei, forame, forata, foranto, forâneo, foraleiro.

Na tevê, um candidato a presidente. Outro salvador, herói, como se proclama esse jovem burguês de cabelo engomado, lencinho no bolso, sorriso plastificado, dizendo-se contra tudo, aborto, gays, carnaval, baladas, descriminalização de drogas, trans, álcool, fumo, transplante de células-tronco, transplante de rins, medula, cacete, cu, intestino, boceta, dedo, unha, nariz, olhos, pelos, cabelos, remelas. Me deixem em paz.

COMPARTILHAR.

Doze milhões de compartilhamentos a favor, elogiando. Oito milhões contra, raivosos, ameaçadores. Xingamentos, insultos: sua mãe é puta, você é viado, seus filhos vão morrer afogados no Ibirapuera, vou te levar para comer bosta no Tietê, canal de merda, pestilento, vamos cortar o saco do teu irmão, seu pai não mija, tem a uretra fechada, mija num saquinho.

> *São 0h37. Fatos da memória: as mulheres
> continuam a ganhar 60% menos
> do que os homens.*

Gravação enviada por Felipe a Andreato com a pergunta: "O que anda acontecendo com minha cabeça? Será este cheiro infecto que me persegue, está no ar o tempo inteiro, nos deixa meio paralisados?"

ELE SÓ QUER FAZER UMA PERGUNTA

Sou tão bom quanto um sniper norte-americano. Meu tiro foi certeiro, pegou o filhodaputa do Ministro do Tribunal Maior no meio da testa, explodiu a cabeça, voaram sangue e miolos por todo canto. Na presidência driblou tudo e todos, roubou, mentiu e sacaneou, comprou o que existia de gente à venda (e como há gente à venda, e como nasce gente disposta a se vender) o tempo inteiro. Agora terminou. Está lá, a cabeça estourada, miolos saltaram, caído numa poça de sangue. Remorsos? Nenhum. Estamos anestesiados, absolvidos, a culpa desapareceu neste país.

Uma pergunta me envenena: por que não faço o que penso, projeto, programo, idealizo? Adoraria fazer.

Olho o sujeito que aborda cada mulher que passa. Esta é uma moreninha, cara de índia. O sujeito se aproxima.

— Moça!
— Moça? Qual é? Te conheço?
— Não. Só quero saber a hora.
— Por que pergunta pra mim?
— É só uma pergunta.
— Não, nem pense, não chega perto! Pergunte pra outro.
— Não tenho a quem perguntar.
— Tem tanta gente no mundo. Não tenho resposta para nada.
— Nem fiz a pergunta.

— Nem precisa, estou cheia de perguntas, não sei o que fazer com elas, caia fora. Procure outro.

— Só tem você na rua a esta hora.

— Tem bilhões de pessoas no mundo e você vem perguntar logo pra mim?

— É a pessoa que está mais perto.

— Pergunte pra outra, já disse.

— Onde?

— A cidade é grande, o país é grande, o mundo enorme, vá pelo universo, fale com Deus.

— Onde estão as outras pessoas?

— Estão por aí, vá até a esquina. Vá ao centro. Vá aos parques, aos shoppings. Vá às manifestações de protesto, tem tanta gente lá, devem saber mais do que eu o que o senhor ia perguntar.

— Custa responder?

— Não falo com estranhos.

— É só uma pergunta!

— Mas você pode engrenar na conversa, me enganar, me dar uma facada, um tiro, me estrangular, me violentar, me bater, me esfaquear, deixando meus intestinos de fora, me degolar, cortar minha orelha, furar meus olhos, arrancar minha bocetinha, cortar meus dedos, arrancar meu nariz, meus dentes. E acabei de colocar este aparelho, me custou tanto! Não arranque meus dentes, moço.

— Está louca? Só quero fazer uma pergunta.

— Quem me diz que você não é um homem-bomba? Puxa um cordão, explode tudo, você, eu, as casas, arrasa o quarteirão, mata um monte de gente? Sei que você quer me degolar como esses terroristas da televisão, dos filmes.

— Olhe para mim, estou de bermuda, camiseta. Onde está a bomba? A faca para degolar?

— Isso é maneira de se vestir?

— Com este calor é!

— Canalha, o senhor é um canalha. Quer me estuprar.

— E você, louca! Vaca.

— Viu? Se revelou. Marginal, black bloc, isso que você é.

Vândalo, destruidor de vitrine, de orelhões, de lixos, de caixas de correio, ladrão de bolsa de mulher, quer meu celular, ladrão de caixas eletrônicos. Meu Deus! Cadê a polícia? Socorro, socorro! Não tem ninguém, ninguém. Ele vai me matar.

— Cala a boca, moça! Cala!

Ela não se calou.

— Cale-se. Não é nada disso.

Ela não se calou.

— Cale-se, pelo amor de Deus!

Ela não se calou. O sujeito puxou a faca guardada na parte de trás da bermuda. Começou a esfaquear, deixando os intestinos de fora, degolando, cortando as orelhas, furando os olhos, arrancando a bocetinha, arrancando todos os dedos. Quando acabou, olhou para mim e disse:

— Viu? Sou bom. Deixei os dentes com o aparelho, afinal deve ter custado caro.

— Você não podia ter feito isso...

— Faço o que quero, e cai fora que vou fazer o mesmo com você. Agora estou aliviado. E você vai fazer o quê? Vai se meter? Venha, te corto como retalhei a menina ali, cada um faz o que quer. Cai fora, rápido. Vai.

Fora. Retire-se. Ele disse a palavra proibida. Posso denunciá-lo. Acho melhor cair fora, ainda que eu seja mais forte do que ele. Nada tenho com isso, não vou me meter.

COMPARTILHAMENTOS, 178 mil acessos. Protestam: Como entender esse homem? Olhou e não fez nada. Queria fazer, não fez. Em que mundo vive? Ou é mentiroso, alucinado. Medroso ou covarde?

> *Organizados, eles se juntam, sabem quem está oferecendo empregos, vão para as filas e assaltam os desempregados, rapam tudo, levam identidades e carteiras de trabalho, vão vender para outra quadrilha.*

CÂMERAS GRAVANDO, CELULARES COM THINKING CHIPS TAMBÉM:

BASTA EXISTIR E SUA VIDA É UM INFERNO

Antes de ir ao banco, Felipe leu as manchetes. Um atirador de facas do interior estava sendo procurado. Fazia um espetáculo em circos e em salas alugadas e tinha atirado a faca na boceta de uma mulher diante de duzentos espectadores. Não dizia se ela morreu. Movimentos sociais exigem prisão do artista.

Em uma cidade do interior, três mulheres centenárias foram homenageadas pelo Patrimônio Histórico. Aos 96 anos, elas posavam nuas como náiades em uma fonte no jardim público e a prefeitura solicitara a inclusão no livro *Guinness*, dos recordes. Orgulho para nosso país, tão escasso em recordes. Reportagens em todos os jornais e nos programas femininos à tarde. As fotos fizeram sucesso, as emissoras receberam milhares de cartas, o movimento feminista geriátrico exultou. Os gerontologistas proclamaram: a velhice acabou. Vivemos nova era.

Desapareceram as gigantescas máquinas que seguiam rumo ao Centro-Oeste e provavelmente ao Norte do país. O que foi feito delas?

No banco, Felipe baixou as aplicações, deixou tudo na conta, a gerente de calças coladas nas coxas protestou. Conseguiu dois cartões de débito, para usar alternadamente. A cada dia, sacaria um pouco. Nada que despertasse a atenção do caixa ou dos "olheiros", aqueles que de dentro do banco avisam os ladrões para o sequestro rápido. Só vou a caixas eletrônicos em ruas movimentadas, muita gente inibe os assaltantes. Adoraria cartão black, limite infinito.

Marcou a partida para o dia 19. Precisava decidir. Ir para onde? Viajar à noite, contemplar paisagens adormecidas, batidas pelo farol do ônibus, as formas indistintas de tudo. Lâmpadas amareladas na varanda, um bar vazio, uma mesa de sinuca e dois jogadores, um cão dormindo numa porta. Como atravessar paisagens de Edward Hopper. Viajando à noite ele não precisa dormir em bancos de praça ou albergues, ainda que a maioria das cidades não tenha albergues decentes. Também não quer parecer um sem-teto desamparado. Despistar, mudar de trajetos, refazer o mesmo trajeto, viajar em círculos para confundir, se alguém o perseguir. Claro que o perseguirão. Embarcou. Na parede da rodoviária há um grafite em tinta vermelha: "O apocalipse está chegando. Seja bem-vindo."

As cidades mudadas. Ontem vi um bonde parado no ponto final, na porta de um cemitério. Por que os pontos finais são à beira de cemitérios? Bonde? Mas os bondes não existem mais. Será que estamos caminhando para trás? Ando à noite com medo que me encontrem, ainda que não tenha tido culpa. Ou tive? Sei que me procuram. Neste mundo de hoje não é preciso ser culpado, basta existir e nossa vida vira um inferno. Vou sempre àquela loja, a televisão da vitrine fica ligada a noite inteira e vejo as notícias. Tédio. Milhares de partidos escrachando, mandando. Os militantes militando, os vândalos vandalizando. Os Astutos filhodaputas filhodaputando, cães sarnentos. Os juízes dos tribunais encerrados em seus bunkers, distantes de tudo. Os Astutos emprestando jatinhos de doleiros para cortar o cabelo, ir a clínicas americanas para aumentar o pau, fazer as unhas, comprar ovos de Páscoa, dar uma metidinha nas putas que infestam a capital, buscar empresários para pedir (achacar, chantagear, manipular, mundinho de gente fedorenta). Lobistas sacanas levando dinheiro nas cuecas. Desembargadores vendendo pareceres. Existem contas na Suíça, em Luxemburgo, na ilhas Cayman, em Antígua, onde você fica tranquilo, desde que negue, negue, negue. Papelarias vendem carimbos prontos com a frase: "O Astuto indiciado negou participar de qualquer irregularidade". Contas secretas, coisas de primeiro mundo. Aqui, a turma anda com dinheiro na cueca, nas calcinhas, na boceta.

Agora, todo mundo, mas todo mundo mesmo, não há uma pessoa neste mundo, uma só, não há uma pessoa que não tenha um celular em mãos, no bolso, na bolsa, na cueca, dentro do rabo para entrar em prisões. Para visitas nas penitenciárias – onde estão detidos centenas de Astutos, Comunicadores Aconselhantes e empreiteiros – é preciso enfiar o celular na bunda, para não ser descoberto. Traficantes, parentes, policiais, advogados de porta de cadeia, amigos – como se a amizade existisse –, todo mundo leva o celular no cuzinho. Tem mulher que enfia um no rabo, outro na xoxota. E se o celular toca na xoxota? A polícia descobre? E se a mulher deixar no modo vibrador? Faz cócegas? Fazendo cócegas, ela pode gozar.

As crianças ficam nos celulares, nos iPads, iPods, iPuds, iPutas, e tudo o mais que inovadores celebrados e destradicionalizados inventaram para encher o saco do mundo e ganhar dinheiro. Os olhos do futuro terão retinas especiais. Como ganham dinheiro os espertos. E nós gastamos, comprando a versão iPhone, smartphone 1, 2, 3, 5 , 7 ou a recente 675, a versão do caralho do último laptop, notebook, tablet e quantos mais. Equipamentos para fazer parar de pensar?

Sou chato, sei. Pareço anacrônico, mas tenho o pé no chão. Na rodoviária, de um canto em que há uma lâmpada apagada, uma menina me olha assustada. Não há vigias, nada. Apagam as luzes uma a uma, a menina deve ter uns quinze anos, dispara a correr, escorrega, grita, levanta-se, vê que não me mexi, continua a correr. Sabe lá o que posso ser.

Deve ser uma cidade grande, esta rodoviária é uma imensidão, um mundo de plataformas, tudo vazio, sempre chego à noite, no último ônibus, durmo por aqui, entro no banheiro, tomo um banho, se tiver água, tudo depende da cidade, tem lugar que é uma secura só, me limpo com os papéis. Dia desses gastei um rolo de papel higiênico inteiro, não gosto de me sentir melado, tem dia que faz um puta de um calor. A menina me viu, correu. Por que assusto as pessoas? Vou me olhar no espelho, sou um sujeito bonito. Bem-arrumado, já fui o mais elegante nas redações, agências e produtoras em que trabalhei. Reconheço, fui filhodaputa com Clara, não devia ter usado o material dela. Horror foi ter jogado o carro em cima dela. Construí uma mulher-bomba, Clara, e ela apertou o disparador no momento em que pulava no meu colo, gritando: te odeio. Me odeia, como dói.

> *Brasileiros têm reservas até o final do século em restaurantes como o Sublimotion, em Ibiza, que atende apenas doze clientes por noite, ao custo de US$ 2 mil por pessoa. Ou no Masa, em Nova York, onde o custo é de US$ 350 por pessoa, com vinhos entre US$ 400 e US$ 1.500 a garrafa. Lotações esgotadas também no excelente Gordon Ramsay, de Londres, que custa US$ 355 por pessoa. Recomendado igualmente está o Ithaa Undersea, da Maldivas. Pague US$ 500 por pessoa.*

Maio, de que ano? Os anos se perderam — celular de Felipe e câmeras de ônibus e rodoviárias, de postos de conveniência e de pedágio gravam:

PATINHAS DE CARANGUEJO DA TAILÂNDIA A US$ 300

Digitou a mensagem: Andreato, porra da merda, como saber de que modo descobriram quem criou os posters, banners, outdoors *Vada a bordo, cazzo?* Sei que Eles emputeceram, odiaram, botaram todos os agentes na rua. Em Ruzevelti (pooorrra. Para onde estou indo? Os caras nem sabem os nomes das pessoas direito, país analfabeto) estava escuro, quente e abafado, ele se sentiu sufocado, não quis ficar. Continuou espantado com as multidões que seguiam pela margem da rodovia, malas e sacolas na mão. O motorista comentou:

— São cariocas fugindo do Rio de Janeiro, as filas estão aumentando dia a dia. Logo as cidades vão ser um deserto, os que podem estão se mandando, sem saber para onde. Tem milhares de refugiados da Síria, do Afeganistão, Zimbábue, da ilha de Okinawa, trabalhando como escravos nas mãos dos atravessadores. E os mortos? A cada minuto, pessoas morrem nas ruas, ninguém toca nelas, é o medo. Ninguém sabe há quanto tempo não existe mais o Ministério da Saúde. Por economia. Os ministros da Cultura morreram de inanição, sem trabalho, verbas, sedes, equipes nem projetos.

Felipe mudava de ônibus. Jardineira, vans, kombis malacafentas, cidades se sucedendo, tantas cidades, sobe e desce, não quer parar, não parar nunca mais, quer saltar do mundo, seus olhos captam as placas, legendas, tabuletas, letreiros, outdoors, mas não estou fugindo da miséria, falta de emprego, saques nas lojas e mercados, doenças, não. Estou me distanciando de mim. Meu pai, lembro-me bem, vivia deprimido, dizia que os ídolos da geração dele que tinham combatido a ditadura militar, sido presos e torturados, estavam hoje no governo, nos melhores postos das estatais e bancos e autarquias, recebendo propinas, ficando bilionários, desviando verbas.

Aluga-se, aluga-se, vende-se, vende-se, aluga-se, aluga-se, vende-se, vende-se, vende-se, aluga-se quarto para temporada, edícula a preço de banana. Paliteiros de postes, centenas de fios se enroscam, nunca quiseram fazer fiação subterrânea, fios formam uma teia espessa, quem sabe o que é do quê? Partem em todas as direções, dos postes para as casas, bares, lojas, loterias, chaveiros, luz, telefone, tevê a cabo, gatos, gambiarras, todo tipo de fraudes. Aluga-se. Vende-se. Aluga-se. Vende-se. Casas demolidas transformadas em estacionamentos. Milhares de estacionamentos desertos. Mato crescendo.

Ruas esburacadas, empoeiradas, favelas, muquifos, esgotos, fábricas em ruínas, trilhos enferrujados sobre dormentes apodrecidos atravessam cidades. "Se esta rua, se esta rua fosse minha, eu mandava, eu mandava ladrilhar." Um cheiro podre no mundo. Adianta pensar em Deus, no que Deus fazia no escuro antes de criar o mundo? Por que decidiu criar? Clara, Clara, por quê?

Primeiro dia

Estranhas construções de pedra no alto dos morros parecem fortes centenários, paredes amareladas, em que lugar estou? A vista não repousa. As cidades naufragam na feiura. Casas inacabadas, lajes, churrascos nas lajes, funk nas lajes, janelas de alumínio estandardizadas, tudo igual. O país apodrece. Quem governa?

Segundo dia

E se eu fizesse uma faixa de plástico e colocasse em todas as estradas do país: *Felipe ama Clara, apesar de tudo?* Sabe, Clara, eu sonhei que estavas tão linda, numa festa de raro esplendor.

Terceiro dia

Aproveite o feirão do ano. Troco o seu televisor usado. Dê o seu carro usado e leve um zero. Sem IPI. Sem ICMS. Sem INSS. Sem GPS. Sem Cofins. Sem TRF. Sem TSE. Sem DNIT. Sem CIJ, ou FAO, FMI, CE, BIRD, TPI, BID, INTL, FODA (Fundo Internacional de Desenvolvimento Agrícola). Não compre, não troque sem ver o maior programa de ofertas de carros na tevê. Últimas unidades sem aumento. O que faço? Se corro, pegam. Se paro, comem. Se voar me abatem a tiros. Se me escondo, me localizam. Será que Andreato desligou mesmo minha tornozeleira? Ele é um sacana… E se ele conseguisse o código da tornozeleira de Clara e descobrisse se ela está viva ou onde está? Carrões blindados parando, manobristas apanhando o volante. Restaurante oferece cem gramas de patinhas de caranguejo da Tailândia por US$ 300.

Sexto dia

Filas de office boys, comerciários, bancários diante de peruas Towner. Lanchonetes volantes. Food trucks. Povo esfomeado come de pé na calçada. Me dá um rotedogue. Com maionese? Com maionese, catchupe, ervilha, bacon, ovo, mostarda, milho, batata palha, vinagrete, quero completo. Hambúrguer, refrigerante de lata, pipoca japonesa doce. Me dá um pastéis. De carne? Não, de pizza. Pra viagem levo dois de frango, um de palmito, um especial. O que tem no especial? Ovo, azeitona, carne, tomate, queijo. Se leva quatro, ganha um de brinde. Restaurantes a quilo, saladas, grelhados, estrogonofe, creme de milho, gelatinas diet, frutas passadas.

No sétimo dia Deus descansou

Caldo de cana. Com limão? Não, abacaxi. Pequeno, médio, grande. Escritórios. Quem quer pedir comida? Quero chinês, eu macarrão, pra mim um beirute, pego uma salada leve, refrigerante diet pra todo mundo, vê se tem pizza, um bauru, lasanha de carne, ravioli à bolonhesa, yakisoba. Nas tabuletas: x-calabresa. Carne nos espetos (picanha, cupim, filé, maminha) sendo cortada sobre as mesas nos rodízios. Quilo em promoção. Cem gramas a um real e trinta e um refrigerante. Pão de queijo. Às margens das rodovias, shoppings gigantescos sendo construídos e outlets, ou megashoppings e redes de lanchonetes devorando pequenos negócios, bares, botecos, cafés, pastelarias familiares, pão com linguiça, quibe e esfirra.

ESTAMOS TODOS NO FUNDO DE UM INFERNO, ONDE CADA INSTANTE É UM MILAGRE.

Cioran em *Le mauvais démiurge*,
Paris, 1969.

> *Depredada no Louvre a estátua da Vênus de Milo, ao mesmo tempo que os quadros* A origem do mundo, O sono *ou* Adormecidas, *de Courbet, e* O banho turco, *de Ingres, foram incendiados por fanático religioso.*

CÂMERAS DA RODOVIÁRIA, DAS PRAÇAS E RUAS, DOS HELICÓPTEROS DA POLÍCIA GRAVARAM, HÁ TRECHOS DE CELULAR:

CONSTRUINDO O DESERTO ELE QUER SER UM SANTO

Lotérica, em frente à academia de fitness. Próximo à rodoviária. Fachada de vidro. Vitrine. Jovens fazem esteira. Marombados, cabelos iguais aos dos jogadores de futebol que estão no estrangeiro, pés em tênis de grife. Mulheres olham com o rabo dos olhos para ver se estão sendo admiradas. Cada aparelho é um monitor, posturas estudadas, corpos esculturais, sem marcas de múltiplos bisturis, cabeças erguidas em poses, prontas a serem invejadas e fotografadas. Todos a correr sem sair do lugar, a pedalar, erguer pesos, puxar ferros, saltar em camas elásticas.

A fila diante da lotérica é uma centopeia, há gente com pacotes de boletos, jogam pela família ou por toda a firma. Tiram maços separadinhos, aos quais o dinheiro está anexado por um clipe. Não há impaciência. O prêmio acumula a cada semana, mês, semestre. Dois bilhões de reais acalmam os estresses. A lotérica oferece bolões, todos compram.

Duas da tarde, sol atordoa. Felipe se refugia no interior da rodoviária, está sentado há uma hora, nenhum ônibus chegou ou saiu. Ele não tem para onde ir. Foi só tomar dois ônibus errados e se perdeu. É isso o que quer. Cansado. Será que fiz besteira? Um homem passou empurrando um carrinho de mão. Funcionários cochilavam dentro dos guichês. O homem sentou-se, ofegante.

— Posso descansar aqui? Estorvo?
— Caralho, está cheio de banco aqui e vem sentar bem no meu?
— Um minuto só, a quentura está pegando. Feriadão, estou aproveitando, tirando atraso.
— Feriado? Do quê?
— Só aqui. Faz um ano que morreu a benfeitora do asilo. O viúvo é o prefeito, que decretou feriado. Enquanto ele mandar, será feriado. É um ladrão fodido e vai ser reeleito, muda a lei e tem os vereadores no bolso. Ganha muito dinheiro obrigando os hospitais da cidade a colocarem próteses em pacientes que não necessitam. Se você o conhece, admira. É educado, bem-vestido, fala bem, é amável o filhodeumaputa.
— Você disse *atraso*. Que atraso?
— Na construção do meu deserto.
— Deserto? Está construindo um deserto? Qual é a sua, cara? Primeiro achei que fosse bichona, agora sei que é maluco.
— Nada disso. Vou me tornar eremita.
— Eremita? Quer ser santo?
— Se Deus mo permitir.
— Mo? To permitirá. O que leva nesses sacos?
— Areia.
— É pedreiro?
— Nada, não tenho emprego, não trabalho...
— Tem quase 100 milhões assim, anda por aí para ver.
— O senhor não entende. Não tenho emprego porque fiz voto de pobreza.
— Se pobreza nos faz santos, o país é o céu! E como compra a areia?
— Roubo.
— Rouba? E se te pegam?
— Ninguém pega ninguém. Todo mundo caga para tudo, vale tudo, pega pra capar! Se roubam lá em cima, podemos roubar aqui embaixo.
— E como se faz um deserto?
— Andei procurando no Google, comprei um livro sobre habitação e construção, mas só falam de casas e edifícios. Fui à

biblioteca, nada. Na série sobre grandes construções achei umas dicas. O senhor sabe alguma coisa sobre desertos?

— Para mim, só a natureza forma um deserto. Leva anos, séculos. São lugares secos, quentíssimos... Há pessoas que levam o deserto dentro da cabeça.

— Na cabeça? Ah! Sei. Quer dizer que vou demorar séculos até conseguir meu deserto?

— Milênios, milhões de anos, às vezes. Olha aqui no Google. O Saara tem no mínimo 500 mil anos. Vai viver no deserto? Quer ser santo? Santos não existem mais!

— Pode ser que eu faça um dinheirinho.

— Se quer fazer dinheiro, por que não funda uma Igreja? Um bando de gente explorando o povinho tonto, analfabeto. Pastores milionários, dinheiro na Suíça, na putaqueopariu. Vai ganhar dinheiro, ficar rico, exorcizando o demônio, combatendo os adúlteros, os gays, os comunistas, os trans...

— Os gays? Me disseram que tinham acabado. Os poucos estão sendo mandados para uma reserva isolada no centro do país. Exilados, condenados a trabalhos forçados. Não sou picareta, não quero explorar ninguém, meu ideal é espiritual.

— Espiritual? Poooorrrrraaaaaa!

— Serei um ermitão, abandonando os prazeres, as vaidades, as maldades, e me dedicarei às orações. Preciso aprender a viver comigo, a ser só! Me acompanha?

— Eu? Não tenho alma de santo. Sou um emputecido com a sacanagem que está aí.

— Os santos também viviam putos com a podridão da humanidade. Junte-se a mim e vamos conseguir adesões. Tem mais gente desesperada do que você pensa. Desde que aquele presidente rachou o país, as pessoas se sentem impotentes.

— Santo, ora essa! Vai ser um longuíssimo trabalho. Você pretende sair por aí, pregando?

— Que isso? Em que mundo você vive? Hoje tem a rede social, estou com milhares de amigos no Facebook, Twitter, LinkedIn, WhatsApp, Instagram e tudo mais. Vou até criar um aplicativo.

Há muita gente que pensa como eu. Venha, me ajude a levar estes sacos ao prédio. Trabalho à noite, escondido. Hoje posso me expor, a cidade está vazia. Vem? Se bem que boa parte da população se foi, principalmente os comerciantes. Aqui é uma das passagens da fila da autoeutanásia. De tempos em tempos, é também desova dos comboios dos mortos.

— Aqui tem uma desova?
— Enorme, mas tudo cercado, vigiado. Depois podemos ir lá.
— Eu não. E não fedem esses mortos?
— Muito, demais, para isso cobrem os cadáveres com soda cáustica e cal. Há também os fornos consumindo corpos dia e noite.
— E a população não sente o cheiro dos queimados? Não reclama, protesta? Suporta calada?
— Proteste e verá. Os Militantes, chamados de Seguranças Sociais, ou SS, entram em ação, dissolvem agitações. Desde as primordiais...
— O quê? Primordiais?
— Desde as antigas, as primeiras manifestações de 2013, e quantos anos passaram já? Tudo mudou tanto que perdemos a noção do tempo. Os Militantes ou SS se equiparam tecnologicamente, com violência devastaram estudantes que ocupavam escolas, queriam merenda, fuzilaram sem-terra e sem-teto, indígenas, ajudam gestores municipais a dizimar os drogaditos das cracolândias que ocupam o Brasil inteiro. Mas diga! Vem comigo.
— Por que não? Quem não tem o que fazer, não tem destino!
— Falar nisso, sou Aníbal. E o senhor?
— Me chame de *você*. Não tenho nome.
— Claro que tem. Não existe gente sem nome.
— Esqueci ou perdi o meu.
— Será uma doença? Ou quem sabe é um sinal do Senhor.
— Mais fácil ter neurônio queimado. Do estresse. Sabe, tenho ouvido uns ruídos na cabeça. Parece areia caindo. O som de uma ampulheta, a areia fina que desce marcando horas.
— Ampulheta? O negócio hoje é relógio digital, relógio de celular. Ampulheta? Ninguém sabe o que é. O senhor não é tão velho.

— Ela e a amiga riam de mim, diziam que eu era "o velho".

— Elas quem?

— Clara e Marina. É outra história, nada a ver, deixa para lá.

— Clara? Lembra Santa Clara, nobre, rica, abandonou a família em 1212 e seguiu Francisco de Assis. Criou a ordem das Clarissas. Santa e virtuosa mulher. Mas, me ajude, como te chamar?

— Do que quiser. Zé Renato, Fausto, Mauro... Escolha.

— Sei um nome. Sabiniano.

— Onde achou um nome desses?

— Foi o filho da primeira mulher de Sabino.

— Do Fernando Sabino?

— Não, não, esse foi o escritor. Meu Deus! O senhor não tem cultura hagiográfica? Nada sabe da vida dos santos?

— Nunca me interessei.

— Gosto muito dessa história. Um dia, Sabiniano leu a Bíblia e ficou muito impressionado ao encontrar nos versículos uma frase que dizia algo que o deixou muito perturbado. Pensou, perguntou e ninguém esclarecia. Um dia, ele se fechou no quarto, colocou um cilício, cobriu-se de cinzas, exclamando que preferia morrer a não entender o sentido daquelas palavras. Foi quando um anjo apareceu e lhe disse que, quando fosse batizado, entenderia o que naquele momento não alcançava. Sabiniano mudou de atitude e passou a combater a adoração aos falsos ídolos. O imperador Aureliano, criador da famosa muralha que ainda hoje pode ser vista em Roma, próxima às Sete Colinas e ao Campo de Marte, ordenou que prendessem Sabiniano e o torturassem. Para se ter ideia, esse Aureliano foi aquele que espalhou por todo o império romano frases como: "Aureliano como Deus e Senhor por nascimento ou Deus nascido do homem".

— Igual aquele velho político nosso que tinha perdido a cabeça, ou um olho, não sei, se achava o máximo, deus onipotente...

— Não sei de nada disso. Pois Sabiniano foi levado a uma rocha, jogaram óleo sobre ele e atearam fogo. Ele sobreviveu. Enraivecido, Aureliano mandou que o crivassem de flechas, mas as flechas ficavam paralisadas no ar, sendo que uma delas voltou-se e cegou o imperador. Levado para um local onde seria decapitado, Sabiniano partiu suas correntes e caminhou sobre as águas. Passou a caminhar pelo país, andrajoso e ensandecido... Como se chamava aquele político, quero dizer, Astuto? De que ano foi? Alguém se lembra?

— Dizem que com quase 150 anos anda por aí fazendo conferências, ninguém sabe quem paga. Mas fala desse Sabiniano! Conta, acaba de contar... Adoro casos...

— Sabiniano foi preso de novo e decapitado. Assim que sua cabeça caiu, ele apanhou-a entre as mãos e deu 49 passos. O lugar onde morreu tornou-se ponto de peregrinação e milagres.

— Do caralho! Esse pessoal sabia fazer roteiros. Dá uma novela fodida nessas tevês comandadas por religiosos.

Aníbal levou aquele que tinha esquecido que se chamava Felipe ao seu quarto, em um cortiço. Havia apenas uma cama, um criado-mudo, uma pequena mesa. Dois livros largados pelo chão, ensebados.

— Foram encontrados no carrinho de um miserável que catava papel para reciclagem. Trocados por uma garrafa de pinga. Os dois livros eram vidas de santos. Pessoas edificantes, como dizia o subtítulo de um. Decorei a maioria dessas biografiazinhas, de tal maneira que posso repeti-las a qualquer momento. São vidas que sustentavam seu propósito de encerrar-se naquele muquifo, não se ouvia o barulho do trânsito, a muvuca da cidade. Helicópteros da polícia e das emissoras de televisão trafegavam constantemente pela região, considerada de periculosidade. Num dos livros, me impressionei com a história do penitente Simeão Estilita, de 1.600 anos atrás. Ele construiu com as próprias mãos uma torre e encarapitou-se no alto. Ficou ali até morrer, enquanto as pessoas traziam água e o que comer em troca de suas palavras, propondo que todos se preparassem para um reino de felicidade que viria. Todos os relatos diziam que Simeão era feliz. Não tinha nada, a não ser o tecido grosseiro com que cobria o corpo e o protegia do vento, da chuva, do frio. Simeão marcou minha vida.

Aquele que agora era Sabiniano, esquecido que tinha sido Felipe, começou a gravar no celular:

— Isso é o que eu quero, marcar minha vida. Pode ser um gesto, uma palavra, um olhar. Uma tarde, desci a rua Augusta, em São Paulo, antes que o país se dividisse em tantas facções de ódio, às vésperas do que foi chamada a Hecatombe da Drenagem, provocada pelos governos que esgotaram todas as reservas de dinheiro do país, enviando para os paraísos fiscais. Quase mais nada restava das capitais, a não ser o vento que soprava sobre elas. Fui atraído pela capa do livro *Homens e mulheres da Idade Média*, edição de luxo. Um livro com iluminuras, maltratado pelo sol na vitrine. Puro prazer, luz. Personalidades, santos e santas, reis, amantes. Pessoas como Átila, Guido D'Arezzo, Matilde de Canossa, São Francisco, Étienne Marcel, Knut, o Grande, Saladino, Brunetto Latini, Bernard Gui, Douceline, Inocêncio III, Dante. Olhava para o livro em cima de minha mesa e de vez em quando lia. Pessoas que viveram há mil anos, mas o registro delas ficou. Marcaram o mundo com alguma coisa. É o que eu gostaria. Marcar o meu tempo, meu lugar, com minha vidinha.

Por semanas, roubavam areia e conduziam no carrinho de mão. Tarde da noite, todas as noites, levavam a areia para o terraço, no alto de um prédio na periferia. Esforço grande, Felipe tinha parado com academias, alimentava-se mal, tinha perdido músculos. Arrastavam os sacos do carrinho na calçada até o elevador, preocupados em não cruzar com ninguém. O prédio era um formigueiro, sobe e desce, movimento dia e noite.

Tinham o cuidado de colocar os sacos no terraço cobertos por plásticos, a fim de proteger da chuva e do vento. Ninguém subia àquele lugar, o prédio era habitado por carentes, deficientes, ladrões, putas, vagabundos, traficantes, sem-teto, vigaristas, assaltantes de caixas eletrônicos, sequestradores-relâmpagos, mulas que entregavam drogas, cafetões de travestis, drogados, fumantes de crack, sem-terra, bicheiros arruinados pela loteria federal, fazedoras de aborto, falsificadores de guias municipais, fraudadores de água, clonadores de celulares, aidéticos, produtores de CDs e DVDs piratas, "funcionários laranjas" de Astutos despedidos e escorraçados por saberem muito, vândalos, grafiteiros, vendedores de notas fiscais de empresas inexistentes para deputados e empreiteiros que fraudavam licitações, limpadores de fichas sujas no departamento de trânsito e nos tribunais, subornadores, chantagistas, olheiros nos bancos para avisar assaltantes na saída, atacantes de velhos aposentados, fraudadores do INSS, bêbados.

Sem falar na mulher que mantinha 147 gatos, que miavam dia e noite incessantemente, numa estreita quitinete que fedia. (No Ministério de Comunicações, experts vivem confusos, se perguntam: para que isso? Fazer o que com este material? Passar ao Ultrassupremo Tribunal. Quem manda mais? O Ultrassupremo ou o Areópago? Ou ninguém, é mixórdia?) Em alguns andares, há apartamentos conjugados que escondem coreanos, bolivianos, haitianos, nigerianos, serra-leonenses, fugidos da fome, escravidão, epidemias, gente que aqui vive escravizada por confecções que falsificam roupas de grife, enviadas para o Norte e o Nordeste. Habitações infectas, imundas, os trabalhadores sempre ameaçados de serem entregues à Polícia Federal para serem repatriados.

Aníbal e seu companheiro sabem de tudo, calados. Qualquer desconfiança pode levá-los a serem encontrados decapitados ou com os pés numa lata de cimento, no fundo de um rio (os dois tinham visto filmes da máfia), ainda que nunca a polícia ou qualquer órgão de segurança jamais tivesse feito drenagem no rio.

Sabiniano, aquele que tinha sido Felipe e esquecera (ou perdera) o nome, ou não se acostumara ainda, um dia perguntou:

— Em que mundo você vive, Aníbal, querendo ser santo?

— Não está claro? Quero mudar o mundo, salvar pessoas, viver só.

— Que sentido faz? Hoje ninguém vive só, todo mundo está conectado, ligado ao outro, atravessando continentes ou quem sabe o universo pelas redes sociais. Quem diz que não estamos sendo olhados, vistos, ouvidos de alguma galáxia? Trilhões de mensagens circulam pelos ares. Se caíssem em nossas cabeças, nos esmagariam. Quem não se conecta, não se liga, não responde, não manda uma foto não é feliz.

Conversavam sobre isso, levando sacos de areia para o terraço. O vento assobiava no alto, sacos se rompiam, a areia se espalhava, feria os olhos. O terraço não era grande, Aníbal tinha calculado que necessitaria de 1.557 sacos até concluir o deserto. Faltava pouco para completar a cota.

Cada noite, sobem pelas escadas, que fedem a mijo, bosta, porra, suor, comida podre, cagadas de gente e de cachorro, suor de quem nunca toma banho. Sobem com cuidado, têm medo de serem mortos por engano. É comum aparecer um cadáver num canto de corredor, e aquele prédio de 1975 tem muitos corredores e cantos escusos. Aníbal adora a palavra *escusos*. Morar naquela pocilga para ele é penitência. O lugar representa o povo sofrido, símbolo de um país que flutua sobre o nada. Poeira espessa cobre o piso, gruda-se nas paredes. O vento assobia pelas janelas quebradas. Este prédio vai ruir, desmontar, desaparecer, assim como esta cidade, este país, tudo apodrecido. Nada ficará.

Os dois começaram a esparramar a areia com um rastelo, para formar uma boa camada. Dentro de dois dias, Aníbal mudaria para o terraço para iniciar sua trajetória rumo à santidade. Ofereceria seu sacrifício para compensar os roubos, desvios, fraudes, falcatruas, corrupções, mentiras, traições, compras de cargos, de ministérios, malversações de fundos, compra de votos, de consciências, de almas, dilapidação do Tesouro Nacional, frases que ouvia nos telejornais, lia nas manchetes, ditas e repetidas. Por isso queria ser santo. Andava impressionado com a ausência de santos no mundo moderno. Havia uns santinhos sem muita expressão, com histórias que ele considerava pífias, diante dos grandes mártires que tinham sido canonizados e hoje estavam espalhados pelos altares do mundo em milhares de igrejas.

— Um dia, vou curar a humanidade, libertar venezuelanos, cubanos, uzbequistaneses, ucranianos, mexicanos, irlandeses, norte-americanos. Estes não sabem, mas também são pobrezinhos e não têm ideia de nada.

Uma obsessão. Porém, continuava racional, tanto que passou noites subindo com latas de leite em pó, presuntadas e sopas, alimentos que o sustentariam por algum tempo. Depois caçaria pássaros que pousavam nas antenas.

Felipe, aquele que esqueceu o nome, ficou dezoito dias e meio no deserto. Tédio, o calor, o problema de não ter onde mijar e cagar, fazia pelos cantos, tudo secava ao sol, cheirava mal. Uma tarde, de saco cheio, ele disse que o deserto não era vida para ele, não queria ser santo nem nada. Quando saiu, a televisão chegou para entrevistar Aníbal, que pediu um alto cachê e presença no *Domingo sensacionalista*, o mais antigo programa do mundo. Ao ver a televisão, no domingo, o homem que tinha esquecido seu nome descobriu que Aníbal não era seu verdadeiro nome. Dizia também que não tinha idade. Essa questão de anos, meses, dias, horas era indiferente. O tempo é uma abstração. Duas semanas depois de aparecer na televisão, ele foi esquecido. Uma noite, dois helicópteros que caçavam traficantes metralharam Aníbal, que ficou estendido na areia do deserto, secando ao sol, até se transformar em carcaça.

> *"Já existem drogas que desenvolvem funções telepáticas que têm efeito importante sobre a glândula pineal, uma região do cérebro que controla as funções denominadas psiônicas: telepatia, vidência, premonição, bilocação etc."*
> Camile Delio, revista Planeta,
> dezembro de 1972.

Câmeras de ruas e celular de Felipe gravando:

HISTÓRIA CONTADA DEPOIS DE AMANHÃ

Antes eu tinha ocupação, rotina diária, como se diz, horário de entrada, de almoço, de saída. Cumpria obrigações. Um babacão. Respeitável, como queria meu pai. Vai ver por isso nunca senti a falta dele, só ficou uma curiosidade: para onde foi? Na rua, me perguntam:

— Que horas são, por obséquio?
— *Obséquio*? O que é isso?
— Quero dizer *por favor*. Que horas são?
— Horas? Quantas horas o senhor quer?
— Quero saber a hora, agora.
— Então, fala direito.
— O senhor pode me dizer a hora, por favor?
— Não sei, não tenho relógio.
— Pode olhar no celular?
— Me roubaram.
— Ao menos, pode me dizer que dia é hoje?
— Também não sei.
— Como eu pensava quando vi o senhor. É um tolo, um pasmado.
— O senhor diz isso porque é d'Eles. Se fosse dos Nossos, me daria razão, estaríamos tomando cerveja.

— O senhor não passa de um vagabundo. Merduncho.

— Não sou vagabundo. E quem diz *por obséquio* é o quê? Bostífero.

Pouco me importam as horas e os dias, não sei mais o que é ontem, anteontem, amanhã, depois de amanhã. Dia desses, conversando num posto de inconveniência, está certo, pensei assim, inconveniência, um sujeito me contou uma história que eu conhecia.

Retruquei:

— Você já me contou isso, está repetindo.

— Contei? Quando?

— Depois de amanhã.

— Como depois de amanhã? Como posso contar uma história num dia do futuro?

— Pois estávamos os dois naquele dia, e você se referiu a este dia, este agora, em que estamos conversando, dizendo anteontem. Portanto, conversamos depois de amanhã.

Ele virou as costas. As pessoas estão perdendo a razão. O que está acontecendo com os cérebros? É de tanto falar ao celular? Andam como zumbis, falando com ninguém, ou com alguém que não é visto. Mandam imagens para dizer onde estão e depois não sabem onde estiveram. Tudo o que devem, precisam, vão fazer, está anotado nos smartphones, iPhones, tablets, palmtops. A memória se extingue. Para lembrar o dia, a hora, o compromisso, a compra, acione a tecla de um aplicativo.

Tenho medo. Minha memória já foi. Percebo que estou vivendo um instante que já vivi. Outras vezes, esse instante é lá de trás. Há também momentos lá da frente, que viverei daqui a uma semana. Sou lúcido, poucas pessoas são tão lúcidas como eu. Se hoje é ontem, se amanhã é o passado, se ontem aconteceu há dez anos, nada disso me preocupa. A vida é assim. Gosto de viver. Não fosse esse tormento.

Ali está ela, de novo. Passou três vezes por mim, nem me olhou. Unhas pintadas de roxo. Serão mesmo roxas, assim como as unhas de Clara? Ou eu é que desejo que sejam? Ou vejo o que sonho ver e não a realidade? Nós vemos o que estamos vendo ou aquilo que queremos ver? Havia em *Oito e meio*, de Fellini, momentos em que Guido Anselmi, Marcello Mastroianni, idealizava a realidade como gostaria que ela fosse. Como a relação afetuosa entre sua mulher (Anouk Aimée) e sua amante (Sandra Milo). Depois de meses de um lado para outro, estou cansado.

Desviei os olhos. Dei com a mulher voltando do banheiro, se é que foi ao banheiro. Ela saiu do ônibus, subiu a escada em caracol, demorou. Não foi à lanchonete, porque não traz sanduíche, água, cerveja ou biscoito de polvilho.

Ao perceber que ela tem as unhas roxas, fico com a boca seca. É Clara. Impossível. Por que ia aparecer no meio da noite em uma cidade que nem tenho ideia qual é? Bosta de cidade vazia, quieta, não tem barulho, não tem gente, não tem nada. Como se chama este lugar?

Venho atravessando para lá, para cá, mudando de ônibus, rodoviária para rodoviária, as cidades não parecem as mesmas de hoje, construções estranhas de taipa, parecem as mesmas, sei que estou rodando em círculos. Não! Andando em círculos. Às vezes parece que estou indo para o Norte do país, não para o Sul. Estradas esburacadas, caminhões e ônibus quebrados, vilas sem iluminação, a energia racionada. Vi um filme sobre deserto, daqueles americanos classe C, feitos para programas duplos ou triplos, certa época. No filme, um grupo tinha se perdido, girava, girava, voltava ao mesmo lugar, o sol torrava seus cérebros, a sede devorava estômagos, todos enlouqueciam lentamente. É fácil enlouquecer. Começaram a se pegar, a se matar, beberam sangue, comeram carne humana aquecida em pedras escaldantes. Parecia a vida naquele país onde vivi tempos atrás, o Brasil.

Chove, o vento frio atravessa plataformas do *barracão de zinco, sem telhado, sem pintura*, deve ter setecentos anos, quem sabe aqui foi uma guilda? Vento, é tudo que vai restar destas cidades, deste país. Que país? É Clara, mas ela não quer falar comigo. Me viu e se afasta. É Clara? Não pode ser. Depois do que aconteceu, não é.

A mulher se aproximou. É ela, sim. Murmuro:

— Você? O que faz aqui?

— Eu? Me conhece?

— Bastante.

— Pois nunca te vi. Não tenho ideia de quem o senhor é. Quer me cantar? Arrume uma melhor.

— Como pode dizer isso?

— Devo parecer com alguém.

— É você! Você mesma, Clara.

— Clara? Meu nome é Maiá.

— Maiá? Imagine. É Clara. Você está atrás de mim!

— Atrás do senhor? Surtou?

— Senhor? Por que me trata assim?

— O senhor é muito mais velho, tenho respeito, mas agora tenho medo.

— Medo? Clara. Sou eu...

— Você quem?

— Esqueci meu nome.

— Não! Chega! Vou gritar. Tem um guarda lá em cima. Vai me assaltar, violentar, me esfaquear? Quer esporrear na minha perna, seu merda? Vou sair correndo, gritando, quero que te linchem.

— Você surtou, Clara. O tanto que te quero bem. Sei, me odeia pelo que fiz.

— O que fez?

— Você sabe! Joguei meu carro em cima do teu jipe.

— Eu lá tenho jipe? Tivesse estaria andando nessas jardineiras de merda?

— Sorte, nada aconteceu com você. Posso te abraçar, beijar? Não me odeia mais?

— Não te odeio, mas o senhor é um pé no saco. O que quer? Qual é a tua? Sai de mim, vou gritar, chamar a polícia. Não vem que não tem!

Ela fica apavorada. Tem medo, claro que tem. Eu também teria. Ela sabe, pode me ajudar, dizer quem sou, onde estou.

A mulher, contudo, parece calma. Afasta-se um pouco.

— Preciso ir. Já tenho problemas suficientes.

— Vai para onde?

— Vou me matar.

— O quê?

— Vou me matar daqui a pouco.

— Por quê?

— Decidi. Não dá mais.

— E está calma assim? Por que vai se matar?

— Por que dizer? Porra, você só sabe dizer: *por quê*? Quer explicação para tudo. A gente vive quando a vida tem sentido. Quer saber, não te conheço, não te devo satisfação. Você é um bosta de um fodido, perdido numa rodoviária de merda, no meio da noite. Você sabe por que quer viver? Não sabe? Se é que isso é vida!

— Como vai se matar?

— Não sei.

— Clara! Não se mate! Não vale a pena! Se for por mim, saio de sua vida! Achei que já tivesse saído. Sofreu muito? Vai se matar por mim?

— Sair de minha vida? Como? Nunca entrou! Como vai sair? Clara? Já disse, sou Maiá. Me matar por você? Fumou crack? Está chapado? Sujo, precisa de um banho. Fede. Nojento. Não chega esse ar empesteado que entontece a gente? Sai de mim! Olhe ali, putaqueopariu! Meu ônibus está indo embora.

Ela correu, o ônibus desapareceu no escuro das ruas (seria outro apagão?). Felipe esperou, ela não voltou. Teria conseguido embarcar? Apagaram as luzes da rodoviária. Breu, diziam antigamente quando não havia luz. Era como se a rua fosse uma gruta negra. Trevas na cidade. O escuro que fascinava tanto a Courbet em suas cavernas, vales, recantos ou naquela fenda entre as pernas de uma mulher. O escuro que estava na mente do pintor, enquanto lutava para não enlouquecer. Desde o acidente com Clara, vivo com o mesmo medo, sei que caminho em um labirinto. Estávamos, eu e ela, em Paris, no museu d'Orsay, paralisados diante daquela fenda entre as pernas da mulher do quadro de Courbet, *A Origem do Mundo*, e você me perguntou, é de dentro desse escuro que saímos nós, saiu tudo? Então, Deus estava ali a criar e a empurrar para fora o mundo?

Por onze dias ali voltamos, mirificados, me disse você. Não sei onde encontrou a palavra. Ali teve origem este nosso amor, agora fim, ódio.

> *Aulas de religião aprovadas em todos os currículos escolares, desde que haja matérias sobre todas as religiões existentes no mundo. Existem cerca de 11.213 religiões em todo o universo. Os professores podem fazer pregação, orações, exorcismos de alunos recalcitrantes, dar chibatadas e colocar cilícios nos estudantes.*

INTERIOR DO ÔNIBUS, CELULAR TOCA, CLARA ATENDE, É UM VÍDEO ENVIADO POR LENA, SUA IRMÃ:

POPULAÇÃO SE COÇA DE CURIOSIDADE

Clara, querida. Estamos todos curiosos. Essa tal conferência vai ser de arromba, como dizem por aqui. Ninguém mais diz isso, não é? *Arromba*. Só se fala nela. Ainda não divulgaram a data, estão apenas assoprando as brasas. Todo mundo quer saber quem é o conferencista. Alguns desconfiam, dizem que ele devia é estar preso, mas se livrou. Falam em um homem sem cabeça. Este país endoidou, irmã. Acreditar em quê? Não sei do que falam.

Está vindo para cá? Onde está? Dê uma parada no caminho, senão o ônibus te arrebenta a coluna. Foram aqueles anos de surfe. Chegue logo para a gente conversar. A cidade está cheia de faixas de algodãozinho por toda a parte, cartazes espalhados pelas rodoviárias, um e outro pôster em bares, chamadas na rede local de televisão, jingles nas rádios. E a rede social funcionando: Facebook, WhatsApp, Twitter, tentaram ativar até o extinto Orkut, todos querendo saber o que seria dito.

Nada mais do que: "você vai mudar sua vida". Há também o método antigo, o boca a boca. Em poucos dias, todo mundo comentava a conferência. Sim, sim, mas sobre o que é? Desconhecer um assunto é provocar a curiosidade, acrescentavam outros. Bem

que eu queria mudar a vida, mudar de cidade, até virar puta, se preciso. E Felipe? Você se fechou, só me disse que acabou. Nada ainda sobre o Rafael, estou preocupada faz três meses.
Beijos

Ah, vê se chega logo, pega um táxi em qualquer cidade.

> São 11h12. Lembranças históricas de meio século atrás: Juliana Lopes, diretora do CDP Latin America, disse que "se o Brasil continuar tímido no que diz respeito a políticas fiscais e econômicas relacionadas à nova economia de baixo carbono, corre o risco de ficar sem 'par' na nova dinâmica comercial", acentua o jornal Valor Econômico. Astutos atuais ignorantes ficaram surpresos: "O que será isso?"

Todos os noticiários de fim de noite anunciam:

O POVO É BOM, VAI COMPREENDER

Anunciado novo aumento de gasolina.
Presidente: *O povo é bom, vai compreender.*
Preços são remarcados nos supermercados.
Presidente: *O povo é bom, vai compreender.*
Bancos anunciam alta nos juros.
Presidente: *O povo é bom, vai compreender.*
Leite, manteiga e derivados sofrem novo aumento.
Presidente: *O povo é bom, vai compreender.*
Aumento de pedágio em todas as rodovias do país.
Presidente: *O povo é bom, vai compreender.*
Devido à exportação, a carne está faltando no mercado interno.
Presidente: *O povo é bom, vai compreender.*
Anunciada nova alta nos convênios médicos.
Presidente: *O povo é bom, vai compreender.*
Trabalhadores perdem todos os direitos, empresas ditam as regras que bem entenderem.
Presidente: *Eles entenderão um dia que é para o bem deles.*

Assassinados mais de 273 Astutos que defendiam lésbicas, gays, negros, pobres, excluídos, aidéticos, deficientes. Jamais se descobriram os culpados.

Presidente: *Nem se descobrirão, eles se matam entre si, o povo compreende que assim a segurança funciona.*

Brasileiros gastam 70 bilhões no exterior.

Presidente: *Como se vê, não há crise.*

Anuncia-se que uma das metas do governo, extinguir a longevidade do brasileiro, está sendo alcançada. A população está morrendo entre os 62 e 65 anos. Alívio, afirma a cúpula. Os acima de 67 anos que ainda teimarem em viver serão enviados às filas de autoeutanásia.

Presidente: *Finalmente o povo compreendeu que o sistema previdenciário vai ser normalizado, voltaremos a ser um país jovem e trabalhador.*

Povo ficou sabendo que dos mamilos do presidente sai leite.

Presidente: *Povo é bom, vai compreender que sou santo.*

Areópago Supremo solta 10 mil Astutos corruptos com indulto natalino, presos milionários.

Presidente: *Povo é bom, vai compreender.*

Senadores, parlamentares, ministros, juízes têm direito a um jatinho para se deslocar para onde bem entendem, no Brasil ou no mundo, sem prestar contas.

Presidente: *Povo é bom, vai compreender.*

Pedido um novo impeachment presidencial.

Presidente que assumiu após impeachment: *O povo é bom, vai compreender.* Fez toc toc toc com as mãos, todos riram.

> *Assuntos que preocuparam a população 38 anos atrás: com quantos anos um brasileiro se sente velho? Até quantos anos os idosos podem fazer amor, transar, foder, meter, ter relações sexuais, com pleno gozo, prazer extremo?*

Câmera de uma rodoviária na penumbra, imagem nebulosa, Felipe grava com o celular:

A NAÇÃO ACABOU OU É COISA DE MENTES DOENTIAS?

Uma semana depois, estava na cidade, passaram fanfarras, bandas, alunos uniformizados, bandeiras. Cansado, sonolento, cochilava no banco de pedra, onze da manhã. Um grupo de padres sorridentes e algumas freirinhas, todos muito jovens, se aproximou. Estranho. Que tempos são estes? Padres, freiras. O tempo parou, talvez não sejam ainda ordenados nem tenham feito os votos, são apenas seminaristas e noviças. Param diante de mim. Perguntei:

— Que lugar é este?
— A cidade?
— Não! O país.
Padres e freirinhas perplexos:
— País? O senhor não sabe onde está?
— Perdi o rumo. Deixei o Brasil há um bom tempo.
— Deixou o Brasil? E foi para onde?
— Estou andando de cidade em cidade, não me localizo.
— O senhor bebeu? Tomou drogas? Procura a reabilitação?
— Não fumei, não preciso. Onde estou?
— No Brasil.
— Qual é? Pô, essa não! Faz tempo que aquele país acabou!
— Está mal, companheiro. Como acabou? Este é o Brasil.

As freirinhas acresceram, como em um coral:

— Brasil. Brasil, claro que é Brasil. Salve lindo pendão.

— Não, não, de jeito nenhum. Não mesmo. Eu disse que um dia sairia daquele sufoco.

— Que sufoco?

— O Brasil, porra! Saí. Caí fora.

— Está bem, está bem, não fique nervoso. O senhor veio até aqui de quê?

— De ônibus.

— E comprou uma passagem. Para onde?

— Pedi para o lugar mais longe. Me deram. No outro lugar, pedi de novo uma passagem para uma cidade distante. Assim viajei. Atravessei a fronteira. Vim, vim, vim, vim, vim, vim, vim até chegar aqui.

— Só que aqui é Brasil. Um tanto quanto desarranjado, conturbado. Esquecido de Deus, mas Brasil.

— Então virei, virei e aqui fiquei? Não saí daquele país? Será que não tem jeito de ir embora? Já que vocês falaram em Deus e são homens de Deus, talvez possam me ajudar. Digam, o que Deus fazia no escuro, antes de criar o mundo?

Os padres e as freirinhas se entreolharam:

— Interessante questão teológica, mas não tem resposta. Nada se considera antes da criação do Universo.

— Mas tenho perguntas sobre o antes da criação. Alguém precisa responder.

— Não somos nós, são os grandes doutores da Igreja. São Tomás de Aquino, Santo Agostinho, São Jerônimo, São Gregório de Narek...

As freirinhas interromperam:

— Não se esqueça de Santa Terezinha de Lisieux.

— Pelo visto, o assunto nunca foi debatido. Estou certo. Será meu trabalho. Vai ver que não existia nada no escuro. Por isso tudo foi criado na merda, na confusão, embaralhado, imperfeito. E não adianta, não estamos no Brasil. Mesmo que não! Naquele nosso país Brasil se falava o português.

— E que língua estamos falando?

— Não sei! Não entendo o que vocês dizem.

— E responde?

— Ouço suas vozes embaralhadas. Ou como nas reportagens de televisão, quando precisam proteger um delator, ou alguém que fez uma denúncia contra a polícia, o governo, os traficantes, os tribunais.

— Espera, mesmo sem entender, responde certo.

— Sou hiperdotado.

— Para onde você vai? Ou quer ir?

— Ninguém sabe para onde vai. Tá a maior confusão. Os aeroportos estão lotados, um voo atrás do outro.

— Não sabíamos disso. Vivemos na igreja, no convento, nos preparando para servir ao Senhor. E para onde vai essa gente que está nos aeroportos?

— Para onde brasileiro vai? Miami, Nova York, Dubai, Mônaco, Tailândia, Cancún, a Nêustria, Disneylândia, ilhas Cayman, Barretos, Gramado ver neve, Trancoso, Bueno de Andrada? Vai aonde tenha shopping, outlet, lojas, bares, comida.

— Nêustria?

— Um país riquíssimo, repleto de abadias e conventos que escondiam imensas quantidades de ouro e joias.

— Deus fique com o senhor.

— Para onde vão?

— Para Mâncio Lima. No Acre.

— A última capital do país. Então vão voltar ao Brasil. Onde é a fronteira?

— Vá com Deus, meu senhor.

— Também vocês, padrequinhos de alma boa. Os brasileiros eram tão bons, pena que estragaram tudo.

> *16h45. A cada hora, nasce um corrupto,
> um filho de corrupto, um neto de corrupto, um
> bisneto de corrupto, há empresas de sementes
> dessa erva daninha, vendidas a quilo. Como
> a corrupção vem sendo ligada à estatura,
> chegará o dia em que a população deste país
> será inteira diminuta, pequeninos grãos de
> areia, sonhadores.*

Maio, dia de Nossa Senhora. Acabaram as comemorações dos santos tradicionais, desapareceram as procissões, o povo prefere exorcismos e cantores religiosos. Câmeras gravam e transmitem numa rua de subúrbio.

NINGUÉM QUER TESTEMUNHAR NADA

Felipe atravessou pela faixa de pedestres, o carro foi para cima, ele xingou, o motorista parou, desceu, ia socar.

— Porra! Você?

— Eu?

— Sim, puta coincidência. Que loucura, quase te mato e ainda ia te bater. Logo você.

— Eu? Eu quem? Quem sou?

— Felipe.

— Nos conhecemos?

— Nos conhecemos há anos, trabalhamos juntos.

— Onde, quando, como, por quê?

— Não me venha com essa! Você tinha todas as respostas, sempre teve. O grande Felipe.

— Perdão, quem é você que quase me atropelou e ainda saiu puto da vida para me agredir?

— Sou eu, caralho.

— Você quem?

— Felipe, por que finge que não é alguém, sendo?

— Tantas perguntas, tantas negativas, ninguém mais diz quem é, não assume nada. Você pode estar gravando esta conversa.

— Eu, gravando? Com o quê? Com o caralho?

— Por que não? Hoje em dia o chip pode estar no cacete, no implante do dente, na costura do bolso da lapela, na íris do olho. Lembra-se de um presidente que se fodeu com um sujeito, faz tanto tempo, o cara, um verdureiro que tinha começado com bancas de frutas, almeirão, chicória, couve, sálvia – o senhor sabe o que é sálvia, não sabe? –, cresceu, tornou-se dono de redes de hipermercados, trilionário. Pois levou o gravador dentro do nariz, gravou barbaridades. Fodeu o presidente. Estavam mijando e falando, podia-se ouvir o ruído do mijo batendo nos mictórios. Eles e os sete irmãos, que tinham se casado com sete irmãs, passaram a ser chamados apenas de *os verdureirinhos*.

— Você está estranho. Parece com medo.

— E você que sabe quem sou, mas finge que não sabe, porque se eu for quem você pensa, posso te complicar.

— Então acha que não sei quem você é? Sei e estou me lembrando de um momento ruim para nós dois.

— Momento ruim? Quando, onde? Do que fala?

— Deveria ter te atropelado. Passado por cima. Ajustado as contas. Do que foge?

— Fugindo? Por quê? Do quê?

— Todos estamos fugindo. Deve estar nessas levas que se deslocam de lá para cá em busca de lugar, emprego, comida, uma transa.

— Transa? Não transo há cinco meses. E se tivesse me matado, o que faria?

— Nada, puxaria teu corpo, deixaria na faixa para que os trens dos mortos te levassem.

— Acho que era melhor. Me cremariam, eu desapareceria. Por que não fez isso?

— De dó. Você está com uma cara fodida. Está desesperado?

— Eu não.

— E para onde vai?

— Viajo até achar um rumo.

— Há quanto tempo está flanando?

— Uns cinco meses. Ou um ano, não sei, não me preocupo, sei lá.

— E continua perto de São Paulo. Não saiu do lugar. Quer ser pego?

— Pego? Pego por quê?

— Você sabe. Clara.

— Clara? Conhece?

— Com quem Clara trabalhou dois anos? Quem a fotografou nua para uma revista americana? Quem a levava na hora do almoço para as aulas de flamenco que te provocavam ciúmes?

— Clara? Sabe alguma coisa dela? Espere, não entre nesse carro. Me diga. Clara, fale dela. Teve alguma coisa com ela?

— Nunca, nada, necas. Você é que é neurótico, encheu muito o saco dela.

Entrou no carro, deu a partida, Felipe segurou a porta, o carro arrancou, jogou-o no chão, lacerou-se todo, quebrou um dedo, o nariz sangrou. As únicas testemunhas estavam encostadas nas paredes, nos muros, tão encostadas que pareciam fazer parte da massa, do concreto, das pedras e tijolos. Ninguém se atreve a ser testemunha de nada, olhar para nada, reconhecer o que quer que seja, as ruas são silenciosas, sossegadas.

Churrasco grego com cebola. Ovo empanado. Frango nadando no molho de tomate. Linguiça frita com cebola. Bocas, lábios cheios de molho. Esfirra, quibe, charutinhos de repolho. Chinês a quilo. Bocas chupam refrigerantes. Sorvetes lambidos. Doces mordidos, cremes coloridos.

Gelatinas coloridas, vermelha e amarela, pudim de leite, cocada. Nas obras, operários esquentam marmitas. Nas redes americanas de lanchonetes, jovens gritam ordens para a cozinha com o nervosismo de operadores da bolsa. O garçom, com cerimônia, coloca o prato na mesa, levanta a tampa de prata. Carpaccio de camarão sobre leito de rúcula. Capelete verde ripieno di prosciutto e porcini.

 Entrando numa rodoviária com teto de madeira e zinco, tudo molhado pela garoa intermitente. Em que lugar ele comprou passagem para este buraco, luzes apagadas, lanchonete fechada? Tudo decadente neste país. Que país? O que interessa é estar aqui, ali, lá, em qualquer parte? O tempo parece retroceder, cancelaram os calendários.

 O ônibus parou numa rua inundada. Automóveis, caminhões, carretas, peruas, vans, tudo bloqueado, a água subindo, motoristas nas capotas, mulheres se afogando, crianças se afogando, cães tentando nadar, arrastados pela correnteza. A água desce dos morros, traz árvores, casas, paus, pedras, lama, mortos debaixo dos escombros. Fedor, carcaças, plásticos, geladeiras, garrafas PET, fogões, armários, sofá, carros em cima de telhados.

 Governo:
Deus está nos submetendo a uma grande provação.

 Doze dias depois, ele chegou à rodoviária de Campo Alegre, ou Vista Alegre, ou Chapadão da Tristeza, ou Zumbi dos Palmares. Tomou banho, lavou a roupa, deixou num gramado para secar, polícia obrigou a tirar. Ele não se importa.

 A senhora (Velha? Coroa? O quê?) chegou ao banco da rodoviária. Ficou ao lado dele (Por que ficou? O que pretende?) vendo o programa *Fama ao alcance de todos*.

 As fotos se sucedem: *Modelo top, Cissy D'Ambertoni, é fotografada com a mãe / Astro sertanejo Lululoca visita a filha no Rio / Juliana Bedoni e os sobrinhos brincam com os pombos em praça da Itália / Esther de Paiva, loiríssima, Miss Maiores Peitos do Brasil, depois de abandonar o ministro da Pesca, circula em Miami com bilionário americano / Depois do escândalo do empréstimo em banco estatal e de viajar no jatinho do presidente, Vivi'Anna caminha tranquilamente na orla / Aos 77, Heloisa Agnaldo usa biquíni de lacinho em banho de mar.*

 A velha puxa conversa:

— Ela tem 77 e usa biquíni, inteiraça. E eu? Sabe? Tenho 76 anos.

— Nem parece, te daria cinquenta, no máximo. Posso dizer? Gostosa!?

— Não diga isso. Fui de um homem só a vida inteira.

— Aguentou?

— Me arrependo. Me odeio por isso! Por que fui de um homem só? Nem sei se valeu a pena, nunca conheci outro. E agora?

— Bem feito.

— Sou burra mesmo. Mas como saber se fui, se sou burra?

— Não tem jeito. Perdeu sua vida.

— Perdi minha vida? Acha?

— Perdeu.

— O que posso fazer?

— Não tenho a mínima ideia, não me interessa, não estou aqui para salvar o mundo. Olhe para você. Quantos anos ainda vai viver? Não muitos! Ainda mais com essa mágoa te corroendo. Agora, entregue a Deus, ao diabo, a quem quiser. Eu também fodi minha vida.

— Minha vida me fodeu?

— Não, você fodeu com sua vida.

— Sou mesmo besta, meu marido dizia de vez em quando que sou escrota. Não merecia isso, não merecia.

— E onde ele está?

— No velório municipal. Fecharam as portas à meia-noite. Fecham por causa dos assaltantes, abrem amanhã cedo. Não quis ir para casa, fiquei andando pela cidade, a rodoviária estava acesa, entrei. Ainda bem que encontrei o senhor.

— A que hora o velório abre?

— Às sete.

— E vai ficar enchendo meu saco até às sete?

— Estou te amolando? Quer que eu vá embora?

— Fique aí, se quiser. Tem outro banco ali, sente lá, fume um cigarro. Se aparecer um ônibus, entre, vá embora.

— Para onde?

— Para onde o ônibus for. Entre, compre a passagem com o motorista, desça no fim da linha.

— E meu marido? Quem vai enterrar ele?
— A prefeitura. Alguém. Sabem onde a senhora mora?
— Não sei se sabem.
— Teu marido não vai se importar. Quando te procurarem, não vão te encontrar. Faça como eu. Viajo sem saber para onde vou.
— O senhor é feliz.
— Felicidade?
— Li um livro lindo sobre felicidade.
— Quem é feliz não escreve livros. Caralho!
— E o que vou fazer da vida?
— Porra nenhuma. Vai chorar teu morto numa cama vazia. Teu morto te comia?
— Faz tempo que não!
— Faz diferença?
— Nenhuma.
— Gostava dele?
— Estava acostumada, mas odiava ver quando, antes de dormir, ele tirava a meia, ficava coçando o pé.
— Tem uma boa lembrança dele? Uma só? Uma coisa linda entre vocês dois?
— Preciso pensar!
— Se precisa, não tem. Nenhuma lembrança, um contentamento. Um? Não lembra? Olha lá um ônibus. Se quer resolver a merda da sua vida, sai daqui, pega aquele carro. Vai embora, some. Tem alguém que vai sentir sua falta?
— Me dê um tempo.
— Não demore, o ônibus pode sair.
— Há muito tempo, muito mesmo, eu tinha dezenove anos, vi um moço entrar no clube, atravessar entre as pessoas e, ao passar por mim, me olhou. Nunca mais esqueci aquele olhar. Sei que ele me escolheu naquela hora. Uma coisa bate na gente e levamos pela vida afora. Ele não me tirou para dançar. Aliás, ele pareceu ter sumido no baile. Passei a vida pensando nele. Existiu ou sonhei, ou quis que um moço me olhasse como ele olhou? Até hoje é como se eu tivesse tirado uma foto dele. Onde é que ele

está? Será que se lembra daquela noite em que atravessou o salão, me olhou, parou, me encarou, seguiu. Por que ele parou? Essa é a pergunta que fiz estes anos todos. Por que não fui atrás? Mulheres não iam atrás de homens. Ele parou e me olhou e pronto. Por que parou? O que teria sido?

— Diga, o que teria sido?

— Não tem resposta, tem?

— Corre pegar teu ônibus. O motorista buzinou.

— Vou. Sei lá para onde.

— Vai, vai procurar o rosto que te olhou.

— E meu marido?

— Vai! Teu marido está lá descansado. Nem vai saber que você se foi.

— E se souber, o que me importa?

Ela correu. Virou e sorriu. Última a entrar.

> *Governo cede à pressão de fazendeiros,*
> *empresários, industriais e elimina punição*
> *para quem usa trabalho escravo.*

Troca entre arquivos do hacker Andreato e Felipe.

PEDINTES EXTERMINADOS, ECONOMIA AVANÇA

Andreato enviou a Felipe imagens feitas por pessoas anônimas, gravadas nas ruas. Com o recado:
— Que tal se gravássemos um documentário?
— Para me foder de vez?
— Ou para te colocar em órbita, ver que está de pé, pode responder. Para recuperar seu prestígio. Tenho acompanhado tudo, maior silêncio, parece que ninguém te procura.
— Ou esperam eu voltar para me fazer desaparecer.
— Veja aí, o material é bom, a gente busca mais, acontece a toda hora, ia ter impacto.
— Alguma coisa ainda causa impacto?
— Tenho também um material antiquíssimo bem bom. Um governador, cujo nome me escapa, do então Rio de Janeiro, mandou jogar os mendigos no rio da Guarda, para que não fossem vistos nas ruas por uma rainha que veio ao Brasil.
Felipe abriu as imagens:
O sujeito deu um sorriso, estendeu a mão.
— Um trocado, meu senhor.
Levou uma bordoada na mão, quebrou três dedos.
— O senhor ficou louco?
— Louco é você de pedir esmola. Cai fora.
— Me paga um lanche, dona!
— Pago, vamos ali na padaria.
— Não, me dá o dinheiro, compro depois.

— Toma, vai comprar, vai.

E a dona enfiou uma agulha de tricô na mão do pedinte.

— Doutor, me arranja aí uma medalhinha?

— Medalha? De que santo?

— Medalha é dinheiro, o senhor não entende?

— Entendo, sim. E estou bem preparado. Cheio de medalhas.

Arrancou um minicassetete do bolso do sobretudo (ah, fazia muito frio na noite) e bateu, bateu, até os olhos do pedinte saltarem, o nariz esborrachar, a boca sangrar, ele ficar deformado. As pessoas que assistiam deram apoio: "É assim mesmo que se deve fazer, acabar com eles".

Essas atitudes crescentes começaram com um movimento esboçado no Rio de Janeiro, há décadas, altura de 2016 ou 2018, quando o país viveu um momento estranhíssimo, denominado O Nada sem o Ser, porque não houve eleições, nenhum eleito para nada, presidente, governadores, prefeitos, deputados, senadores. Extintos também os serviços de meteorologia. A capital era um oco, os prédios funcionais vazios e empoeirados se desmanchando, até que a cidade cedeu, tornou-se um monte de escombros.

Desde que aquele movimento antimiséria foi acionado, cresceram as agressões, os ataques, resultando em milhares de pessoas feridas ou mortas, aleijadas, sacrificadas, cegas porque estenderam as mãos em busca de um auxílio. As ruas estão calmas, silenciosas à noite, um sossego bom para dormir.

> *Uma mulher é morta por amor a cada dezessete horas. Por lei, as estupradas têm de ter a criança nascida do estupro. Crianças odiadas desde o nascimento.*

Câmera no interior de um ônibus gravando, thinking chips ligados. Clara envia mensagem para Marina pelo celular:

HOMEM PARADO NA PLATAFORMA

Pequena rodoviária deserta. Sinto o corpo entorpecido, estou há oito horas neste ônibus. Foi a decisão certa? Não era possível suportar mais um minuto. E o que quer Lena, minha irmã? Não tenho ideia do que será a vida daqui para a frente, quem sabe Morgado de Mateus possa ser um refúgio. O menino, o que aconteceu? Por que Lena não me disse tudo, abriu o jogo? Morgado de Mateus, distante, ninguém sonha em ir para lá. Ninguém imagina que exista. Dia desses, um repórter de tevê parece que conseguiu filmar um pedaço da louca casa de Altivo Ferraz. Só que não é em Morgado. O imaginário da humanidade. Queria entrar na cabeça de um homem desses.

Li de novo o folheto que o homem de terno xadrez entregou na penúltima parada do ônibus. Ele me garantiu:

— A senhora vai gostar, vai mudar sua vida!

— Como?

— É necessário ter metas e objetivos.

— O quê?

— É preciso gerir com precisão os métodos que te levam a uma vida satisfatória. Criar plataformas de vida.

— Não entendo.

— Venha à conferência. Lembre-se, plataformas.

O folheto anuncia uma conferência destinada a alterar nossas vidas. O conferencista percorre a região, há quinze cidades programadas. O folheto rosa é mal impresso, com tipos manuais de gráfica antiga. Você sabe como gosto de estudar tipologia. Marina, olha só que estranho, olhei para a plataforma, vi um homem contraído pelo frio, sentado no banco de concreto. Roupas amassadas, um sapato cambaio, careca, mas se vê que é cabeça raspada. Tem alguma coisa nele. Rosto familiar. Vejo sem nitidez, a diferença de temperatura, fora/dentro, embaçou as janelas.

As pessoas descem. A pequena tela da televisão, ligada assim que o ônibus estacionou, transmite um jornal da madrugada e o apresentador fala que a polícia procura o atirador de facas, enquanto investiga se a morte da parceira é criminosa ou acidental. E se esse homem em fuga entrar e sentar-se ao meu lado?

Se ao menos tivesse trazido um livro. Saí correndo, deixei na mesa *O soprador*, de Gorski e Zatz, romance sobre um padeiro polonês que conseguiu sobreviver nos campos de concentração por fazer um pão excelente. Um oficial da SS o levava por toda parte. Da sua janela na padaria dos oficiais, em dias de brisa, o padeiro via a fumaça negra que subia dos crematórios, misturando-se à fumaça branca que saía das chaminés do seu forno de pão. Fumaças da vida e da morte.

Esqueci também *As horas*, de Michael Cunningham. Estou gostando apenas daqueles bons filmes que tinham histórias, filmes velhíssimos, mas adoráveis. Estarei fora de meu tempo, nosso tempo, Marina? Não consigo juntar as pontas e, quanto a isso, entendo Felipe e sua perturbação. Lembra-se do filme sobre Virginia Woolf, vivida por Nicole Kidman? Ficamos impressionadas com a cena da estação, quando Leonardo, o marido, interpretado por Stephen Dillane, discute com a mulher sobre as inquietações dela. O problema não era com Richmond, a pequena cidade onde moravam, nem com Londres. Era com ela, com o que a dilacerava. O desespero das horas, sempre iguais, sem esperança de mudança, a ansiedade provocada pelo nada. Existe uma coisa a nos devorar, Marina, sem que possamos fazer nada, a não ser contemplar o esvaziamento até nos transformarmos em uma carcaça. Você também tem a sensação de que estamos todos enlouquecendo serenamente neste Brasil?

Atmosfera bonita nesta estaçãozinha garoenta, as gotículas de água, trazidas pela brisa, giram em torno das luzes. Na plataforma, bancos vazios, com exceção do homem encolhido em um casaco azul. Com a manga do suéter abri uma fresta no embaçado da janela. Agora que a maioria deixou o carro, o calor dos corpos vai se dissolver, o motorista não fechou a porta. Quem é este homem no banco, para onde vai, a esta hora? Ou veio esperar alguém que não chegou, daí a tristeza? Um vagabundo, desempregado, bêbado, funcionário, um nada? Nunca o Brasil teve tantos nadas.

Você vai me perguntar se deixei ou trouxe, certamente você ia querer. Na mala estão nossas bíblias, *Wallpaper*, *ID*, *Graphis*, *Arcos*, *How*, *Fashion Week*, *Wide*, *Abc Design*, *Computer Arts*. Não quero me distanciar delas. Apanhei uma sacola, puxei duas revistas, uma de fofocas sobre artistas e uma de palavras cruzadas. Comprei automaticamente, há tantas coisas nas bancas, não sabemos o que escolher. Todo mundo lê em iPhone e em tablets, as bancas são quiosques inúteis, estão fechando uma a uma. Rio dos conceitos das cruzadas. Rio da Mesopotâmia. Canal do Egito. Amor em inglês. Roedor pequeno de cauda curta e pernas peludas.

Lá fora, o homem encolhido olha para mim. Ou não? Interessante, vagamente atraente. E se ele subisse, viesse conversar? Um desconhecido, à noite, em uma cidade sem nome, em uma rodoviária gelada, se aproxima. Estou cansada, com sono, louca? Ou conheço este homem? Fosse um desconhecido, estaria disposta a conversar, a contar tudo. Sem dizer o nome, apenas falando, como se ele fosse um terapeuta. Transaríamos, excitados pela possibilidade de o motorista voltar, outros passageiros embarcarem. Ele iria embora, nunca mais nos veríamos. Ele guardaria na lembrança a conversa, a transa ocasional, perguntando: quem seria aquela mulher? Agrada-me a ideia, fico molhadinha. Fantasias. Alimento tantas. Talvez seja esse o problema. Sempre fui louca, atirada, solta, ao contrário de Felipe, contido, que se assustava com tudo. Era o que me incomodava nele, o medo constante de transgredir, errar, o de querer andar na linha, agradar. Incoerente. Ou querer ser avançado, perturbador. Talvez tenha sido isso o que me esvaziou. Fugíamos do trabalho, íamos para meu apartamento à tarde e logo ele estava ansioso por voltar à agência. Por anos, ele manteve na parede em frente à mesa dele uma frase de um filme de Woody Allen, *Magia ao luar*: "Você não deveria ter evitado cometer certos erros".

    E se ele sentasse ao meu lado? A mão a percorrer minha pele, erguendo o vestido, acariciando. Que bagunça a minha cabeça, nem sei por que fiz o que fiz, só não podia mais continuar, tudo tinha se acumulado, a insegurança com Felipe. Ao pensar na mão me acariciando, sabe como me molho fácil. Fiquei perturbada, me deu tesão, as duas mãos eram uma, a que eu queria e a que tinha recusado. Se ele estivesse ao meu lado e tentasse alguma coisa, eu consentiria ou reclamaria ao motorista, exigindo que o homem fosse posto para fora, deixado no escuro e na garoa? Há anos os estupradores agem nos ônibus, metrôs e trens, e a Justiça filha de uma puta ri, acusa as mulheres. Somos as culpadas. Por que fazer isso, se as carícias me deixariam aquecida? O que podia ser feito dentro de um ônibus semivazio? E se eu gemesse?

    Faço alongamentos, movo a cabeça. Alguma coisa me incomoda, os dentes parecem latejar, bato com a unha neles, até perceber um fiapo da manga que comi no posto de estrada. O fiapo dá a sensação de comprimir um dente no outro, bato de novo as unhas para suavizar o incômodo.

    Estou com as unhas pintadas de um colorido berrante, roxo. Adoro esmaltes violentos, a cada dia surpreendo as pessoas. Será que dar o fora me perturbou tanto? Não podia acreditar. Não estou com raiva, apenas triste, fiz o que era possível, mas há um limite. Agora, viajo sem saber se arrependida. Toda a minha vida tem sido assim, decisões súbitas, depois ter de se acostumar a elas. Sem voltar atrás.

    Que demora! Olho em busca de um relógio. Vejo um, parado. Engraçado, todos os relógios que vi na viagem estavam parados. No banco o homem continua a me olhar. Tem um rosto severo, talhado a faca. Eu conheço. De onde? Será? Você sabe, gosto de belezas rudes, odeio bonitinhos de revista, os depiladinhos, os metrossexuais. Ainda existem? Os olhos, Marina, são os olhos de Felipe, aquele jeito alucinado que ele tinha de olhar.

Se fosse ele, Marina, no banco da plataforma, já teria me reconhecido, viria falar. Ou está assustado depois do que fez? O que aconteceu nestes meses todos para se mostrar tão abatido, desmazelado? Penso em descer, desentorpecer as pernas, passar na frente dele, provocá-lo. Sair do ônibus, sentar-me no banco de pedra – deve estar gelado –, começar uma conversa. O que ele ia pensar? Podia se assustar, homens se assustam com facilidade. Ficar andando de um lado para o outro, passando em frente dele, olhando ostensivamente. Ele viria conversar? Sendo a iniciativa dele, qualquer início seria bom, apenas uma desculpa para romper a barreira. Finjo que vou ao banheiro, vejo como ele é. Chego o rosto junto ao vidro da janela, o motorista está demorando.

Mexo com a mão esquerda em uma madeixa de cabelo que me desce ao longo do rosto. Um tique antigo, quando estou ansiosa. Enrolo o cabelo com o indicador, depois giro ao contrário. O que vou fazer em Morgado de Mateus? Quem sabe está na hora de começar a fazer loucuras, afinal acabei de deixar um homem regulado em tudo, sistemático, um homem metódico e previsível. Será que a previsibilidade não é uma qualidade? Viver a vida inteira com surpresas, atos inesperados, palavras súbitas exige uma estrutura firme, ser uma rocha.

O homem levantou-se. Esperei que ele entrasse no ônibus, mas ele caminha pela plataforma, quem sabe se exercitando. Acompanho com o olhar. Que inferno! O que está esperando? Não vê a maneira como eu o convido? Então percebo e começo a rir. O homem não pode ter uma visão clara do interior do ônibus, com as janelas embaçadas. O motorista aparece, fica na porta aguardando os passageiros, surgiram duas velhas, um casal, quatro jovens barulhentos, uma mulher sozinha, dois homens maduros, de terno e gravata, jeito de casal. Epa! O filho da mãe está parado diante da janela. Por que não entra? Não é destemido o suficiente para um gesto desses? Aventurar-se por um rosto desconhecido. Mas esta é uma fantasia minha, não dele, nem reparou que estou aqui, nem me viu, está concentrado nele, em quem espera ou em quem não veio, está dando um tempo para tomar uma decisão. "As suas fantasias", me disse um dia aquele que não vou ver mais – e isso me dói. "As suas fantasias te levam a um lugar onde não posso acompanhar. E se você tentasse viver um pouco no meu mundo?" No seu? Mas nada acontece nele!

O motorista buzinou, fechou a porta, buzinou uma vez mais, esperou meio minuto. Inclino-me junto ao vidro e dou com um celular a me fotografar. O ônibus parte, faço um aceno com as mãos abertas, como que a perguntar: por que não veio? Marina, por que fiz esse gesto? Ele agora tem a minha foto, o que vai fazer? Colocar na internet, no Facebook? Será um pervertido? Talvez um pervertido possa agitar minha vida. Que caminhos aquela foto vai percorrer?

Estou assustada, era ele, Felipe, claro que era. Magro, abatido.
Sem barba, careca. Sem a barba parece mais tesudo. Os olhos, são os olhos dele, desvairados, sempre excitados. E se eu correr, pedir para o motorista parar? Por onde Felipe andou desde que desapareceu? Marina me disse que ele foi várias vezes à agência, mas saiu correndo.

Ele terá me reconhecido no último minuto? Por que me fotografou? Agora tudo que vejo é o carro dele avançando na noite chuvosa, para cima do meu Land Rover, um ônibus se desviando, brecadas, pneus se arrastando, ruído de vidros estilhaçados, pessoas gritando. Cachorros latindo.

Olhei para trás, querendo ver a plataforma que se distanciava, mas o vidro traseiro do ônibus não era transparente, estava ocupado, pelo lado de fora, por uma pintura que mostrava um grande cometa, marca da empresa. Será que ele acha que me matou? Melhor deixar pensar. Que sofra, se ele é capaz de ter um sentimento desses. Se tivesse me reconhecido teria entrado, tentando de novo? Ou teve medo? Havia muitas testemunhas. E se ele está atrás de mim para me matar de vez? Tremo, mas não é de frio.

Saiba e anote: São 9h17. A cada hora, um homossexual, um ladrão, um assassino, um policial, um negro, um pobre e um menor são abatidos neste país.

Câmeras na rodoviária deserta gravam; celular de Felipe, self record:

MULHER NO INTERIOR DO ÔNIBUS

O que Deus fazia no escuro, antes de criar o mundo? De olhos fechados sinto a garoa. Há anos carrego essa indagação. Sentado no banco úmido da rodoviária, a água se espalha com o vento, não há onde se abrigar. Um ônibus entra na plataforma do lado de lá. Silvo agudo, freio de ar. O rosto da mulher surge na janela. Ela se levanta, mexe no bagageiro e aparece folheando alguma coisa. O vidro, embaçado pela diferença de temperatura externa/interna prejudica a visão. A mulher tem os cabelos desarrumados, deve ter dormido na poltrona. Não consigo desviar os olhos, inquieta-me. Ela dá a sensação de não estar lendo, apenas vira as páginas.

Passageiros descem. A paz das rodoviárias desertas, luzes acesas no interior do ônibus. Atraído pela mulher, esqueço Deus no escuro. Ela levanta-se, faz alongamentos. Terá sido uma viagem longa? Ela bate com as unhas nos dentes. Remexe na poltrona, apanha um papel cor-de-rosa, semelhante ao que recebi ao entrar na rodoviária e que joguei. Apanho o folheto do lixo, é a propaganda para a conferência que promete "mudar a vida das pessoas". O conferencista percorre o país. Dá consultas grátis no hotel em que se hospeda. Afirma que *O seu destino não está traçado, sua vida pode ser outra.*

Agora a mulher se ocupa em tirar o esmalte de uma unha usando outra unha. Quantos anos terá? Quarenta, talvez esteja chegando aos cinquenta. De onde vem? Para onde vai? A inquietação se transforma em um formigamento nos dedos. Eu a conheço. Talvez tenha visto uma fotografia. Quem é, o que faz? E se entrasse no ônibus e fosse conversar? Ia dar ideia de um paquerador barato, um assédio. Ela colocaria a boca no mundo, me daria um tapa na cara. Minha aparência é desoladora, estou há dias com a mesma roupa. Para onde foi minha vaidade?

Ela sorri. Não dá para ver o título da revista. Ri de novo, atira a cabeça para trás. Dentes brancos, ainda que o embaçado da janela não me permita detalhes. Os dentes brancos, para mim, faíscam, tenho fixação em dentes. Mas os de Clara tinham um tênue amarelado de cigarro, ainda que seu hálito me excitasse, havia leves traços de fumo e bala de mel. Se conseguisse ver os olhos. O que me inquieta?

Vou entrar dizendo: "Vi você rindo, fiquei curioso! O que te fez rir desse jeito?" E se ela der um chega pra lá? Terei que chegar com uma frase pronta para retrucar. Clara era áspera, às vezes dava um súbito "qual é", agressiva. A estranheza da mulher me envolve. Assim acontecem os encontros? Um choque, visão repentina, medo? Ela ri de novo e não suporto a minha covardia. Tento me levantar, os pés me pesam, chumbo.

A morena tem o olhar brilhante, olhos negros (eu gostaria que ela tivesse olhos negros) e mexe com a mão esquerda na madeixa de cabelo. Tem as unhas pintadas de roxo, ao menos é a sensação através do vidro embaçado. As unhas pintadas de roxo. As unhas coloridas de Clara. Não pode ser. O que ela, se for ela, faz dentro desse ônibus? Então, se for ela, posso voltar, estou livre. E se não for?

De vez em quando, ela aproxima o rosto da janela, parece impaciente. Ela remexe na bolsa, retira alguma coisa que fica fora do meu alcance. Olha para a plataforma, tenho a sensação de que está a me observar. Por que não entro? Há quanto não sinto atração com essa intensidade?

Há momentos em que, além de remoer em torno do que Deus fazia no escuro, penso que talvez precise estudar teologia, ler a Bíblia, consultar especialistas. Quem será especialista em Deus antes da criação do mundo? Mas há tantos deuses, o cristão e sua trindade: Pai, Filho e Espírito Santo, e o Deus do Islã, o Deus dos Judeus, os dos africanos, dos indígenas. Talvez eu encontre um lugar em que possa me dedicar a esses estudos e ficar em paz. A mulher da janela me fascina.

Levanto-me, caminho pela plataforma e tenho a certeza de que ela me acompanha com o olhar. E se ao entrar no ônibus descubro que ela não é interessante, que a visão através do vidro embaçado engana? Estarei vendo o que gostaria de ver e não a realidade? Estou vendo um rosto, na verdade pode ser outro. Minha cabeça costuma viajar. E se ela não está prestando atenção na revista e sim em mim? E se ela não for Clara?

O motorista voltou, ficou junto à porta, chegaram duas velhas, um casal, quatro jovens barulhentos, uma mulher sozinha, dois homens de terno e gravata. O motorista entrou, buzinou, espera.

Entrar ou não? Preciso de uma frase. Uma só. Para iniciar uma conversa que impressione. Já fui bom nisso. Inútil, qualquer palavra vai revelar o assédio banal de um solitário, em uma noite gelada, numa rodoviária arruinada, em uma cidade perdida. Burro! Como não pensei? Corro olhar o destino do ônibus. *Morgado de Mateus*. Que nome! O que os fundadores imaginam? Espera. Morgado, Morgado. Caralho, é a cidade de Clara. Então, é ela mesmo. Disse um dia que iria para lá. Não existem duas cidades com esse nome. Nome esquisito, rodou pelos jornais. Claro, o presumido refúgio de Altivo Ferraz, apontado em dezessete denúncias, liberado da prisão preventiva por uma jogada de um juiz do Ultrassupremo Tribunal, que deu o que falar, causou indignação. Daí ser chamado o mais astuto dos Astutos. Lá onde ele tem duas casas, ao menos é o que dizem. Tinha a Porta dos Leões, que eu devia ter filmado, não fui. Há anos os oficiais de justiça tentam intimar Altivo. Superblindado, ele não recebe ninguém. Os caras chegam, recebem a propina, vão embora. Comentam que na casa dele há um cômodo cheio de intimações.

Era dele a mansão maluca que seria um documentário meu, sei lá quantos anos atrás.

A porta do ônibus foi fechada, o motor ligado, corro com o celular na mão, ela aproxima o rosto da janela. Ela limpa o vidro com a mão. Tem as unhas roxas. É Clara. Bato a foto. Uma, duas, três. A velocidade do ônibus aumenta ainda dentro da rodoviária. Voar e bater na porta? Ela faz um aceno com as mãos. Sim, as unhas são roxas. O gesto. Significa "por que não veio?" Ou não fez o gesto? Estava apenas desentorpecendo as mãos.

O ônibus se afasta veloz, olho para as lanternas vermelhas e o grande cometa pintado na traseira, marca da empresa. O que Deus fazia no escuro? Tenho certeza. Ela me reconheceu. Sabe que sou eu! Mas, então, não está morta? Aciono o telefone, a bateria está para acabar. A imagem durou meio segundo. É ela. Agora tenho de buscá-la.

> *Mantenhamos o pé na História. Assustados com ameaças das redes sociais, patrocinadores cancelam patrocínios de exposições sobre sexo, drogas, diversidade, etnias, judeus, afrodescendentes, justificando que Bormann e Rosenberg tinham razão, não se pode incentivar a arte degenerada.*

Câmeras na rodoviária e na praça gravam:

ELE CRUZA COM O ATIRADOR DE FACAS

O ônibus desapareceu. Felipe procurou o carregador de bateria na mochila, não encontrou. Revirou a maleta que continha suas poucas coisas, mudas de roupas usadas demais, os pacotinhos dissimulados de dinheiro. Só me faltava ter perdido, esquecido por aí, ter sido roubado. Tenho de encontrar uma tomada. Não anunciam que se pode carregar bateria em qualquer parte, até numa bunda? Chega, vou mesmo colocar um chip no pulso. Felipe subiu a escada em espiral, só havia luz na bilheteria. Lembrava o letreiro de destino, *Morgado de Mateus*. Um sujeito pedia informações sobre várias cidades, anotando em um caderno ensebado. Jovem alto, cabelos crespos e oleosos, jeans desbotado rasgado nos joelhos, o nome tatuado no pescoço. No final, estendeu um cartão ao bilheteiro.

— Muito obrigado! Vou fazer um show aqui no dia 17 e o senhor é meu convidado. Sou o atirador de facas. Vai gostar. Vai ter medo. Se tiver coragem, pode ganhar um dinheirinho.

— Dinheiro? Como?

— Ficando no alvo, no lugar de minha assistente.

— No alvo?

— No alvo. Atiro as facas, nenhuma acertará em você!

— Sai de mim.

O atirador se afastou, descuidado, mal barbeado. Ao passar por Felipe, retirou da mochila um folheto.

— Se passar por Campos Lindos, ali, pouco depois de Richmond, vá ver meu show. Não há ninguém que atire facas como eu.

— Espere, espere. O senhor... Não te conheço?

— O que viu em jornais e na televisão é mentira. Não há provas. Nego, nego tudo, é perseguição, sou inocente, uma vítima. Não matei Graça.

— Graça? Quem é Graça?

— Minha namorada e assistente. Dizem por aí que a matei. Mentira, tudo mentira. Jamais mataria a mulher pela qual estava apaixonado. Não, não. Por que digo isso para o senhor? Nem tem ideia do que estou falando, nunca sentiu a dor de ter uma pessoa morta. Ainda mais apaixonado por ela.

— Não, não sei, não quero saber. Porra, não estou te acusando de porra nenhuma, só quero comprar uma passagem. O senhor vai se apresentar em Morgado de Mateus? Estou indo para lá.

— Quer ir, vá! Cada um faz o que quer. Depois me diga. Estou me mandando de lá, povinho filhodaputa, me acusaram, quase me prenderam, fugi. Não é uma cidade para onde as pessoas devam ir. E se encontrar o farmacêutico brocha, dê um recado. Volto. Não matei Graça, mas vou matá-lo. Ele vai ver, a faca vai cravar no peito dele. Tenho certeza que foi ele quem matou minha namorada. Ele tirou as fotos dela nua e esparramou, o jornaleiro vendia.

Felipe empurrou o sujeito, chegou à bilheteria.

— Tem como carregar a bateria do celular?

— Tem, mas estou fechando. Só amanhã. O senhor viu esse cara?

— Vi, o que tem?

— A polícia procura ele, parece que matou uma mulher.

— Parece ou matou?

— Sei lá, vi na televisão. Acha que eu devia ligar pra polícia agora? Sei para onde ele vai.

— Você é que decide. Nem sabe direito se ele é assassino.

— O senhor ligaria?

— Eu não, não quero sarna pra me coçar. Diga aí. E ônibus para Morgado de Mateus? Tem quando?

— É o que acabou de sair. Um a cada três dias. Tivesse chegado mais cedo.

— Por que tão pouco?

— Ninguém vai para lá.

— Nesse que saiu havia bastante gente.

— A maioria fica pelo caminho, tem um mundo de cidadezinhas. Descem nas porteiras dos sítios e fazendas. Muita gente vai para Palmira.

— O que tem lá?

— Não sei, nunca fui. Nunca viajei.

— Mas sabe onde ficam as cidades, conhece os horários. Não tem vontade de viajar?

— Para quê? É tudo igual.

— Nunca vi alguém que não gosta de viajar. Por quê?

— Porque sim! Saco! Pra que sair do meu canto se aqui está bom? Quer a passagem ou não? Preciso fechar, tenho horário!

— A que hora vou chegar em Morgado?

— Chega na hora que chegar!

— Como assim? Tem ou não tem horários?

— Como assim? Assim, sim! O senhor não sabe que nada mais tem horários? Sabe que em Morgado não existem relógios nem calendários? As viagens dependem da estrada, do movimento. Às vezes, surgem na estrada aquelas máquinas enormes que estão alargando os rios para marcar fronteiras. Ficam paradas no meio do caminho. Fora os retirantes. Tem também as caravanas dos mortos, cada dia maiores. O que corre é que querem desovar tudo em Morgado de Mateus, a população está revoltada. E os treminhões que levam os anestesiados pelo gás antimanifestação? Além do mais, não devia ter tanta pressa para chegar lá.

Ele tinha imaginado um ônibus de manhã, chegaria em horário razoável. Precisava arriscar. De que tamanho é a cidade? E essas coisas que dizem dela, o que significam? Terá hotel, pousada? Não conseguia esquecer a mão de Clara no ônibus, acenando. Ela teria mesmo acenado? Ou estava tresnoitado, inquieto, via o que queria e não o que era?

— Uma passagem para Morgado de Mateus, por favor.
— Quer mesmo?
— Não! Estou comprando para não ir!
— Para quando?
— O próximo.
— Daqui a três dias. Corredor ou janela?
— Janela, gosto de ver a paisagem.
— De noite, no escuro?
— Gosto de olhar para o escuro.
— Tem gosto para tudo. O senhor é que sabe. Nem imagina o que me aparece diante deste guichê.
— Me dê uma janela. Longe do banheiro. Banheiros de ônibus são nojentos.
— Se o senhor tem mais de sessenta anos, paga menos.
— Tenho cara de mais de sessenta?
— Novo não é! Está acabadão!
— Vá te catar! E você com essa vida mixa, atrás desse guichê de merda? Nunca vai ser nada além de um bilheteiro fodido. Como todo mundo neste país, sem querer nada com nada.
— Fodido, e daí?

Felipe cochilou no banco da rodoviária. Foi acordado, mandaram que se retirasse, voltasse às seis da manhã. Apagaram as luzes. Ele caminhou até um boteco, pediu cerveja, sanduíche de salaminho. Dormiu, olhando quatro sujeitos que jogavam sinuca. Acordou, o dono do bar lavava o chão, puxava a água preta com o rodinho.

— Se quiser, dorme. Daqui a pouco chega o empregado da manhã, minha mulher vem fazer pastel para o pessoal da fábrica de calçados aí do lado. Para onde o senhor vai? Morgado de Mateus? Não diga! Fazer o quê? Na volta, me conta. Passe aqui para me contar. Nunca tive coragem para ir lá.

Ele fechou os olhos, despertou com o cheiro do óleo fervente, o crispar da fritura. Teve fome. Carregou o celular, olhou a foto meio embaçada. Mas era Clara. Estava viva. Foi invadido por uma grande ternura. O que ela ia fazer nessa tal de Morgado de Mateus? Implicara com a cidade, o nome.

Comeu dois pastéis, tomou um caldo de cana com limão. Jovens o olhavam, curiosos. O boteco se aquietou. Passou o dia andando por ruas comerciais iguais às de todas as partes por onde tinha passado.

Lojas de 1,99, produtos made in Taiwan, made in Korea, xerox, lan houses, pontas de estoque se anunciando como outlets, há um em cada esquina do país, a nova mania nacional, lotéricas anunciam Mega-Sena acumulada, ofertas de dinheiro fácil a crédito, sem garantias, máquinas expressas de sorvetes perfumados e sem gosto, outlet de sex shop, botecos oferecendo PF e um refrigerante, restaurantes por quilo, vitrines de balas, biscoitos, bolos, chicletes, leite em pó vencido no atacado, bolachas, chocolates amolecidos pelo sol, relojoarias, cobertores em liquidação. Lojas de portas fechadas. Vende-se. Aluga-se. Vende-se. Aluga-se. Depósitos cerrados. Pontos de ônibus superlotados, calçadas estreitas, flanelinhas orientando motoristas, carrinhos de hambúrguer e cachorro-quente, bancas de frutas com donos pingando adoçantes sobre fatias de abacaxi e melancia, deficientes físicos vendendo bilhetes de loteria, bolões das lotéricas, Baú da Felicidade, pedindo auxílio para crianças com câncer e com lábios leporinos, jornaleiros, bicheiros, mendigos, trombadinhas, jovens de minissaia, pernas com celulite. Camelôs com bolsas pirateadas da Vuitton, Chanel, Hermès, Ferragamo, CDs e DVDs piratas, açougues fedendo sangue, lojas de ferramentas, minimercadinhos, água suja escorrendo dos freezers, quitandas com verduras murchas.

Comeu um hambúrguer com cheddar, picles, muita batata frita, torta de banana. Tinha paixão por comida de boteco, asinhas de frango ao tomate, ovos empanados, coisas baratas que entupiam, decidira investir contra o saudável, talvez assim abreviasse a vida.

Cansado, voltou à rodoviária às sete da noite, não tinha o que fazer, pensara o dia inteiro na viagem. Gostaria de contar o dinheiro, fazer um balanço. Na verdade, tinha gastado pouco, quando passava pelas feiras, roubava uma fruta aqui, outra ali. Gostava dessas contravenções, a possibilidade de ser apanhado. Imaginem quando soubessem quem ele era, bastaria ligar para uma agência de publicidade, ou uma redação, uma produtora de vídeo. Soubessem quantos prefeitos e vereadores tinha elegido com suas mentiras. Quantos caixas dois tinha intermediado. Propinas. Quando terminasse o último tostão, faria o quê? Morgado de Mateus. Como encontrar Clara por lá?

> *O Ministério das Transcomunicações tem interceptado notícias na mídia impressa e nas redes sociais que ainda insistem em usar a palavra* político*, já banida e substituída por* Astuto*, com o sentido de menosprezar os que conduzem esta nação.*

TELEJORNAL DO MEIO-DIA ENTRA COM EDIÇÃO ESPECIAL:

NUNCA COMO ANTES SE VIU ALGO IGUAL

As obras estão adiantadas, praticamente prontas, e prometemos mostrar em breve as escavações com exclusividade. Estamos em negociação com o Ministério de Obras, uma vez que o empreendimento corre sob sigilo, sendo proibidas fotografias, filmagens, o que seja, pela Lei de Regulamentação da Mídia. Porém, temos o patrocínio das maiores empresas nacionais colaborando com o governo. Vejam nestes rápidos flashes – não podemos divulgar o local – as oito Bagger 288 em funcionamento. A companhia que fabrica o equipamento entregou um release à nossa reportagem:

"Devido a sua magnitude e aparência imponente, a máquina faz parte da cultura popular alemã e tem até uma canção dedicada a ela. Na letra, a Bagger 288 é citada como a 'salvadora da humanidade'.

Além da Bagger 288, existem os modelos 281, 285, 287 e 293 – este, mais recente, com capacidade de operação semelhante à da 288. A Bagger 293 divide, com a irmã mais nova, 288, o título de maior veículo terrestre do mundo no livro dos recordes (Guinness Book).

Também estão em ação os maiores caminhões de carga do mundo, descendentes do Caterpillar 797B, que podem carregar até quatrocentas toneladas de material, cada um a uma velocidade máxima de 68 km/h. O segredo? Um motor de 4 mil cavalos. Cada pneu de quatro metros de altura custa US$ 6 mil.

Estão chegando os maiores removedores de terra existentes. Funcionarão centenas de caminhões LeTourneau L-2350, que possuem as maiores pás do planeta."

O centenário e experiente ministro da Comunicação, em seu décimo quinto mandato, fez um pronunciamento oficial:

— Esta obra é a maravilha do milênio. Nada será maior, mais ousado, trará mais benefícios ao povo. Nunca como antes se viu algo igual. Um canal oito vezes mais largo que o do Panamá, unindo o oceano Atlântico ao Pacífico, unindo os países latino-americanos. É nosso país promovendo a irmandade entre os povos.

BREVE, SENSACIONAL! EM TODA A REGIÃO, A CONFERÊNCIA.

DESDE QUE AQUELE EX-PRESIDENTE QUE RODAVA MUNDO E COBRAVA MILHÕES POR PALESTRAS DESAPARECEU, SURGIU UM NOVO CONFERENCISTA MAIOR, QUE ARREBATA MULTIDÕES. O MILAGROSO HOMEM SEM CABEÇA QUE VAI MUDAR SUA VIDA. E SALVAR O PAÍS. JAMAIS UM TEMA TÃO EMPOLGANTE FOI ENCARADO DE MANEIRA TÃO CLARA. EIS AS CIDADES PELAS QUAIS O CONFERENCISTA VAI PASSAR. VOCÊ PODERÁ FALAR COM O ILUMINADO QUE ARREBATA. VENHA OUVIR, PERGUNTAR, COMPRAR LIVROS.

FAVOR CONTRIBUIR COM DÍZIMOS.

Câmeras no interior do ônibus. Felipe grava trechos no celular.

CLARA ESTÁ TRÊS DIAS NA FRENTE DE FELIPE

O ônibus atravessa planícies a perder de vista. Que região é essa? Quem vive aqui? Do que vive? Longas retas rodeadas por plantações de soja. Gosto de me ver sem noção de tempo e lugar. Só que agora tenho pressa, Clara está três dias adiantada. O ônibus diminui a marcha, a pista congestionada, à direita se vê um mar de bandeiras vermelhas, acampamento infinito dos sem-terra. Caminhões e vans descarregam caixotes, sacos de batatas, frutas.

Passageiros descem pelo caminho em pontos ao relento, fustigados pela chuva. Um muro branco alto, eletrificado, se estende por quilômetros. Pequenas torres de vigia. É como aquele muro que vi em um documentário sobre Berlim dos anos 1980, muralha estranha, fechando duas sociedades. Fiquei olhando, pensando o que era o lado de cá e o que era o lado de lá. Como agora. Quem são Eles, quem são os Nós? Vendo aquele filme surreal, pareceu-me tão estranho estar do lado de dentro, como deveria ser estar do lado de fora. E quem estava dentro, quem estava fora? O jornalista alemão pareceu ter me ouvido, porque na hora fez a mesma pergunta. A resposta do alemão – dizem que são racionais – foi: quem está dentro do quê? Quem está fora do quê?

De repente, um curto trecho de muro aberto – protegido por barras de ferro, talvez para provocar inveja em quem passa pela rodovia. Pode-se ver o interior do sublime empreendimento. As casas grudadas uma na outra, um metro de jardim por residência, varandas, rostos sorridentes (serão modelos pagos?), seguranças caminhando, seguranças em carros blindados. Se a sua mulher gritar quando transa, seu vizinho ouvirá. Por toda a parte, condomínios acenam como o lugar ideal para não ser morto, assaltado, roubado, sua mulher e filhas não serem estupradas, você não ser corneado – todos vigiam, cuidam de seu bem-estar, para seus filhos não se tornarem drogados.

O mistério do muro branco foi esclarecido, quando sobre um portal gigantesco sobressaiu imenso outdoor com letras em néon.

Solstícios de Verão
Condomínio Residencial
Nunca se viu tanto luxo em residências de Astutos, juízes, ministros, empresários. Nem na era da extinta Lava Jato.
O paraíso ao seu alcance.
O conforto de sua família é seu bem mais precioso.

Nesta rodovia, contei onze condomínios, pequenas cidades, e uma palavra brilhou um instante na mente de Felipe, *stalag*. Era um velho filme, enterrado no passado, *Stalag 17*. E aquela palavra: *Macht frei*. O que é? Por que este breve pensamento? O ônibus rodava em plena escuridão. Décimo dia do apagão que se estendeu por dezesseis estados. As hidrelétricas mal construídas não dão conta. Carnes apodreciam nas geladeiras e congeladores, restaurantes fechavam portas, decretavam falência, pediam concordata, hospitais registravam óbitos contínuos, caos no trânsito de todas as cidades, semáforos paralisados. Nunca se venderam tantos geradores a diesel.

— Vamos ter uma boa parada, agora — disse o motorista. — Ainda bem que é um belo posto. Pode ser que vá rápido, pode demorar.

Indagaram os passageiros:

— Por quê?

— Vamos esperar os corregedores. Depende da boa vontade, da preguiça, da necessidade de dinheiro de cada um. Tenham gorjetas à mão, disfarçadas.

E apontou uma tabuleta:

**A PARTIR DESTE PONTO, VOCÊ ESTÁ DEIXANDO O SETOR DOS QUE FIZERAM DELAÇÕES PREMIADAS E ENTRANDO NA ZONA DOS QUE REPATRIARAM DINHEIRO.
TENHA SEUS DOCUMENTOS EM MÃOS**.

Felipe quis saber:

— Corregedores? Que porra é essa? Alguma coisa a ver com a Justiça?

— Que nada, são seguranças dos condomínios, que ostentam patentes como superfuncionários com foro privilegiado. Homens inatingíveis, que se juntaram e vendem seus serviços e achacam os passageiros. Fazer o quê? Cada um tem de se virar. Se você der sorte, te olham e te liberam.

— Por que tanto policiamento, vigilância? Tanta segurança?

— Já ouviu falar no senador Altivo Ferraz?

— Quem não ouviu?

— Pois dizem que mora aqui.

— Pois já ouvi falar de uns vinte endereços dele. Qual o verdadeiro?

— Eu é que sei?! Sou só um motorista que ouve de tudo. Mas dizem que aqui é que ele guarda *Os Lusíadas*.

— O livro de Camões? O que o senhor sabe dele?

— Nada, só que é um livro muito antigo, caríssimo, vale milhões.

— E está nas mãos do Ferraz? Ele é tão inteligente assim?

— Tem o dinheiro que tem. E manda no que manda.

CÂMERAS NA LANCHONETE GRAVARAM DE VÁRIOS ÂNGULOS.

Desceram todos, espalharam-se pelas banquetas junto aos balcões, havia quatro ônibus à espera de corregedores.

— Que merda será isso?

Um gordo pediu nove pedaços de pizza, um refrigerante de dois litros, sete empadas. Felipe sentou-se ao lado.

— Comer pizza e empada te deixa feliz?

— Que conversa é essa?

— Quero saber se é feliz.

— Vem cá, ô cara. Seria feliz não fosse esse cheiro de merda que cobre o mundo. Ou será só no Brasil?

— É feliz?

— Feliz? O que é isso? Você quer o quê? Dar o rabo? Que

porra de conversa é essa? Quer me comer? Não sou disso. Quer me vender droga?

— Felicidade, me diga! O que é para você?

— Merda de conversa. Você é um merda.

O sujeito partiu para cima. Encheu Felipe de porradas. Putas da madrugada riam. Os SS chegaram, apartaram, revistaram todos para saber se levavam moedas estrangeiras. Pareciam mais interessados em fazer um flagrante. O dinheiro de Felipe na mochila passou despercebido.

— Caiam fora. Do outro lado da fronteira terá outra fiscalização.

— Fronteira?

— Atravessando o rio, vocês saem da região. Aproveitem para ver que bela obra é o canal e a ponte estaiada iluminada a LED, custou um caralhão.

> *A economia será retomada. Em cinco anos viveremos outra vez na bolha do PIB alto e dos grandes investimentos, promete o governo.*

O smartphone 5 M789 de Felipe grava, câmera nos ônibus, câmeras nos drones:

A VIDA NORMALIZOU-SE NA ANORMALIDADE

É uma paisagem estranha, talvez lunar, a acreditar naqueles documentários da Nasa que mostraram o homem descendo na Lua, creio que foi em 1969, quando o mundo se dividia entre Rússia e Estados Unidos, um querendo superar o outro. Meu bisavô jurava – segundo relatos familiares – que aquilo foi encenação de cinema, porque os russos tinham subido ao espaço antes, o que abalou a autoestima americana. Foi uma foda! Só que esta rodovia que o ônibus atravessa sacolejando, pedaços de asfalto, de terra, pedras soltas, tubulações estouradas, costelas de vaca que rasgam pneus e suspensões são as estradas deste país, um tormento que vem deixando safras estacionadas por meses a apodrecer. Cada coisa que me vem à cabeça nestas horas. Muitos caminhões estavam vazios, os cereais eram depositados em silos secretos para vendas ilegais. E o governo pagava por safras inexistentes. Um conluio. Vários documentários mostraram tudo isso.

— Estou estranhando esta terra roxa, preta, às vezes vermelha, estamos nela há mais de hora e nada se vê além desse barro endurecido. Que caminho é este?

O motorista nada responde, atento às irregularidades do terreno, este ônibus pode virar em uma dessas crateras. Faz horas que deixamos a última cidade, atravessamos ruas desertas, arbustos rolando pelas calçadas, vitrines quebradas, como se os antigos black blocs tivessem passado por aqui nas manifestações contra tudo e todos.

Atravessados quilômetros de terra marrom, espessa, sólida. Felipe vira-se para o sujeito magro, um curioso bigode triangular, que, com o rosto encostado no vidro, também observa aquela paisagem insólita. O homem vira-se:

— Geografia impressionadora, não lhe parece?

— Nunca imaginei que esta parte do país fosse assim.

— Eu a conheço bem, aqui estive há muito tempo.

— O senhor tem razão, impressionadora. Tenho de fotografar tudo. Como o senhor definiria isso? Eu não tenho palavras, e olhe que sou bom nelas.

— O que estas visões mostram? Olhe bem, veja "no enterroado do chão, no desmantelo dos cerros quase desnudos, no contorcido dos leitos secos dos ribeirões efêmeros, no constrito das gargantas e no quase convulsivo de uma flora decídua embaralhada em esgalhos – é de algum modo o martírio da terra, brutalmente golpeada pelos elementos variáveis, distribuídos por todas as modalidades climáticas. De um lado a extrema secura dos ares, no estio, facilitando pela irradiação noturna a perda instantânea do calor absorvido pelas rochas expostas às soalheiras..."[7]

— *Decídua*. Nunca ouvi essa palavra. Verei no Google. Entendi pouco, mas *muralha monumental* define com acerto aquele paredão ao fundo.

— Veja, meu senhor... O que o senhor faz?

— Sou jornalista, videomaker, um comunicador.

— Videomaker? O que é isso? Duas palavras inglesas fazem sentido?

— Sou uma espécie de fotógrafo. Felipe, muito prazer.

— O meu é Euclides, engenheiro e também jornalista.

— Jornalista? Veio fazer alguma cobertura?

— Não, estou revendo pedaços de minha vida e do meu país. Aliás, nem estou vivo. E de tudo o que vi e vivi e escrevi de

---

[7] Euclides da Cunha em *Os sertões*, Sesc/UBU Editora, 2016, página 27.

espantoso e criminoso por parte do governo, cheguei à conclusão de que neste país a vida "normalizou-se na anormalidade".[8]

— Sei o que quer dizer. É isso, Euclides. O senhor não me é estranho. Esse bigode... Por que não te encontrei antes? Normalizar na anormalidade. Maravilhoso. Também não me considero vivo. E olhe que há muitos, nem imagina quantos, iguais a nós neste país.

— Se você tivesse visto os extermínios, os crimes que presenciei, teria vergonha, tristeza.

— E se contasse o que venho presenciando, o senhor também teria vergonha, como eu. Mas esta paisagem esquisita me fascina.

— Vê-se, de fato, que "três formações geognósticas díspares, de idades mal determinadas, aí se substituem, ou se entrelaçam, em estratificações discordantes, formando o predomínio exclusivo de umas ou a combinação de todas, os traços variáveis da fisionomia da terra".[9]

— Alegra-me ter um companheiro de viagem como o senhor, conversa inteligente, pessoa informada, olha e sabe o que vê, sem consultar o Google, usando termos que não me são fáceis, mas são pertinentes.

O ônibus roda lento e sacolejante, até que para. Felipe vai até o motorista.

— Por que parou? A estrada está deserta.

— Olha a lameira. Tenho de calcular como continuar. Velocidade lenta, rabeando, com cuidado para não sair da estrada. Saindo, vamos ficar enterrados aí nesse acostamento.

— De onde vem essa lameira?

— Este trajeto é sempre assim. De repente, surge uma fonte de água que não tem para onde escoar. No começo aquele barro seco absorve a umidade, depois ela se acumula, vira lama, agarra-se aos pneus, prende o ônibus.

— Caceta, me dê uma ideia de onde estamos, me oriente.

---

8 Idem, página 490.
9 Idem, página 18.

— Aqui são as terras inundadas tempos atrás pelo rompimento de uma imensa barragem, acho que em Minas, sei lá, essa coisa ficou esquecida. Lembra-se? Explodiu tudo, acabou com cidades, fodeu um rio importante, plantações, animais, tudo, morreu gente pra chuchu! A empresa era uma múlti, nada aconteceu. Levou uma multa para pagar em cem anos...

— Acha que não vivi aquilo? Não me deixaram fazer um documentário, ninguém chegava perto para gravar nada, muita segurança armada até com AK-47.

— O que é isso?

— Um fuzil do caralho, arma de traficante. Ou era há muitos anos, hoje devem ter armas a laser. E agora?

— Me dê um tempo para pensar se continuo ou voltamos.

— Voltar? Desde a última cidade andamos mais de três horas.

— O senhor está tremendo e suando. Sente-se mal?

— Não tenho nada, só um certo cansaço. Tudo o que preciso é encontrar uma pessoa.

— Bem, não depende de nós.

— Vou até ali avisar o senhor Euclides que vamos demorar.

— Senhor Euclides?

— Um companheiro de viagem, está lá no fundo.

— Neste ônibus só tem eu, o senhor e aquelas três mulheres lá atrás, cada uma sentada em uma poltrona.

— Sim, Euclides, vim conversando com ele.

— Entrou e não vi?

— Que sei eu?

O motorista levantou-se e seguiu Felipe, que indicou a poltrona. Não havia ninguém.

— Será que foi ao banheiro?

— Vamos lá.

Banheiro vazio. As três mulheres ressonavam ao calor da tarde, o ônibus era um forno, o ar-condicionado quebrado. O motorista olhou desconfiado para Felipe, voltou ao seu assento.

> "Like a circle in a spiral/ Like a wheel within a wheel/ Never ending or beginning/ On an ever-spinning reel."[10]

Câmeras internas no ônibus gravam, assim como drones e câmeras dentro do túnel e thinking chips de pessoas que possuem o Código de Palavras Fiscalizadas, ou CPFs:

NA PLANÍCIE DOS DELATE QUEM PUDER

Nas Centrais de Captação de Tudo que é Grampeado, muitas vezes os responsáveis do Ministério das Transcomunicações Especiais e Confidenciais localizam canções que vêm dos sistemas de sons dos milhões de veículos que circulam pelo país. Dos Spotify em todos os carros, computadores, casas, celulares. Os vigilantes, intrigados e deliciados, deixam rodar as fitas.

Na rodoviária, o nome Gregoriano Samça parece homenagear algum personagem muito antigo da política local, desses cuja memória o tempo apaga, desaparecem as referências. Talvez fosse apenas um benfeitor de alguma igreja. Ou o fundador da cidade. Ou um herói provinciano, uma vez que a placa está carcomida, podre como os pilares que sustentam o altíssimo teto de zinco, através do qual a chuva, transformada em garoa gelada, escoa sobre as plataformas.

Tremendo de frio, Clara não desceu do ônibus. A mulher alta, óculos com strass na armação, passou por ela, entregou um cobertor e uma baguete aquecida.

— Tome ou vai chegar encarangada em Morgado.

---

10 "The windmills of your mind", de 1968, música e letra de Michel Legrand, Alan e Marilyn Bergman.

— Encarangada? Há quanto tempo não ouço essa palavra. Coisa de minha avó. Como sabe que vou a Morgado?
— É a próxima cidade. E você continua aqui.
— E o cobertor?
— O cobertor? Tenho outros no bagageiro. Sou Luciana, voluntária de uma organização que cuida de moradores de rua expulsos das grandes cidades, expulsos das margens das rodovias, desalojados dos viadutos e marquises. Cuidamos também em escala nacional dos viciados em crack condenados pelos gestores, que mandam passar viaturas com esteiras de aço por cima dos indesejáveis. Também nos ocupamos dos refugiados que vêm da Europa e os governos abandonam no meio do Atlântico. Vamos buscá-los, distribuímos pelo interior do país. Pode? É muita coisa, quase não estamos dando conta. Mas isso é um trabalho clandestino, se formos pegos... A gente faz o que pode. Nesta térmica tem sopa quente. E você, quem é?
— Sou Clara, designer, raça em extinção.
— De moda?
— Não, de uma agência de comunicação. Desempregada.
— Bela novidade. O que vai fazer em Morgado? Não se vai para lá!
— Minha irmã precisa de mim, está deprimida, acuada. Parece que mataram meu sobrinho. Degolaram... Pode imaginar, degolaram.
— Era teu sobrinho aquele que degolaram? Vi uma notícia no telejornal ou na internet. Um horror. Mas o noticiário parou, desapareceu do ar.
— Ouviu falar, então? Meu sobrinho e afilhado! Terrível.
— Vi as fotos, as reportagens na televisão, esses programas policiais horrorosos, vivem de sangue, cadáveres, assaltos, guerra entre traficantes, homenagens à polícia, pregam até a pena de morte. Aquele jovem era teu sobrinho? O que chamavam de pés de boneca?
— Pés de boneca? Pobre Rafael, nunca ouvi isso.
— Era o que se dizia na cidade. Dito pelo próprio pai. Te conto o que vi na rede social.

— Não era pai, era padrasto, segundo casamento de minha irmã.

— Mas sua cara é triste demais para ser só isso.

— Não é fuga, é busca... Vou para fazer nada, mudar a cabeça, saber se estava certa...

— Certa? No quê?

— Dei o fora no... no... meu marido, namorado... companheiro.

— Marido ou namorado?

— Depois de quase nove anos eu ainda não sabia.

— Você deu o pé? Ou ele?

— Eu. Como sempre com os homens.

— Não senti firmeza. Ainda gosta dele? Está indo atrás?

— Não sei se gosto, estou no ar. Mas decidi que há coisas que não quero mais suportar... Mas, desculpe, não quero falar nisso. E você? Por que vai a Morgado?

— Além do meu trabalho, vou a cada dois meses, sou neta de uma das Velhas Náiades da Fonte. Deve ter ouvido falar. A televisão tem feito documentários sobre elas, tão famosas quanto as Mães de Maio de Buenos Aires, estão no *Guinness*, livro dos recordes, são as mais antigas estátuas vivas do mundo.

— As velhas da fonte. Ouvi, ouvi bastante, elas são quase centenárias. Ainda vivem? Lembro-me delas, era muito jovem, achava um bando de loucas. Já morei em Morgado.

— Histórias de paixão, loucura, as pessoas estão cada vez mais surtadas. Mas minha avó parece feliz. Ou gagá, com Alzheimer, não atina mais com as coisas. Nem se sabe por que a cidade mantém a fonte, não faz sentido. Morgado. Até o nome da cidade é estranho. Era outro, mudaram durante a crise que implantou a Reforma Política. Não tem nada lá que possa interessar a uma jovem.

— E esse Gregoriano da cidade que passou? Quem foi?

— Um Astuto. Era nojento, tinha o corpo estranho, parecia um besouro, um inseto esquisito, provocava medo, ladrão como todos, modernizou a cidade, dizem que tinha nascido lindo e uma certa manhã acordou deformado. O que tem de história por esse

Brasil... Já ouviu falar do exemplar de *Os Lusíadas* raríssimo? Vale uma porrada de dinheiro. Mas nunca ninguém viu. Dizem que era dele, ninguém sabe como teria conseguido, vendeu ao Astuto Altivo Ferraz.

Um passageiro alto, magro, pele ressequida, óculos de grossas lentes escuras, pediu licença, cumprimentou Luciana, acomodou-se no fundo.

— Figura estranha.

— Romero foi homem de Altivo, acabou sacaneado na política. Reduzido à miséria, acusado em uma delação, o chefe dele tirou o corpo. O que consta é que há anos organiza um plano para matar Altivo. Pirou.

— Altivo? O da supermansão copiada da Babilônia? A que tem um bunker?

— O bunker é na casa da cidade, outra doideira. Olhe onde o poder leva as pessoas. Por que um sujeito constrói uma casa daquelas? Trouxe tudo do Oriente Médio, pedras, navios de terra do Iraque. Ninguém entendeu, mas ele é poderoso, a alfândega deixou passar, a Receita tentou dar em cima, os agentes foram substituídos, afinal ele mandava naquele presidente de cara pétrea, imutável, pele esticada por cirurgias sem fim, aquele que assumiu depois do décimo sétimo impeachment.

— O que sei é que Altivo tinha a Câmara Alta nas mãos.

— As piores pessoas que se possa imaginar. Altivo comandou a Câmara Alta com mão de ferro no Período da Intensa Crise, quando foram formados milhares de partidos, um para cada Astuto. Lembra-se? Todo mundo comia picadinho nas mãos dele, financiou a campanha de três quartos da Câmara Alta, mandou, desmandou, fez o que quis. Depois daqueles processos em que foram cassando mandatos, ele foi sendo acossado pelos inimigos, refugiou-se em Morgado. Ainda tem poder? Por quê? Como? Como funciona esse mundo, esses bastidores? Na verdade, o que se diz é que ele mora num condomínio por aqui. Odiado. Tem tantos desafetos e inimigos, a qualquer hora pode acabar morto. Tem sempre manifestação diante da casa dele, fazem barreiras, acendem fogueiras.

— Altivo é daqueles que têm setenta vidas. Deve ser mais invejado que odiado. Altivo? Lembro-me de vê-lo na televisão, andava de lado, como caranguejo, barrigudo, a gravata amarela saindo por baixo do paletó, casado com uma perua que usava o cartão corporativo no exterior. Dinheiro público pagava as contas.

— Romero foi homem do Altivo. Abandonado pelo líder, foi perseguido, perdeu tudo, hoje percorre o país denunciando e pregando a queda do regime. Qual regime ninguém sabe. Ele tentou matar Altivo quatro vezes, em seu bunker, cheio de seguranças. No condomínio ou em Morgado. Nunca se sabe onde está.

Clara percebe que o ônibus roda lento. Ouve um barulho estranho, de pneus esmagando matéria pastosa, vegetação, papel molhado, areia solta. Há momentos em que o veículo derrapa, quase sai da estrada, inclina-se, ela se assusta, levanta-se, como se isso pudesse fazer o carro se equilibrar. Então, vê o senhor de óculos escuros, Romero, olhar e fazer sinal para que se acomode, fique na poltrona, cinto afivelado. O ônibus para, o motorista avisa:

— Hoje está demais, talvez a gente não consiga atravessar. Se isso acontecer, terei que dar ré, fazer a volta e regressar.

— Atravessar o quê? Voltar? Nem pensar.

— Ir em frente? Podemos afundar.

— Afundar na estrada?

— Claro, o terreno virou pântano.

— Pântano? Este lugar nunca foi pântano. Foi terra fértil.

— Está se tornando, o solo vem cedendo dia a dia.

— Qual é? O solo cedendo? Quantas vezes vim para esta cidade e nunca vi isso?

— Aqui, minha cara, são trechos complicados. Dia desses vão fechar tudo, implodir, acabar com a Planície dos Delate Quem Puder. Daqui em diante serão 37 quilômetros difíceis, quase impossíveis.

— Planície do quê? Nuca ouvi falar nisso.

— Dos Delate Quem Puder.

— Não entendo.

— Aqui, o chão está recheado, como se tivesse sido concretado com denúncias, lamentos, ilações, suposições feitas nos tribunais. Nada se sustenta aqui, é tudo escorregadio, mole.

— Ilações, suposições...?

— Era como os acusados, empresários, Astutos, ministros, todos se defendiam na Justiça, negando, negando sobre as almas das mães.

— O que vem apodrecendo?

— Você pergunta muito. Não sabe? Enterraram aqui as delações que há décadas foram sendo feitas junto aos Tribunais de Alçada Maior. Os denunciados, para diminuir as penas ou quiçá serem absolvidos, punham a boca no mundo. Contavam tudo. Foi durante o período em que os escritórios de advocacia enriqueceram, criaram bilionários, os Homens do Direito eram os mais poderosos do país. Ri, do que você ri, moça?

— Estava rindo do *quiçá*! Quem diz ainda essa palavra? Era um velho bolero. Não ouvia há anos *quiçá*. Agora, vou rir também do *moça*, tenho quase cinquenta anos.

— Nem parece, é bonita e muito sensual...

— Para, para já ou me atiro deste ônibus... Continua a história. O que tem aqui debaixo?

— Areia movediça, lama nojenta, fedida. Produto daqueles escândalos que foram derrubando presidentes, ministros, empresários, banqueiros, deputados, assessores, doleiros, procuradores. Eram tantas as denúncias e delações... Eram? O que digo eu? Ainda são, mas parece que não há mais ninguém a denunciar. Os arquivos não deram mais conta, as Clouds, ou Nuvens, estavam sobrecarregadas, necessitavam de milhões de bytes, megabytes, sei lá o quê, não entendo disso, e então vieram armazenar aqui. Assim, aqui eles vêm enterrar, depois de registrar, catalogar, classificar, sistematizar. Tanto que gerou outra fonte de empregos, a dos Ordenadores que Desembaraçam Confusões, eles uniformizam o tipo de delação. Mas logo vai mudar.

— O que vai acontecer?

— Vão implodir a região, vai ser uma muvuca. Tudo vai virar campo raso. Os Eles venceram os processos no Ultrassuperior Tribunal ou Tribunal Maior, o que for, compraram todos.

— Como o senhor, um motorista de ônibus, sabe dessas coisas todas?

— A senhora não acessa as redes? Está tudo ali. Não existe mais segredo. O que está aí dentro precisa ser destruído. Ou o país desaparece. Todos estão delatados. A senhora deve estar.

— Eu? Por quem?

— Por um inimigo, um desafeto, um namorado.

(O thinking chip de Clara anota: Felipe seria capaz de me delatar? Inventaria alguma coisa para acabar comigo? O quê? Ou eu seria capaz de colocá-lo numa enrascada? Posso ir à polícia e dizer que tentou me matar.)

O motorista:

— Todos estão na malha fina. O sistema foi copiado da Receita Federal e de uma empresa alemã, Stasi, parece que excelente, ainda que tenha sido fechada. Presidentes, Astutos, suplentes, Supremo Tribunal, cortes de todos os tipos, gêneros e instâncias, generais, policiais, investigadores, pais de santo, deputados, assessores, governadores, vices, senadores, diplomatas, ministros, agentes, servidores públicos, domésticas, faxineiras, garis, chefes de gabinete, atuários, repentistas, quiropráticos, administradores, particulares contratados provisoriamente, escrivães e escreventes, peritos administrativos, tabeliães, oficiais de justiça, peritos criminalistas, orientadores de teses, traficantes, figurantes, enólogos, turismólogos, procuradores, analistas judiciários, juízes do trabalho, advogados da União, fritadores de pastéis em feiras, defensores públicos, ministros dos tribunais de contas, despachantes, dublês, leiloeiros, mães sociais, garimpeiros, auditores, borracheiros, contadores, churrasqueiros, carpinteiros, linguiceiros, podólogos, cachaceiros, funileiros, oftalmologistas, ortopedistas, chapeiros, frentistas, baristas, carniceiros, verdugos, faxineiros, ortoptista, pamonheiros, técnicos de futebol, pivôs de basquete, gandulas, lixeiros, timoneiros, motorneiros, açucareiros, vendedores de algodão-doce, torneiros, flecheiros, padeiros, pescadores, seguranças, batedores de pênalti, dedos-duros...

— Dedos-duros? Como? Esses já são delatores, denunciantes.

— Sim, delatam delatores, que são delatados por quem eles delataram. Um moto-contínuo.

Seguiram caminho. Hora e meia depois, finas réstias de sol se foram, o ônibus mergulhou na penumbra, diminuiu a velocidade, entrou no túnel. Clara assustou-se. Nunca teve túnel para minha terra. O ônibus corria, o motorista começou a acelerar, havia de tantos em tantos metros lâmpadas mortiças que mostravam pequeninas folhas despregando das paredes, revoluteando no ar. A mulher da organização beneficente ressonava, Clara foi ao motorista, ia fazer uma pergunta, o homem pediu silêncio.

— Não me desconcentre, o túnel é perigoso, pergunta pro cara lá atrás, ele sabe tudo.

Romero, que tinha sido braço direito de Altivo, lia em um tablet, a luz da telinha iluminava seu canto.

— Desculpe atrapalhar sua leitura.

— Não atrapalha nada, já li esse livro mais de dez vezes.

— Interessante assim?

— *Homeros*. Um poema longo e lindo, sei de cor. De um prêmio Nobel, Derek Walcott, creio eu.

De repente, Clara sentiu medo, um calafrio percorreu seu estômago (os sensitive chips registraram), o homem tinha tirado os óculos, mal se viam seus olhos, escondidos debaixo de pálpebras enormes, caídas. Como se ele tivesse acabado de ser nocauteado pelo soco de um lutador de UFC.

— Desculpe! É só uma pergunta. Esse túnel é novo?

— Novo? Tem onze anos e sete meses, assisti à inauguração. Nunca passou por aqui?

— Passei, e muito. Só que nunca soube deste túnel. Mas aqui não era montanha. Nunca houve montanha neste caminho. A menos que tenham desviado a estrada.

— Não desviaram nada. Esse túnel tem 23 quilômetros e

atravessa a Montanha das Palavras Exauridas. Ligado a ele está o Morro das Lamentações e em seguida vem a Serra do Top Top Top. É um conjunto, não sei se posso dizer arquitetônico. Depois, a 51 quilômetros, está Morgado de Mateus. O que vai fazer lá? Por que vai?

— Tenho uma irmã.

— É uma cidade para onde ninguém vai. De lá você sai, se conseguir, para lá não se volta.

— Parece charada.

— Estando lá, você vai entender. Fosse você, descia aqui.

— E volto a pé? Sabe há quantas horas estou viajando? Não posso, preciso ir. Além disso, estou fugindo e aquele é meu único refúgio.

— Fugindo? Quem não está? Todo mundo. Só que quando chegam aonde querem ir, precisam fugir dali. Se você for dos Nós e chegar em uma região dos Eles, estará perdida, pode ser morta, estuprada. Ah! Morgado, bom lugar para se desaparecer. Vantagem, não pertencem nem aos Nós nem aos Eles.

Clara estranhou. Estava incomodada de conversar com Romero, mas o que fazer nessa viagem? Andar no escuro? Decidiu não prolongar a conversa, ficou desconfiada do homem que tinha, no entanto, um ar de pessoa simpática, avô carinhoso. Ele fechou o livro, ligou um radinho portátil, colocou no ouvido. Desconfiados estamos todos nós uns dos outros neste Brasil que está muito esquisito.

— O senhor disse uma coisa curiosa. Montanha das Palavras Exauridas. Nunca ouvi falar de tal coisa.

No fundo, precisava conversar, sofria de claustrofobia dentro do ônibus fechado, calorento.

— Exauridas? Gastas, perderam o sentido.

— Nunca imaginei que existissem palavras exauridas. Perderam o significado? Palavras sempre terão significado, serão úteis, servirão para alguma coisa.

— Parece que você, e olhe que te chamo de *você* porque sou muito mais velho, pois, como eu dizia, parece que você nunca ouviu falar na quantidade de palavras exauridas, que não servem para mais nada. Excesso de palavras despejadas todos os dias, a todo momento, nos celulares, declarações, entrevistas, nos tribunais pela defesa dos acusados, no dia a dia. E as declarações de votos dos ministros do Areópago? Extensas, vazias, recheadas de citações jurídicas, herméticas. Nunca se falou tanto, por nada. Muito uso, repetição.

— Não! Nunca ouvi. E olhe que trabalhei em agência de notícias, publicidade, design. Palavras exauridas despejadas nos celulares?

— Nos celulares, nos e-mails, na internet, nas redes sociais, a merdalhada insossa, sem sentido, que as pessoas falam nos aparelhos. Não há, e você sabe bem disso, uma só pessoa neste país, ou no mundo, que não se pendure no celular a falar, falar, falar, falar, falar, falar a todo instante, a cada segundo, dia e noite. Ninguém conversa mais cara a cara, trocando ideias. Tem gente que fala horas pelas ruas, comendo nos restaurantes, sentada nas praças, esperando nos portões de embarque dos aeroportos, cagando ou mijando – com perdão da palavra – nos banheiros, incomodando os outros no escuro dos cinemas e teatros, mesmo orando nas igrejas, mesmo bebendo nos bares, transando. Tenho uma amiga que só goza, com perdão da palavra, se o celular está ao lado e ela ouve o *tim* das mensagens chegando. Sem o som dos *tim*, ela fica tensa, se contrai. Enfim, não há um só recanto em que o celular não seja usado. Até nas UTIs dos hospitais. Conversa à toa. Falar por falar.

Parou de falar, tomou um gole de água de uma garrafinha de plástico:

— Vivemos a época do falar por nada. Conversas desnecessárias, cheias de rodeios, circunlóquios, cavilações, casuísticas, sofísticas, solecismos, falácias, charlatanices. Tempo perdido, tempo gasto, parlendas, trique-traques. Nunca se falou tanto no telefone. Chicanas, rabulices, longos, desarrazoados diálogos frívolos, ilusórios, jesuíticos, cavilosos, ineptos. Este modo de falar ganhou popularidade com as transmissões das sessões do Tribunal Maior nas primeiras décadas do século. Palavras frouxas, vocabulário pobre, erros gramaticais absurdos, mesóclises sem sentido, próclises mal utilizadas, gratuitas, sufixos no lugar de prefixos, parassínteses absurdas, ausência de pontuações, péssimo emprego de conjunções, preposições disparatadas. Pretéritos imperfeitos do subjuntivo completamente alucinados.

Clara, estatelada. Como conter esse jorro? O homem espuma. Ao mesmo tempo, ela acha graça, afinal a viagem estava monótona, longuíssimos trechos sem postos, casas, não é possível ser este o caminho para Morgado. Tudo está mudado. De um momento para o outro desapareceram as referências familiares. Na pista, buracos imensos, há décadas tinham terminado as verbas de infraestrutura.

E o homem:

— Me pergunto. Os ouvidos suportam? Ninguém fica surdo de tanto ouvir? A ciência avisou que todos terão câncer no ouvido. Quem se incomoda? Daqui a cinco anos, garantem os especialistas, os tímpanos estarão estourados, transformados em gelatina. O que aconteceu? Todas essas conversas estavam contidas, represadas, reprimidas? Ou quem ouve na realidade não ouve, se abstrai, entra em outra? É uma verborragia infinita, gigantesca, sesquipedal...

— O quê? Ses... ses... o quê?

— *Sesquipedal*. Nunca ouviu?

— Nem sabia que existia.

— Quer dizer grande, muito grande, imensa, enorme.

(Ela pensou e o thinking chip gravou: "Minha relação com Felipe foi um engano sesquipedal".)

E esse túnel, a montanha e a tal serra? Surgiram de repente?

— Não vê que é tudo artificial?

— Artificial?

— Tudo construído. Quando as grandes empreiteiras viraram pó, formaram-se novas construtoras com os mesmos donos por trás de seus laranjas, testas de ferro. Talvez você ainda não tivesse nascido. A época foi chamada de ITE, Implantação das Tornozeleiras Eletrônicas, hoje conhecidas como UTI, ou infinitesimais.

Tempos dos famosos empreendedores que levavam o instrumento no tornozelo, depois um chip dentro da pele. A salvação dos empreendedores foram estes projetos criados pelos governos, que existem por todo o país, e também o Grande Corredor Transoceânico Atlântico-Pacífico, que vai de um oceano ao outro, e os Grandes Canais que dividem as regiões, formadas pelo aglomerado de vários estados...

— Não entendo. Como se ergue uma montanha? Igual a um prédio? Aqueles edifícios gigantescos que aparecem de repente em Dubai?

— Você disse que trabalha numa agência de design e de notícias. Deve saber que um dos milhares de presidentes, não me lembro qual, nem o nome, criou o Departamento de Escutas e Grampos e Vídeos de Tudo o que a População Fala pelo Celular, Skype, Interfones, Telefone, sejam os diretos, que estão em extinção, sejam os chips encerrados nos corpos, os espalhados por todo o território nacional, que vão captando trechos de conversas e os retransmitem. Tudo se ouve, se grava, se guarda. Tais gravações vão para uma central, na qual são analisadas por milhares de profissionais que as separam, classificam, rotulam, arquivam, enviam para setores diferentes do governo. Não há uma palavra dita que não seja conhecida. Há técnicos em centenas de línguas, em gírias, dialetos, técnicos avançados que conhecem as palavras que serão inventadas, há os que conhecem tanto as falas dos traficantes quanto as dos acadêmicos, ou línguas mortas, como o polábio, tudo está perfeitamente estruturado.

— Polábio? Isso é língua?

— Foi.

— E para que usam hoje?

— Nas comunicações entre os vários terrorismos. O polábio foi falado lá pelo século XVIII, em uma região próxima a Hanôver. Desapareceu. O que estamos falando agora dentro deste ônibus está sendo registrado por câmeras, microfones, chips de extrema sensibilidade. Contratar milhões de ouvintes, de ouvidores, de analistas, avaliadores, intérpretes foi uma das maneiras de se combater o desemprego que quase arruinou a nação, o índice de gente sem trabalho chegou a 68,97% da população. Você pode requerer no Ministério da Transparência Total as gravações que dizem respeito a você. Agora, até concederem tais licenças, o indivíduo já morreu. Aliás, com propinas você pode pedir os meus arquivos, e isso dá confusões...

— Sesquipedais...
— Ah, veja só... Gostei... Gostei...
— E onde entram as palavras exauridas?
— Descobriu-se que há milhões, bilhões, trilhões de conversas tolas, palavras sem sentido que não ameaçavam a segurança. Há milhões de palavras abreviadas, sintetizadas em uma letra, daqui a anos ninguém vai decifrá-las, palavras abreviadas, inocentes, como *bs*, *bjs*, *cê*. Só que aconteceu um fenômeno curioso. Com o tempo, cada palavra se solidificou. Pensava-se que elas eram frágeis, apodreceriam, e deu-se o contrário. Cristalizaram, sólidas. Fossilizaram, animais pré-históricos. Tornaram-se pedras duras. Passaram a ocupar imenso espaço. Os governos alugaram silos das produtoras agrícolas, que se viram sobrecarregados e acabaram custando caríssimo, armazéns e depósitos de empresas de logística. Então, um Comunicador Aconselhante propôs a criação da montanha. Veio a discussão: onde levantá-la? Depois de muitas discussões, decidiu-se implantá-la aqui, subornaram prefeitos, câmaras municipais, juízes, promotores, organizações sociais (as ambientais estavam extintas há décadas), e, durante anos, treminhões passaram a trazer cargas estarrecedoras de palavras. Rolaram fraudes, desvios, traições, bandalheiras. Por essa razão, Morgado não é uma cidade muito bem-vista, todos se comportam de modo estranho, ninguém acredita em nada nem confia em ninguém. Eu mesmo fui lobista dos bons, antes de ser traído, delatado. Construíram uma linha especial para trens de alta velocidade sobre pneus, que funcionam dia e noite transportando palavras exaustas. Por anos, os treminhões e os trens vêm desovando toneladas dessas palavras, agora mortas. Há uma tubulação gigantesca com dutos larguíssimos que trazem as palavras de todas as partes do país. É

o Termoduto Oral, custou bilhões, ainda que tenha custado muito menos que o Grande Corredor Transoceânico Atlântico-Pacífico. A montanha cresceu, solidificada pelas chuvas, poluição e ventos, formou-se uma cordilheira altíssima, foi necessário abrir o túnel, o que não chateou ninguém. Todos ganharam muito dinheiro. A montanha recebeu um apelido irônico do povo, a Colina do Diabo. Está me seguindo? Estou te chateando? Não quero parecer pentelho.

— Conta, conta. Estou fascinada, na agência eu fazia pesquisas, ouvia as pessoas dando depoimentos incríveis, malucos, doidos.

— Como o túnel tem iluminação, você pode observar como muitas palavras se soltam do teto. O que as prendem são as serifas das letras, um I dentro de um O, um X preso a um B, as palavras são frágeis, muito frágeis, o que as tornam volumosas são os sentidos pesados, pornográficos, maldosos, sacrílegos, aterrorizantes, iconoclastas, as que encerram maldições, pragas, prejuízos, revertérios, detrimentos, pestes, chagas, úlceras, ruínas, sacrilégios, tormentos, gravames, fel, infortúnios, venenos. Aqui estão quinquilhões de palavras beócias.

— Palavras não apenas inúteis, mas também perdidas para sempre?

— Usadas demais, gastas, cansadas.

— Palavras cansadas ou palavras que as pessoas cansaram de usar, perderam o significado?

— Você é boa interlocutora, dá gosto conversar contigo.

— Esse *interlocutora* pegou mal. Só você fala!

— Se quiser usar alguma palavra, pode apanhá-la. Dificílimo saber onde está o que você quer. Dicionaristas tentavam, queriam formar a Universidade dos Arqueólogos das Palavras. Vinham com carrinhos, caminhões, traziam todo tipo de transporte, poderia haver aqui alguma palavra interessante, curiosa, desconhecida. Uma vez que você a leva, a palavra fica sua, para sempre, ninguém mais pode usá-la. Terroristas do Estado Islâmico explodiram bombas que fizeram crateras enormes, palavras se espalharam ao vento, subiram ao espaço. Há religiosos fundamentalistas que querem eliminar palavras que ofendem deuses e ídolos. Há fanáticos homofóbicos que se engalfinham. Na verdade, a montanha é um grande problema. Há religiosos que buscam palavras que ofendam sagrados valores... Há Astutos que se empenham há anos em vetar palavras que possam levá-los à prisão, a julgamento. Por que razão a palavra *político* foi proibida? Porque era sinônimo de quê? Você sabe bem. Espere, deixe-me tentar te mostrar, este trecho do túnel é curioso. Cada grupo vive na defesa de sua fé, ideologia, filosofia, basta uma vírgula para a palavra ser combatida ferozmente, até se conseguir a extinção.

Ele se aproximou da janela, inclinou-se junto ao vidro, mudou para o outro lado do ônibus, virou-se para Clara:

— Aqui, exatamente aqui. Sinta o fedor.

— O que tem aqui?

— São as expressões que se solidificaram, se fossilizaram de tão usadas. Expressões repetidas há anos, décadas. Mentiras, falsidades, mistificações, situações insidiosas, injúrias, menoscabo, abominações, malefícios. Ditas, repetidas, reditas, a tal ponto que se tornaram mantras monótonos, entediantes, usadas por todos, dos mais ricos aos mais pobres, principalmente pelos que se autoexilaram, levando suas fortunas para o exterior.

— Espere aí, vai devagar. São essas palavras que estão sobre nossas cabeças, cheirando tão mal a ponto de me virar o estômago, dar ânsias?

— Tem razão. Jura, não estou chateando? Já contei tantas vezes essas histórias... Penso em publicar um livro, mas tenho medo, fico viajando e vou narrando a quem quer ouvir.

— Nada disso. Numa boa. É interessante, é repugnante, mas quero ir até o fim dessa merda.

— Aqui estão contidas todas as negativas que a mídia e os tribunais receberam e recebem. Elas podem ser ouvidas, foram declaradas aos jornais, rádios, tevês, redes sociais, WhatsApp, Twitter, celulares. Ouça, estamos cansados de ouvi-las, elas vêm repetindo, intermináveis, obsedantes:

"Vou levar um mundo de gente comigo." "Sou inocente, não conheço quem me acusa." "Jamais pratiquei qualquer ato ilegal."

"Estou na Justiça provando que tudo foram atos de um homônimo." "Minha defesa está entrando com a contra-argumentação. Vou querer indenização moral. Em dinheiro." "Quando tais fatos ocorreram eu não tinha nascido." "Jamais tive contas secretas no Panamá, em Nauru ou em Viçosa." "Pela minha família, meus filhos, meus netos, minhas amantes, minhas putas, meus cáftens, meus gigolôs, meus bodes, que me extorquem dinheiro, sou inocente." "Afirmo, juro, atesto, declaro, jamais tive contas secretas em São Joaquim Nepomuceno." "Nego peremptoriamente tais acusações, são calúnias desse partido e do vagabundo errante que quer derrubar tudo e todos." "Sou vítima de um golpe; me acusam sem provas, são atos praticados por desafetos tendenciosos e criminosos." "Vou levar um mundo de gente comigo." "Sou inocente, jamais pratiquei qualquer ato ilegal." "Sou inocente, jamais pratiquei qualquer ato ilícito." "Delírios insanos, sou transparente." "Fantasias das mil e uma noites." "Sou inocente, jamais pratiquei qualquer ato impróprio." "Sou inocente, jamais pratiquei qualquer ato criminoso." "Sou inocente, jamais pratiquei qualquer ato indevido." "Sou inocente, jamais pratiquei qualquer ato não equitativo." "Sou inocente, jamais pratiquei qualquer ato de intrusão na esfera de poderes reservados." "Sou inocente, jamais pratiquei qualquer ato discricionário." "Sou inocente, jamais exorbitei em minhas funções." "Golpe contra a democracia, vou denunciar em organismos internacionais." "Sou um anjo de candura, uma vítima." "Sou inocente, querem me difamar, inocente, inocente, inocente, inocente, inocente, inocente, inocente, inocente, inocente, inocente, inocente, inocente, inocente." "Posso levar um monte de gente comigo, derrubo a República." "Puro como um anjo, sou o homem que mais luta naquele parlamento, o que mais luta naquele senado, ficha limpa, limpíssima." "Trabalho como um mouro no senado, nos tribunais, nas autarquias; abro minhas contas, abro todas, as daqui, as da Europa, da Ásia, da África, da Índia, da Lua, de Plutão, Saturno, Bueno de Andrada."

Clara não se conteve:

— Para, para, chega. Puta coisa chata!!!!

— Você pode ouvir por horas, dias, semanas, meses, anos, décadas, séculos. Se você prestar atenção, há placas de bronze, prata ou de ouro nas paredes do túnel, com subordinados e famílias homenageando os que consideram grandes injustiçados. Leia aquela ali, de um presidente do senado que está preso há dez anos: "Afirmo que não pratiquei nenhum ato que pudesse ser interpretado como suposta tentativa de obstrução à Justiça, porque nunca agi assim, nem agiria, para evitar a aplicação da lei".

O sujeito parecia ter necessidade de contar, falar, desabafar. Tinha prazer em relatar tudo o que via, passara aqui centenas de vezes, nem sempre havia passageiros a ouvi-lo. Todos têm medo até de ouvir.

— Estamos passando debaixo do que se chama o Morro dos Queixumes ou Colina dos Cânticos Plangentes. Aqui estão recados e declarações de milhares de Astutos, ministros, secretários, juízes, governadores, vereadores, assessores, lobistas, laranjas, denunciantes, Segunda, Terceira, Quarta, Vigésima, Centésima Instância (a prisão só pode vir depois da 163ª Instância Suprema). Veja, ali está uma placa de ouro. Diz: "Jamais fiz gestões ou intercedi junto a instituições públicas em favor de terceiros. É absurdo despropósito sugerir que o Ministério Público nacional, instituição que demonstra independência e altivez, possa sofrer qualquer interferência externa".

E o sujeito que não parava de falar mostrou a Clara azulejos manchados pela fuligem dos escapamentos. Neles se pode ler:

"Jamais pedi recursos que não fossem doados legalmente." "Um show explícito de mentiras." "Nego ter recebido qualquer contribuição."

"Não tenho conhecimento dos fatos." "Houve auditoria do Tribunal nas contas da companhia, não tendo sido constatado indícios de desvio." "O vigésimo sexagésimo presidente defendeu seu ministro dizendo que ele tem reputação ilibada." "Para os envolvidos, a acusação do delator é falsa." "Delação é farsa histórica."

Clara interrompeu a leitura:

— Meu olhos lacrimejam.

— Natural. Essas declarações são falsas, mentirosas, hipócritas, foram escritas por assessores, são palavras que não se sustentam, rapidamente apodrecem, tornam-se gases venenosos. Isso tudo é um tambor que pode explodir, é um depósito de gás venenoso, um mortal Zyklon B que afeta a garganta, a laringe, os pulmões. Essa montanha destrói e envenena, por isso os motoristas dos ônibus vêm apenas uma vez a cada dois meses, fazem rodízio de sanidade. E também quem vem visitar não volta. Ou nem vem.

— Como o senhor sabe tanto sobre este local?

— Fui o primeiro ministro da Transparência Verbal, montei grande parte do projeto, até que meu fígado e meus pulmões ficaram avariados, carcomidos com os gases deletérios. Meu pâncreas foi transplantado.

— E o que vem fazer aqui?

— Sou um homem religioso hoje. No dia em que li sobre a angústia de Santo Afonso de Ligório, homem puro, casto, temente a Deus, verdadeiro asceta que diante da morte foi visitado pelo medo, sabendo do tamanho da conta que deveria prestar,[11] corri às igrejas; padres, pastores, acólitos e bispos me ajudaram a me livrar dos demônios, me recomendaram vir aqui. É como se eu vergastasse meu corpo. Tudo que ganhei e ganho dou como dízimo, para me reparar.

— Para se limpar? Pedir perdão?

— Não sinto culpa. Uma das primeiras coisas que aprendemos quando fazemos parte desses sistemas é eliminar a culpa, a consciência, os julgamentos morais, éticos, o que for. Depois veio minha conversão, ela me purificou. Maravilha, sentimo-nos leves, podemos flutuar. No poder, ninguém sofre de culpa, eliminam-se as memórias, as lembranças, mergulhamos em beatitude. Sou feliz. Vivo no vácuo.

— Não, não posso acreditar, nem posso acreditar que gente como o senhor exista e confesse tais coisas.

---

11 *O pecado e o medo*, de Jean Delumeau, Edusc, Bauru.

Nesse momento, iniciou-se um barulho terrível, pior que cem pancadões, capazes de furar os tímpanos. Romero estendeu a Clara um fone de ouvido, desses de funcionários de pistas em aeroportos.

— Estamos na Serra do Top Top Top ou Toc Toc Toc, como queiras. Coloca esse tampão ou terá que ir direto a um otorrino...

Vinte e três minutos depois, o homem que lia o tablet mandou que ela retirasse os fones.

— Sua viagem está terminando. É noite, daqui a pouco você estará em Morgado de Mateus, vai ver sua família.

— Só me diga... essa Serra do Toc Toc. O que é?

— Do Top Top Top. As palavrinhas não te lembram nada?

— Bater na madeira para afastar o azar, o mau-olhado?

— Feche a mão esquerda, minha jovem, e bata com a palma da direita em cima. O que significa?

— Foda-se, vai te foder.

— Tem muito tempo, lembra-se? O assessor de um presidente, ou ministro, seja lá o que fosse, costumava fazer esse gesto para dizer ao povo que se fodesse, tomasse no cu. Um dia, estava próximo a uma janela, foi fotografado, saiu em toda a mídia. Milhares de acessos. A internet começava a ter poder, o gesto viralizou. O assessor até morrer carregou o apelido de Toc Toc, ou Toque Toque. Chegamos, tenha uma boa estada, minha boa menina. Perdoe se vos incomodei.

> *Ao passar pela última cidade antes de Morgado,
> o velho conferencista declarou à imprensa:
> "Um pessimista não passa de um otimista com
> experiência", única afirmação que ele fez em
> 37 anos, uma vez que odeia a mídia.*

TAMBÉM EM MORGADO DE MATEUS CÂMERAS FUNCIONAM:

POR QUE ELA FOI OLHAR O ENFORCADO?

O ônibus parou em Morgado de Mateus, rodoviária construída com pré-moldados. Havia certo luxo. Clara desceu. Outros passageiros saíram e mergulharam na escuridão. O motorista, antes de abrir o bagageiro, recebeu um funcionário, entregou os documentos da viagem, apanhou um farnel envolto em pano de prato, com as pontas amarradas. O funcionário quis saber.

— Já tiraram o enforcado?
— Não. Continua lá.
— Deve estar fedendo.
— Passo com o ônibus fechado.
— A senhorita viu o enforcado? Talvez conhecesse.
— Enforcado? Que enforcado?
— Está pendurado na saída de Guaianases. Um homem de terno amarelo.
— Dormi um bom pedaço, estava cansadíssima, há quinhentas horas neste ônibus. Melhor não ter visto! Tem táxi por aqui?
— Não a esta hora, ninguém vem para cá neste ônibus.
— E por que um ônibus vem para cá nestas horas?
— Não sei, não é comigo.

O funcionário entregou a mala, ela caminhou por uma rua de paralelepípedos irregulares. O motorista, que começava a comer, sentado num banco de granito, chamou o funcionário da empresa:

— Preciso te contar. Essa é louca. Ou mentirosa. Ou esconde alguma coisa.

— Por quê?

— Foi muito esquisito. Ela me pediu que eu parasse um minuto, desceu, foi olhar o enforcado. Olhou, olhou, parece que reconheceu. Nem se abalou. Ninguém gosta de olhar. Ela pareceu gostar. De repente, começou a rir, riu muito e voltou ao ônibus, me perguntou: "Por que penduraram o homem de ponta-cabeça, preso por uma perna só?" Então foi para a poltrona dela, encostou e dormiu o resto da viagem.

— Você contou que os que têm aparecido ali sempre estão pendurados numa perna só?

— Não.

— Bom ficar de olho nela.

— Achei melhor te dizer, sabendo como vocês são por aqui.

Clara foi pela rua, metade das lâmpadas dos postes estavam queimadas, havia extensos trechos escuros, cachorros latiam. Há quantos anos não voltava à cidade? Estremeceu. Será que Altivo Ferraz ainda se refugiava aqui? Diziam estar por toda a parte. Um fantasma na história política do país. Mas todos sabem que a maioria dos presidentes da República são fantasmas. Invisíveis, duvida-se até que muitos existam. Morgado de Mateus estaria mudada? Que razões teria para mudar desde que a usina de açúcar fechara e as terras foram ocupadas por laranjais? De tempos em tempos, a região se agitava com os colhedores de laranjas, boias-frias contratados por breve prazo, que depois desapareciam. Cartazes vermelhos nos muros.

O atirador de facas.

Suspense, emoção, uma vida em perigo.

Nudez e técnica. Não percam.

O que seria? Nudez e técnica. Um atirador de facas que trabalhava nu? Leu e releu, o vermelho da impressão era forte, a cor tinha penetrado nas letras, percebeu que era um cartaz velho, o tal atirador já devia ter passado. Por que não colocam datas nos anúncios? Ela foi puxando a mala pelo calçamento esburacado, as rodinhas saltavam. Lojas e bares fechados. Apenas a farmácia noturna mantinha uma porta entreaberta, lá dentro dormia Mourisvaldo, médico fracassado, expulso da categoria por assediar pacientes. Dizia-se que assediava todas. Sabia-se que, quando professor numa faculdade, fora intimado a se aposentar compulsoriamente depois de várias denúncias de alunas. Da mesma maneira, comentava-se que era impotente, uma probabilidade, vivia cheio de aventuras para contar, mulheres deslumbrantes o procuravam, jovens ofereciam sua virgindade. Contava, sem levar em conta o fato que era baixinho, esquelético, usando óculos de tartaruga que lhe davam a aparência de um excomungado.

Olhou pela fresta, Mourisvaldo ressonava de boca aberta, figura triste, desleixada. Ela bateu forte no balcão, ele pulou assustado.

— Pois não, pois não... No que lhe posso atender? Que mulher mais bonita na calada da noite. Chegou no ônibus da madrugada?

— Não, vim a pé!

— Você é... Já sei, veio trabalhar com o atirador de facas. Soube, né? A namorada dele, gostosíssima, morreu. Você veio substituí-la? Que coragem ficar nua frente às facas... Vejo que vai fazer sucesso, tem um corpaço.

— Que atirador de facas, o quê? Vi o cartaz nas rodoviárias. Acha que vou ficar pelada na frente de um louco a me atirar facas?

— É você, sei que é. Tenho a honra de ser o primeiro a conhecê-la.

— Vai, vai, não tenho tempo a perder. Quero uma coisa forte contra enxaqueca e cansaço. Estou moída desses ônibus.

— Chegou agora?

— Não, faz um ano.

— Um ano? E nunca te vi? Onde se esconde tal formosura? Sua presença enche de sensualidade a noite de Morgado. Está percebendo o cheiro de jasmim que tem a cidade?

— Deixe de ser babaca. É dama-da-noite.

Mourisvaldo esfregava as mãos, inquieto, curioso. Tremia quando entregou tudo. Devorando-a com o olhar míope.

— Quer mais alguma coisa? Aqui estou para te servir.

Ela teve dó da figura patética. Será que não me reconheceu? Sei, foram tantos anos, devo ter melhorado muito, ele continuou aqui, enfiado em suas fantasias, o mundo igual. Pediu:

— Uma dúzia de camisinhas.

Divertiu-se com o olhar lúbrico do farmacêutico.

— Uma dúzia, uma dúzia. Um bocado. Certamente será uma linda noite de amor. É para você?

— Não, é para tua mãe...

— Você é daqui, sei que é daqui, quem é você, o que veio fazer? Se quiser, posso acompanhá-la. Levo a mala. Levo-a em meus braços!

— Continua o mesmo, hein? Babaca, pé de chinelo.

— Continua...? Me conhece?

— O que você acha, seu brocha?

— Por que ofensas em uma noite tão linda? Deixe-me ajudá-la!

— E abandona a farmácia?

— Nunca vem ninguém.

— E se vier? Uma emergência. Uma grávida? Um ladrão!

— Minha senhora, há anos não se vê uma grávida em Morgado de Mateus! E os ladrões têm sido mortos, temos nossa segurança. Eles não se aventuram por aqui. Altivo cuida da cidade.

— Senhora? Que grosseria!

— Desculpe-me... Você... Onde quer que vá, não será longe. Aqui não existe o longe.

— Me arranjo. Além do mais, não quero que saiba aonde vou, depois espalha e tem gente que pode se dar mal.

— Se dar mal? Por quê? Quem é você, o que sabe daqui? Te conheci alguma vez?

— Ainda por cima ficou caduco, esclerosado... Sei, tem Alzheimer, me dá dó...

Ele tremia, curioso. Colocou as compras numa sacola plástica, entregou, seguiu-a até a porta. Na primeira esquina ela virou, encostou-se na parede, ficou à espera. Um minuto depois, ele apareceu, cauteloso. Assustou-se quando a viu e nem teve tempo de reagir. Clara mandou a sacola no rosto dele, espatifou os óculos, feriu a orelha.

— Por que fez isso?
— Quer levar um chute no saco?
— Pelo amor de Deus! O que fiz?
— O que quase me fez! Pare de me seguir.

Sangue escorria da orelha, empapando a camisa xadrez, molhando o suspensório largo, ridículo em um baixinho magro.

— Se disser uma palavra, se me reconhecer na rua, sabe o que pode acontecer?
— Sei, sei...
— Sabe nada, mas imagina. Você imagina tudo!

Clara seguiu, ele continuou sentado no chão. Por que tinha feito isso? Tivera vontade, estava exausta, o corpo doendo. Sentia-se melhor. Era ele mesmo, achava que tinha morrido. Gente assim não morre. Um problema. Estava perdida, a cidade tinha mudado, ela estava em uma rua de prédios vazios, abandonados, sem iluminação, isso não existia antes. A rua terminava num matagal. Mas ela tinha certeza que era aqui. Telefonou para a irmã. Aquele cheiro espantoso de merda tinha aumentado à medida que viajava, sufocava. Teria andado na direção errada? Como encontrar a casa? Estava com sono, sede, a bexiga cheia. Abaixou a calcinha, agachou-se, aliviou-se e se distraiu um minuto, vendo a urina correr pelo meio-fio. Quando ergueu a cabeça, deu com o farmacêutico a encará-la. Punheteando e babando.

> *Pesquisas demonstram que aumenta o índice de suicídios entre indígenas e pessoas com mais de 72 anos, principalmente nas semanas de Natal e Ano-Novo, Carnaval e Dia de Ação de Graças. Há um debate na Câmara para que esse costume norte-americano seja instituído no Brasil a fim de que o povo coma perus.*

CÂMERAS CAPTAM A CONVERSA ENTRE FELIPE E O MOTORISTA E REMETEM AO MINISTÉRIO DA ESCUTA AUTORIZADA (NÃO SE CHAMA GRAMPO DESDE A REFORMA POLÍTICA).

CASULOS DE CONCRETO ESTOCAM O VENTO

Final de tarde, o motorista virou-se para Felipe:
— O senhor nunca dorme?
— Não tenho sono.
— Toma bolas?
— Acabaram.
— Tenho algumas. Uma a mais. Uma a menos. Em Morgado me reabasteço com o farmacêutico Mourisvaldo. É fácil encontrar o puto. Droga é livre na cidade.
Rodaram por meia hora. O motorista:
— Bom ter o senhor aqui, faz companhia. Venho sempre sozinho. Chato, sacal. Principalmente neste trecho que vai demorar. Vou ter de reduzir a velocidade. Nesta área o limite é de trinta quilômetros por hora.
— Por quê?
— Olhe a placa!
Outdoor fosforescente:

> VOCÊ ESTÁ ENTRANDO NOS LIMITES DA ÁREA RESERVADA ÀS ELITES QUE TÊM CONTAS NA SUÍÇA, PANAMÁ, LUXEMBURGO E ILHAS CAYMAN.

  Devagar, o ônibus sacolejava menos, Felipe abriu um livrinho de bolso que comprara no jornaleiro de uma rodoviária. Nunca tinha lido Gilka Machado, apenas lera sobre ela, nunca encontrara, há escritores cuja obra desaparece nas sombras. Com o lápis, sublinhou versos: "de que vale viver/ trazendo, assim, emparedado o ser?/ pensar e, de imediato, agrilhoar as ideias, dos preceitos sociais nas tropes ferropeias;/ ter ímpetos de voar,/ porém permanecer no ergástulo do lar".[12]

  A rodovia penetrou numa região de descampados a perder de vista. Do solo cresciam gigantescos casulos de concreto, ele calculou a olho cem metros de largura por cem de altura, sem janelas, portas, a menos que estivessem fora do campo de visão. Construções sólidas, pesadas, o concreto aparente tinha manchas, provocadas por chuvas e ventos. Pareciam abandonados. Grama

---

[12] Gilka Machado em "Ânsia de azul", *Poesias completas,* Editora Cátedra-MEC, Rio de Janeiro/Brasília, 1978. Encontrado em um dos mais antigos sebos de São Paulo. A citação vem do livro *Cristais partidos*, de 1915. Gilka nasceu em 1893 e morreu em 1980. Ninguém mais se importa com datas.

e mato floresciam e se inclinavam na brisa. Grossas tubulações de PVC ligavam um cubo ao outro. Caixas de água? Silos para produção agrícola? Que região era esta?

— O que são esses cubos de concreto?

— Nunca ouviu falar nos Casulos para Estocar Vento?

— Estocar vento? O que é isso?

— Faz anos que esses prédios existem. Vêm do tempo do primeiro impeachment. Havia um ministro de Energia ligado a duas empreiteiras que tinham contribuído para as campanhas de um presidente, ou uma presidente. O senhor se lembra que teve umas três ou quatro mulheres como presidentes há muito tempo, não teve?

— Teve, está na História, foi antes da Grande Revolução Política, comandada pelos Tribunais Maiores da União, dos Estados e dos Municípios. A revolução foi no dia em que o país completou a formação de 11 milhões de advogados, o maior número de profissionais de toda a galáxia. E daí, o que fez o tal ministro?

— Ligado aos ministérios de Ciência, Tecnologia, do Trabalho e do Desenvolvimento, foi montado um projeto de energia com o vento. Tem um nome, não sei qual é. Não sei quantos prédios tem aí, levaram anos para serem construídos. Tem no Sul, no Centro-Oeste, no Sudeste, no Nordeste. Só não tem no Amazonas por causa da floresta. Como nem sempre sopra vento, esses casulos, que colhem até mesmo furacões, são destinados a armazenar as mínimas lufadas ou brisas. Têm uma aparelhagem que chupa o vento. Para nunca faltar energia. Custaram um caralhão. Mas estão aí, de vez em quando alguém questiona, eles dizem que jamais faltará energia. Aí dentro tem vento para um século se for necessário. O que se sabe é que o dinheiro que se gastou nesses reservatórios foi tanto que tiveram de tirar dos orçamentos da Previdência, Saúde e da Educação, Trabalho, da Pesca, do Trabalho do Maior Abandonado, da Mulher Inapetente, das Jovens em Vias de se Casar, dos Bebês Anoréxicos, dos Astutos Impotentes, do Controle do Preço do Pastel.

— E você acha que foi uma boa?

— O governo nos deixa tranquilos. Teve época que faltou muita energia, agora nunca mais. Vento vai existir sempre, ao contrário da água, que seca sem chuva.

Os prédios desfilavam à margem da rodovia, plantados em um deserto, não se via viva alma, a não ser a cada quatro quilômetros uma torre de vigia e um sujeito segurando um fuzil.

— Para que polícia armada? Quem vai roubar vento? E roubar como?

— O que se diz é que são milhares de vigias. Ou seja, dão emprego. Moram numa vila que o governo e as empreiteiras construíram nas vizinhanças de Morgado. Estão fazendo outro campo de vento no Norte. Bom governo esse. Além dos grandes canais, uma beleza, e do corredor marítimo. Quando inaugurar, quero ir até o Chile, tem o melhor vinho da América.

— O corredor? Essa é boa! Quero ver a água subir a cortar a cordilheira dos Andes.

— As montanhas? Vai ser um megatúnel. Com água levada montanha acima por um sistema impressionante de cremalheiras. O senhor sabe o que são cremalheiras? Eu não. País legal, hein? Não tem nenhum igual ao nosso! Puta país! País legal, oportunidade para todo mundo. Viu, pobres acabaram. Mas, se gosta de obras, o senhor precisa ver o Recanto das Tornozeleiras. Lá para o lado de Goiás e Tocantins. Fizeram a reforma agrária, gastaram uma porrada com aqueles fazendeiros que desistiram de plantar milho, arroz, soja, algodão, feijão, arroz, trigo, cevada, centeio, e construíram penitenciárias modernas para os presos naquele processo antigo que limpava tudo. Esqueci o nome, qualquer coisa a jato, rápido como turbina de avião... Acabaram com os processos há trinta anos.

— Sei qual é, já são mais de 300 mil. Lavavam tudo. Ao menos dizem.

— Não vai caber nos Recantos das Tornozeleiras, parece que vão deportar. Tenta-se um acordo, evocando o envio dos degredados portugueses para o Brasil no século XVI.

— Portugal? E eles querem lá saber de receber corruptos profissionais?

Às vezes fico desanimado, pensa Felipe, mesmo sabendo que thinking chips estão retransmitindo para as centrais. Não se pode desanimar, mesmo sofrendo coerção, técnica jurídica que vem da época de imensa transitoriedade que veio após o impeachment da primeira mulher presidente, há tanto tempo que a memória olvidou. Tola palavra essa, *olvidou*. De bolero. Nesse momento, ele percebeu que alguns casulos de concreto mostravam pequenas fissuras junto à base. Ouvia-se o ritmado assobio do ar escapando.

> *Há 27 anos o Instituto Nacional de Pesquisas Espaciais, sem verbas, deixou de monitorar com seus satélites a Amazônia. Previsões do tempo foram interrompidas, com meteorologistas e garotas do tempo nas televisões perdendo os empregos.*

UMA CÂMERA DE RUA, COM POUCA DEFINIÇÃO, O CELULAR DE LENA E AS CÂMERAS DO MINISTÉRIO DE ESCUTA AUTORIZADA PARA TODA POPULAÇÃO GRAVARAM:

IRMÃS COLOCAM EM DIA A CONVERSA

— Deixa, eu dirijo.

Disse Clara à irmã, Lena.

— Nada disso, você pareceu ter viajado mil horas, chegou esbagaçada. Dirijo eu. Além disso, os caminhos não são mais os mesmos, até o laranjal vamos levar mais de uma hora. Mas vale a pena. Das poucas coisas que sobraram de nossa infância.

— Lena, cheguei ontem de madrugada, não hoje. Estou ótima. Dormi o dia inteiro. Quero ver se reconheço Morgado.

Afastaram-se da região central, cruzaram moderna avenida de casas iguais, encomendadas aos arquitetos de grife, pegaram uma rodovia que atravessava campos de papoulas que, adaptadas ao nosso solo, são destinadas à produção de ópio. Clara, surpresa:

— Ópio? Não é proibido?

— O que é proibido para uns não é para outros. Há quem possa e quem não.

— Quem pode?

— Todos.

— Então quem não pode?

— Todos. Em que país você pensa que está vivendo, minha irmã? Tantos anos de Rio de Janeiro, tantos de São Paulo, Nova

York, Londres. O que aprendeu da vida e do mundo? Clara, me diz, estou ansiosa. Te pedi ao telefone. Viu o enforcado?

— Vi. Desci, o motorista ficou me olhando, fui até lá.

— Era ele? O Rafael? Era meu filho? Me disseram que era.

— Não, não era. Não tinha nada a ver com meu sobrinho. O Rafael sempre foi uma graça de menino. Não queria olhar, depois encarei, quando vi que não era, comecei a rir, ri tanto que o motorista ficou cabreiro. Soltei um suspiro tão grande que ele se assustou, não perguntou mais nada. A emoção me fez fazer xixi na calcinha, tive de trocar, deixei a molhada no banheiro do ônibus, para provocar alguém. Gosto dessas coisas que fazem as pessoas ficarem intrigadas.

— Estava agoniada demais. Faz uns dez dias, recebi uma mensagem pelo celular, não sei como me localizaram. Deixei gravada. Ouça:

Polícia de Cabo Frio, Rio de Janeiro. Foto de um jovem degolado. Voz:

"Chegamos ao final da busca de seu filho, conforme pedidos que temos aqui, feitos pela senhora. Confirmamos a morte do jovem Rafael. Realmente degolado. Ele está no Instituto Médico Legal de Cabo Frio. O corpo foi encontrado no drive-in abandonado. Ele vivia em Arraial do Cabo, sem profissão definida. A senhora tem uma semana para buscar o corpo."

Clara:

— E você me esperou para irmos juntas? Teria sido mais fácil você ir para São Paulo e de lá seguirmos de avião para o Rio. Vamos embora já. Não sabemos quantas horas até Cabo Frio. Ou quantos dias...

— Decidi. Não vou!

— Lena, está louca? Vamos já, meter o pé na estrada.

— Não vou, nem você vai. Ficamos aqui.

— Qual é?

— Agora sei. Está morto. É duro, mas prefiro saber e pensar que ele desapareceu e está vivo. Se vejo Rafael morto, acredito na morte. Deixe-me pensar que um dia eu o encontro!

— Mesmo? Deixa assim?

— Deixe, noite de decisões.

— E aquele que te inferniza em casa?

— Também resolvo. E logo, logo. Cada dia estou mais decidida.

Enveredaram por uma pista dupla que cruzava campos desertos, casas fechadas, muros altos, nenhuma árvore.

— Aqui não foi a fábrica de suco de tomate? A gente passava e sentia o cheiro no ar, dava fome. Era o melhor suco do mundo. Bem que eu tomaria um agora, geladinho, temperado. Agora, o que é?

— Espere a placa.

— Placa?

Quatro minutos depois. A placa:

> **VOCÊ ESTÁ PENETRANDO NO SETOR DOS ASTUTOS HONESTOS QUE JAMAIS FORAM CITADOS POR CORRUPÇÃO**

— Putaqueopariu, Lena! Coisa imensa. Quanta gente mora aí?

— Ninguém, é um deserto... As casas estão vazias, abandonadas.

Clara dirigia velozmente, levantava poeira.

— Queria ter um conversível agora, tomar sol na cara, vento. Só que tem uma coisa estranha. Não há ninguém nessa cidade, nesse condomínio dos honestos, ou sei lá o quê?

— Estava cheio, era uma cidade viva, mas à medida que se abriam novos processos, apareceram acusações arquivadas, tiveram de se mudar. Surgiam denúncias sobre denúncias. Foram-se todos, ninguém sobrou. Nada sobrou, apenas o vento que ainda sopra por aqui. Acabaram os processos, mudaram os tribunais todos, os juízes morreram, outros engavetavam tudo... Curioso, há quantos anos não ouvimos falar nos juízes do Areópago Máximo.

— Isso eu sei, conheço a história, Felipe era da mídia. Os que partiram foram para onde?

— Sabe-se lá. Foram para onde esconderam o dinheiro.

À certa altura, chegaram à gigantesca ponte de concreto e ferro sobre um canal de seiscentos metros de largura, Clara se assustou.

— Isto não existia. Que rio é esse?

— Não é rio, é o canal que divide uma região da outra.

— Deste tamanho?

— Fez parte das megaconstruções que as empreiteiras fizeram assim que terminaram a transposição do rio São Francisco e os desvios de um monte de rios por aí afora. Guardei os recortes, mania de meus tempos de professora. Falou-se muito disso, do país polarizado, separado em grupos ideológicos, religiosos. Daí fizeram uma divisão real com fronteiras, muros, separação por águas em doze... não, espere, acho que em catorze regiões. Deve ser difícil hoje estudar geografia e história!

Trinta quilômetros de estrada atravessando um deserto, construções em ruínas, abandonadas, fechadas, capim seco, grama ressequida, troncos de árvores incendiadas, rachadas por raios. Uma barreira sobre a rodovia, o vermelho de um semáforo piscou, o cartaz luminoso acendeu junto às torres de vigia:

> # AGUARDAR, PASSAGEM DO TREM DOS MORTOS

Lena tapou o nariz.

— A gente sabe pela fedentina. Até aqui?

— Eles atravessam o Brasil inteiro, um inferno. Nos dias de muito vento chega também aquele cheiro de merda que está aumentando. O que será? Deixa a gente amortecida.

— Contei. Vinte e três minutos de passagem. Um trem curto. Em São Paulo, levam quarenta minutos, uma hora. Será que a *Corruptela Pestifera* foi dominada?

— Encontraram uma forma de escondê-la.

Seguiram caminho, Clara dirigia feliz.

— Há tanto tempo não me sentia assim solta.

— Está aí, chegamos!

— Parece igual ao que era.

— Você vai ver. Vale a pena, velhas coisas daquele nosso país estão sobrevivendo. Coisas simples, que vale a pena manter e recuperar. Deixaram aberta a porta do carro. No rádio, Elba Ramalho cantava *Sabiá, a todo mundo eu dou psiu*. O laranjal brilhava ao sol outonal. Cobria uma planície, subia por uma colina, perdia de vista. Mexericas pequenas. Desceram com duas cestas, caminharam entre as alamedas, era um pomar bem cuidado. Um aviso:

Leve quantas precisar, pague na saída.
Proteja as árvores.

Clara apanhou uma, descascou com as unha roxas, o esmalte começando a soltar.

— Como isto ficou? Ficou, não. Permaneceu.

— Não sei, corre que é terra de um Astuto rival do Altivo Ferraz. Ele nunca vendeu, ficou uma faixa no meio das terras do outro, que se emputeceu, fez de tudo para liquidar o sujeito. O laranjal fornece para a Grande Fábrica de Suco, que exterminou toda a cana-de-açúcar, o arroz, a soja e o feijão, base da economia rural de Morgado. Os da cidade podem comprar suco avulso ou laranjas em porções pequenas, foi uma forma de agradar à população.

— Não diga que Altivo está vivo.

— Nada se sabe. Nunca mais saiu da casa. Há anos, muitos anos, que ninguém o vê. Ninguém entra lá.

— As casas ainda existem? Aquela maluquice, cópia da oitava porta da Babilônia. A dos leões. Fiz a pesquisa para Felipe no Google.

— E me mandou, sabe que adoro História da civilização. *Babilônia* vem do grego, significa *porta dos deuses*. Tem parentesco com a palavra *babal*, que remete a *babel*, Torre de Babel, confusão de línguas.

— Brasil de hoje. Quase fizemos um documentário sobre essa casa. Boa época, tempos bons, Felipe e eu.

— Cada coisa esquisita que você sabe, irmã! Menina, que vida a sua, eu devia ter ido com você para o Rio de Janeiro, achei loucura. Loucura foi ficar. O que a gente faz da vida da gente?

— Viu no que o Rio deu? Nada. Quem diria? Uma tristeza. Era divertido trabalhar com Felipe, ainda mais amando como a gente se amava.

— Quando você fala de Felipe, os olhos brilham. Ainda gosta dele.

— Só que não suportei mais a insegurança, as traições, a solidão. Quando precisava dele, não estava.

— Traições? E a sua eterna desconfiança, Clara? Te conheço. Teus rompantes de raiva.

— Acabei com isso, juro que acabei, só me prejudicava, eu fantasiava demais, agora sou outra.

— Bom, deixa isso para lá.

— Como viver com o país em parafuso? A casa do Altivo em Morgado, no centro da cidade. Para esmagar otários. Sonho de um maníaco,ególatra, brega? Antes de ir embora, eu ficava fascinada com as festas, limusines, jatinhos, orquestras, big bands, estrelas de tevê, fantasias, black tie, muito pó. O pessoal da cidade não era convidado, era a vingança dele. Contra o quê? Será que rolava mesmo suruba? Mourisvaldo me chantageou, me levaria a uma daquelas festas desde que eu desse para ele.

— Deu?

— Está louca? Era nojento. Tentou me agarrar no carro, uma noite. Queria que eu fosse para um motel, enfiou o dedo na minha xoxota, dei um soco no pau duro dele, deve ter doído muito. Ele gritou, perdeu a direção, abri a porta e me atirei na rodovia, me ralei toda, ele se assustou...

— Mas ele garantiu que você deu, chupou, fez tudo, era mulher completa.

— Sei o que disse. Não teve homem que não viesse atrás de mim. O que recebi de cantada, assédio, chantagem por meio da rede social, você nem imagina. Entrava num emprego, lá vinha o patrão para cima, tinha de me demitir.

— Mas, venha cá, você era bonita e sensual. Nunca daria certo numa cidade como esta.

— Não sou mais bonita nem sensual? Qual é, Lena? Bonita e gostosa. Meu problema agora é outro, não dou certo em lugar nenhum.

— Quem dá, minha irmã? Quem?

— Uma noite, saí para matar o Mourisvaldo. Levei uma faca. Olha que dramalhão! Imagine esfaquear aquela lesma! Não sei o que me deu. Passei pela fonte, uma das náiades viu, veio atrás, nua, fazia calor, ela me xingava, tudo me parece louco, surreal, nada tinha sentido, eu ia foder minha vida, em algum lugar um rádio tocava "Você passa, eu acho graça", com Clara Nunes, passei em casa, apanhei uma roupa e desapareci. Nunca mais ninguém me viu.

— Nunca denunciou? Você era tão determinada, firme.

— Fica, só para ver, em frente a uma autoridade cínica, olhando e querendo te comer. Ainda não tinha as delegacias de mulher. Fosse hoje.

— Por isso nunca sai? Enfiou-se em casa, aqui?

— Não sei se ainda se lembram de mim.

— A cidade mudou demais, demais... Espera, pare, pare e dê ré!

— O que foi?

— Preciso te mostrar. Entra nesse desvio, sobe a colina, ficou quase pronta, vou te mostrar.

Estradinha de terra, poeirenta. Subiram até um ponto em que havia um pequeno belvedere com uma cerca eletrificada. Elas subiram no capô. E Clara viu, no fundo do vale, a Porta dos Leões, a cópia, na qual Altivo tinha gasto não se sabe quanto, o dourado dos ornamentos brilhando, o azul das cerâmicas, cópias perfeitas criadas pelos assírios (eram os assírios?).

— Esqueci, mas devíamos ter trazido um binóculo. Daqui não dá para ter muita ideia, mas a abertura da porta tem quarenta metros de altura. Dizem que Altivo exigiu cerâmicas folheadas a ouro.

— Mora alguém na casa?

— Quem sabe? Ninguém entra aí.

— Isso me horroriza e me fascina. Naquela época ninguém chegava perto, era tudo fechado, tapumes imensos. Felipe gostaria de ver, gravar.

— Felipe ainda está dentro de você.

— Estivesse, eu o mataria. Não me fale mais nele.

— E essa história de que ele tem uma ogiva nuclear guardada aí dentro? Acredita? Daí o medo que todos têm dele.

— Falação, o que se inventa. Ogiva. Qual é? Coisas do antigo 007, da *Missão impossível*, Guerra Fria, daqueles seriados que não acabavam mais. Sabe que tamanho tem uma ogiva?

— Eu não. Nem sei o que é.

— Lendas da política, notícias falsas.

— E se não for?

— Boa pergunta, e se não for?

Quando a noite começou, elas voltaram. Luzes se acendiam na casa magnificente. Pequenas luzes. Seriam os vigias, ou o quê?

— Vamos voltar, outro dia a gente vai ao laranjal. Mas queria te mostrar isso. Você falou tanto nessa casa em e-mails.

— Vou fazer de tudo para entrar ali.

> *Queima. Venda total. Liquida-se. Falência declarada. Off, sale, concordatas a granel, passa-se o ponto sem luvas. Ofereça o quanto quiser, mas alugue. Sete milhões de espaços desertos, se decompondo.*

Câmeras gravaram:

AINDA QUE AQUI TUDO SE PERCA

O ônibus saiu atrasado, havia muita encomenda para se colocar no bagageiro. Caixas quadradas envoltas em sacos de estopa. Apenas onze passageiros. No ar, o cheiro enjoativo de salgadinhos comidos por uma adolescente cheia de espinhas que tomava golões de um refrigerante zero. A garota arrotava. Felipe pensou que o bilheteiro tinha razão quanto aos ônibus. Em que banco Clara teria viajado? Seria neste mesmo ônibus? Ela estava dois ou três dias na frente dele?

Meia hora depois, parada. Apenas uma plataforma de madeira, um abrigo de telhas Eternit, uma lâmpada pendente de um soquete. Nenhuma placa. Ando pela terra de ninguém, na noite do nada. O motorista foi ajudar um velho a retirar pacotes. Esvaziaram o bagageiro. O velho veio até a porta:

— Já tiraram o enforcado da árvore?

— Ainda não, estão esperando alguém para identificar. Alguém que não chega e não se sabe quem é.

— Qual é, hein? Ninguém soube nada.

— Três noites atrás, uma mulher pediu para ver. Desceu e foi olhar o homem que balançava ao vento. Estava todo molhado, pingando. Da chuva. Devia estar fedendo, podre. Ela olhou, olhou e ao voltar disse: "Acho que conheci esse morto". Não falou mais nada, ficou quieta no fundo do ônibus. Sabe que o morto não tinha nenhum documento?

— Devem ter roubado.

— Roubaram e enforcaram?

— Falam de uma quadrilha que anda pela região, rouba carga de caminhão, saqueia armazéns e supermercados. Tem polícia metida no meio.

— Ninguém o reconheceu, não é da região, ninguém nunca viu o homem.

— Sabe como é o pessoal daqui. Bronco, medroso. Todo mundo acha que dá azar ver um homem na forca.

— Não tem forca, foi pendurado de cabeça para baixo em um galho da árvore.

— Um mistério, vão falar dele muito tempo, ainda mais com aquele terno amarelo.

— Aquela roupa me impressionou na última vez que passei aqui, ao cair da tarde, com o sol vermelho. O amarelo sujou com a poeira trazida pelo vento, com a fuligem das queimadas dos canaviais, com a chuva. Quem compra um terno daqueles?

— Um homem como aquele.

— Estava sem sapatos, será que roubaram?

— Usar sapato de morto? Cruzes! Preciso ir.

— Lembra-se? Todo mundo achava que era aquele garoto, o pés de boneca. Filho do drogadão, o que foi campeão olímpico e se fodeu todo.

— O garoto? Aquele bonitinho? Desapareceu faz tempo.

O motorista buzinou, fechou a porta, esperou um minuto, olhou para trás, providência desnecessária, ninguém tinha descido, era apenas o hábito de fazer sempre a mesma coisa. Quando o ônibus partiu, o velho estava sentado sobre um dos pacotes, mal iluminado pela lâmpada de néon empoeirada. O que fazia um velho como aquele com tantos pacotes? Menos de vinte minutos, o motorista diminuiu a velocidade, anunciou: "À direita, o enforcado". Mal iluminado pelos faróis do ônibus, o homem apareceu balançando no galho da árvore. Batido pela brisa. Não dava para ver o rosto e o terno amarelo tinha mudado de cor. O ônibus prosseguiu e o homem ficou a balançar no escuro. Um negro, lá do fundo, ergueu a voz:

— Vocês podem achar loucura, mas tive a sensação de que o enforcado é uma mulher.

Indagou o motorista:

— Mulher? O que te faz dizer isso?

— Achei as feições delicadas, os lábios pareciam ter batom seco.

— Viu tudo no escuro?

— Se esquece que fui guarda noturno trinta anos em Morgado?

— Sei disso, verdade, mas pode ser um viado. Um traveca. Hoje em dia, nunca se sabe.

— Pode ser, pode ser. De qualquer modo, alguém o enforcou.

— Pode ter se suicidado.

— De ponta-cabeça?

— O que me deixa cabreiro é que há anos aparece aqui um enforcado e a polícia nunca descobre nada. Ou sabe e não pode fazer nada. Ou não sabe e não quer saber, é mais cômodo e menos perigoso. Trambiques desses Astutos que vivem passando por aqui, conversando com Altivo.

— Tudo é o Altivo, parece que só existe ele. Deve haver muita gente nas sombras, Astutos ocultos, low profile. Cada vez elegem um, culpado de tudo. Mas esse Altivo, há quantos anos ninguém mais o viu?

Desapareceu de vez. Era o que era, ou se criavam histórias?

— Sei lá, o que sei é o que ouço, o que vejo na internet.

Quarenta minutos depois, passaram por Campos Velhos, a paragem foi mais demorada, desceu gente, não subiu ninguém. Ao menos o café da lanchonete estava quentinho. Na parede de azulejos encardidos, o pequeno cartaz, escrito à mão:

**O ATIRADOR DE FACAS
VIDA E MORTE DESAFIADAS CADA NOITE
EMOÇÃO/SENSUALIDADE/NUDEZ**

A próxima parada devia ser Palmira. Não havia nenhuma identificação na rodoviária novinha em folha, recendendo a tinta fresca. A plataforma ocupada por centenas de latões de leite. Para

Morgado de Mateus seguiu apenas Felipe, no banco da frente, olhando a pista única esburacada. Nenhum veículo, animal, pessoa, apenas uma cerca interminável e mourões de concreto. O motorista socou o volante.

— Merda! Putaqueopariu! Caceta! Não vamos chegar hoje nem amanhã.

— O que houve?

— Olha ali a bandeira vermelha e a placa:

> **DESVIO À ESQUERDA RODOVIA PARA MORGADO FECHADA PARA PASSAGEM DA FILA DA AUTOEUTANÁSIA. PROIBIDO AVANÇAR.**

— Que loucura é essa?

— Espere para ver! Nos últimos anos, a cada mês, eles superlotam as estradas e nada podemos fazer.

Avançaram, atingiram um portal encimado pelo letreiro:

CUIDADO, SEJA HUMANO, VOCÊ VAI PENETRAR NO SETOR DOS QUE, TENDO ATINGIDO A IDADE DE 67 ANOS, LIMITE MÁXIMO LEGAL PARA CONTINUAR VIVO, SÃO CONSIDERADOS VELHOS, INÚTEIS, NÃO PODEM PAGAR CONVÊNIOS MÉDICOS NEM FAZER SEGUROS DE VIDA, NÃO PROCURAM EMPREGOS, FORAM DESPEJADOS DE SUAS CASAS, NÃO TÊM MAIS ESPERANÇAS E ESCOLHERAM A AUTOEUTÁNASIA, PERMITIDA LEGALMENTE PELO GOVERNO. O POVO HÁ DE COMPREENDER.

Felipe está assustado com a fila ao longo do acostamento. Começou há alguns quilômetros. Todo tipo de gente. As pessoas protegem-se da garoa que cai sem parar há uma hora, com guarda-chuvas coloridos, chapéus de lona, capas desbotadas, botinas, botas, poncho e congas. Uns conseguem andar, outros estão em cadeira de rodas, há alguns em macas e padiolas, mulheres muito fracas vão às costas de jovens, talvez filhos, há quem ande de joelhos, como se estivesse a cumprir promessas.

Uma imagem veio à mente de Felipe, apaixonado por cinema, conhece tudo, lê e vê tudo. Um velho filme de Keisuke Kinoshita, *A balada de Narayama*, em que os que estão com mais de setenta anos, por causa de uma crise que trouxe a escassez de comidas na aldeia, são levados para a montanha de Nara e ali deixados para morrer.

O motorista:

— Esses aí não têm como viver, são fodidos, não querem sacrificar famílias e parentes, preferem a autoeutanásia. Na verdade é um suicídio legal, autorizado. Há inclusive médicos e psiquiatras dando assistência. Há anos, o governo prometeu um caminho especial, exclusivo para eles. Esse caminho que tornaria a última jornada mais confortável nunca foi aberto. Tinha até um nome dado pelo povo, dado o fato de que a vida é coisa sagrada. Era a Rodovia Sacra. Um historiador que viajou comigo, veio a Morgado tentar fazer a biografia de Altivo, me disse que em 1945, na Europa, não sei em que país, o nome me escapa, houve uma grande marcha de fodidos, piolhentos, doentes, moribundos, saídos de campos de trabalho, acompanhada por oficiais a vigiar, punir, bater, vergastar, abandonar mortos pelo trajeto. Não acreditava nessas histórias, mas agora que vejo o que acontece aqui... Um inferno. Muitos morrem antes de chegar ao penhasco final...

— E até onde vão?

— Até a beira-mar, onde há um rochedo escarpado. Conseguem subir e lá de cima atiram-se às águas. Ou são jogados pelos amigos piedosos. Os parentes vêm ajudar, assim como no Japão os velhos eram levados para uma alta montanha e ali esperavam a morte. Aqui não. Morrem no mar. Para eles, o mar é o único túmulo digno de um renegado pela União. Quero passar aqui uma noite, conta-se que destas águas sobem chamas azuis, fracas. Delicadas. São as almas do mortos, abandonando os corpos que se decompõem. Quem viu, diz que é lindo, impressiona demais. Por que nunca fiz cinema?

— E as redes nunca mostraram isso?
— Tentaram, mas são travadas, nada passa.

Foram dois dias de espera, Felipe leu duzentas páginas de *Passagens*, de Benjamin. Esta é uma passagem que ele nunca imaginou. Finalmente apareceu a placa:

Felipe puxou conversa:
— Parece que não vem muita gente pra essa cidade.
— Cada dia tem um, dois. Em dia de festa, cinco, seis.
— Vale a pena manter essa linha?
— Não me pergunte, não sou dono.
— Podia ir só até Campos Velhos.
— Me contaram que o fundador da empresa nasceu aqui. Ao morrer, deixou em testamento que Morgado de Mateus seria servida até o fim dos dias.
— De que dias?
— E eu é que sei?
— A cidade é grande?

— Acredita se eu disser que conheço a rua que vai até a rodoviária? Nunca andei pela cidade. Chego, tomo um lanche e volto.
— Nunca teve curiosidade?
— Quem usa, cuida!
— O que quer dizer?
— Que língua falo?
— O senhor faz essa linha sempre?
— Uma vez por semana. Alterno com um companheiro.
— Guarda a cara dos passageiros?
— Depende.
— Uma mulher bonita chamaria sua atenção?
— Chama de todo mundo. Três noites atrás teve uma. A única para cá, como o senhor. Não tão linda, mas gostosa. Tinha unhas compridas, roxas. Foi a que mandou o carro parar, quis ver o enforcado. O senhor não acha que pergunta demais? Aqui isso não é nada bom.
— E essa mulher do ônibus?
— Ela desceu em Morgado de Mateus.
— Coisa normal, última parada. Nada estranho.
— Não há razão para estranhar. Estou aqui para dirigir e levar o passageiro aonde ele quer. Fiquei olhando aquela bocetudinha pensando: quem come uma boazuda dessas?
— Sozinha o tempo todo, decerto.
— É pergunta?
— Não, tudo que digo é comentário, nada mais.
— Não vi ninguém. Ela apanhou a mala com rodinhas e sumiu, nem prestei atenção, estava com fome.
— Então, é ela. Tive medo, podia ter descido no caminho.
— Não entendo, o senhor fala sozinho.
— Falei para mim mesmo.

Uma e meia da manhã, ruas vazias, nem um bar aberto, lâmpadas mortiças nos postes de ferro negro. Na rodoviária o ônibus encostou, um funcionário caolho veio buscar os documentos e entregou ao motorista um farnel envolvido em um pano de prato. Ele foi sentar-se em um banco, abriu, retirou uma colher e uma faca, não ofereceu, se concentrou na comida. O caolho pergunta para Felipe:

— Tem mala?

— Não, só esta mochila.

— Para onde vai agora?

— Buscar um hotel.

— O que veio fazer?

— Procurar uma mulher. Aquela que chegou três noites atrás. Espere um pouco. O motorista me disse que aqui não se deve perguntar nada aos outros.

— Vi a gostosa, todo mundo falou. O que ela veio fazer aqui? Nunca vem ninguém para cá. Como se chama? Onde mora?

— É o que quero saber.

— Não conhece a cidade?

— Nada.

— Deve tomar cuidado. Olhe onde anda, o que faz, com quem fala, o que fala.

— Não entendo. Com o que devo tomar cuidado?

— Vai procurar seu hotel.

Felipe se afastou, então Clara se encontrava em alguma parte desta cidade, dormindo a esta hora. A rua desembocou em uma praça calçada com ladrilhos hidráulicos, antigos, com desenhos geométricos coloridos. Uma fonte de mármore ocupava o espaço central. Náiades de mármore rosado, nuas, se erguiam do espelho d'água. Era um trabalhão perfeito, cinzelado com tal delicadeza que se viam as artérias nos pescoços, os mamilos endurecidos, como se elas estivessem vivas. Quem viria fazer tal trabalho em uma cidade perdida como essa? Num banco, apesar do ar fresco da madrugada, uma mulher de vestido roxo, meias brancas, batom impecável se abanava com um leque. O rosto coberto por uma camada espessa de base branca. Suava.

— Se veio ver a fonte, é cedo. Só ligam às nove da manhã.

— Não! Não vim ver a fonte. Nem sabia que existia.

A velha:

— Então, o que veio fazer aqui? O senhor é o homem da

conferência? Todo mundo fala nessa tal de conferência ou no atirador de facas. Sabe que você é bonito...?

— Não, não tenho nada a ver com a conferência! Esse atirador de facas falou comigo numa rodoviária, noites e noites atrás. Foi rápido, sumiu.

— Como se chama?

— Olha que doideira. Esqueci meu nome. Perdi.

— Para onde está indo?

— Vim procurar uma pessoa.

— Há um século ninguém procura ninguém aqui. As pessoas vêm ver a fonte e se vão, nem circulam pela cidade.

— Que pessoas?

— Os turistas. A fonte é uma preciosidade. Não conhece Morgado de Mateus? Por que veio? Aqui não é destino.

— O que é então?

— Acabará descobrindo. Vá. E encontre o que veio procurar, ainda que aqui tudo se perca.

Felipe estava cansado. A poltrona do ônibus tinha provocado mau jeito nas costas, há tempos a lombar o incomodava, uma dor descia pela perna esquerda, mancava. Caminhava por uma rua que devia ser a do comércio, portas de ferro enferrujadas, portas de madeira com a pintura envelhecida, rachada, vitrines apagadas. Marquises arruinadas, paredes mofadas. Grafites, grafites ilegíveis. Luz numa porta. Cem metros à frente, a farmácia. O sujeito franzino ressonava, suspensórios largos sobre a camisa xadrez puída. Ele bateu com os nós dos dedos no balcão, o sujeito abriu os olhos, colocou os óculos de aros de tartaruga.

— Pois não... pois não...

— Uma informação. Tem hotel nesta cidade?

— Hotel?

— Hotel, pousada, pensão, motel, um lugar para ficar uma noite, duas, um mês, para sempre?

— Para sempre? Nem me diga. Chegou agora?

— O que acha?

— Veio de onde?

— Caceta! Tem hotel ou não?

— O senhor faz o quê? Veio para dar a conferência? Estamos esperando o conferencista.

— Por que responde com pergunta? Não tenho ideia do que o senhor fala! Acorda. Tem hotel ou não? Esta conversa nunca vai acabar.

— Tem hotel, claro que tem. Mas hotel nesta cidade só abre às sete da manhã, por segurança.

— Nunca vi isso na vida, e olhe que viajo.

— Este é o lugar onde o senhor vê coisas nunca vistas. Veio fazer o quê?

— Tenho uns assuntos.

— É o atirador de facas?

— Vim procurar uma mulher!

— Quem é? Onde mora?

— Em São Paulo eu sabia. Aqui não. A última vez que a vi estava dentro de um ônibus vindo para cá.

— Quando isso?

— Três noites atrás.

— Três noites?

Os olhos do farmacêutico acenderam. Ele esfregou as mãos, sorriu. Perverso.

— Talvez possa ajudar. Três noites atrás, uma mulher passou pela farmácia. Morena, puxava uma mala de rodinhas. Bonita, bundinha linda, tesuda, fiquei louco. Deve fazer um boquete daqueles.

— Chegou nesse ônibus que cheguei?

— Só tem esse.

— Disse o nome? Sabe para onde foi?

— Não disse. Também não adiantaria, nesta cidade nomes não significam nada, ninguém aqui tem o nome que diz ter. Ela comprou um pote de vaselina, umas camisinhas e desceu a rua. Parecia desnorteada. Fui atrás para ajudar, ela me bateu, quase me arrancou a orelha com uma bolsada.

— Vaselina? O que ia fazer com um pote de vaselina?

— Acho que ia dar pra caralho... O senhor é que deve saber.
— Alguém esperava por ela?
— Como saber? Nem a conhecia.
— Ontem, durante o dia, não a viu pela cidade?
— Bem que procurei a biscate. Putinha. Nada.
— Biscate? Que filhodaputa você é! Putinha é tua mãe. Quando e onde a viu?
— De que adianta dizer? O senhor não conhece a cidade.
— Procurou?
— Procurei o tempo inteiro, ninguém viu nada. Qualquer pessoa estranha chama atenção nesta cidade. Não podia bater de casa em casa, Morgado de Mateus é grande pra caralho, muito espalhada e ainda há os resorts nos arredores. Sabe, né, muita gente vem pela casa do Altivo, ou para resolver negócios com ele, apoio, dinheiro. Tem também aquele livro, dos mais preciosos do mundo, *Os Lusíadas*.

Felipe observava o farmacêutico. Tinha a orelha inchada. Clara fez isso? Não pode ser. Ou ela tinha mudado? O desconhecimento excitava-o. Sua vida parecia destinada a mudar, sair do marasmo. Esqueceu os medos. Podia ficar nesta cidade, fim do mundo. Estava feliz por ter tomado a decisão de vir. E se ela não tivesse vindo? Se o motorista tivesse mentido? E daí? Não tinha para onde ir, não tinha o que fazer, não tinha emprego, não tinha casa, o que importava? Tempo morto, pensou. Vivo um tempo morto, em um país moribundo. Vivemos mergulhados no ódio, inimigos de nossos amigos, desconfiamos de nossos parentes. No meio da noite, estou numa cidade que não existe no mapa.

> *Igrejas, movimentos livres, batalhadores contra a arte degenerada conseguiram fechar dezesseis museus, incendiar 86 exposições de arte, exterminar catorze corpos de baile que se apresentaram nus.*

CÂMERAS GRAVAM, DEIXANDO A CIDADE OURIÇADA:

À ESPERA DO QUE NÃO SE SABE QUE PODE ACONTECER

Felipe precisava livrar-se desse farmacêutico de aspecto miserável e dentes podres.

— Então, boa noite!
— Como *boa noite*? Onde vai?
— Tratar da vida.
— Te acompanho. Será mais fácil encontrarmos juntos.
— Encontrar o quê?
— A mulher que procura.
— É assunto meu.
— Pode ser também meu, o senhor não sabe nada.
— Saber o quê?
— O que se passou entre aquela mulher e eu.
— Aaaah! Qual é? Vê se te olha. Se conheço Clara, e conheço há anos, nada se passou, aliás, nada se passaria, o senhor é o último da Terra por quem ela se interessaria. Volte para sua farmácia, pode chegar freguês.
— Há quinze anos não entra um freguês de noite. Fico aberto porque traço umas garotinhas na cabine de injeções. Saiba que comi muito aquela mulher!!! Ela era daqui. Dei aulas para ela. Você não sabe de nada. Um dia me abriu as pernas para mostrar que era virgem. Vi o hímen dela, inteiro, era virgem mesmo.

— Tchau, babacão. Um cara que ainda diz *hímen*. Puta merda! Nem sabe em que mundo vive, nem sabe quem ela é.
— Vou junto.
— Desgruda, caralho! Vai à putaquetepariu!
Felipe partiu pra porrada. O farmacêutico caiu. Tentava se proteger, "Pare, pare! Pare, vai me matar!", Felipe gostou, aliviava a tensão, aumentada com a improbabilidade de encontrar Clara. Se é que ela tinha vindo. O nariz do farmacêutico sangrou. Os chutes cessaram. Incomodado, Felipe limpou o sapato na calça do homem. Por que estou fazendo isso? O que me deu? Que merda que sou?
— Vai te foder, cara. Vai para casa. Suma!
— De repente, o senhor é que pode sumir!
— Eu?
— Não sabe nada dessa cidade!
Antes de partir, Felipe desferiu um pontapé no saco do farmacêutico, que desmaiou. Uma janela se abriu.
— O que acontece? Não se pode mais dormir?
— Qual é, ô cara? Pode dormir, está tudo calmo!
— Quem é o homem caído?
— O farmacêutico.
— Mourisvaldo? O canalha? Matou?
— Não, desmaiou.
— Pena. E o senhor? Não é daqui!
— Cheguei há pouco.
— Estranho! Muito estranho. Não me avisaram. Por acaso o senhor é o atirador de facas?
— Não, não sou.
— Quem é? O conferencista?
— Que conferencista o quê?
— Meu senhor, seja quem for, tem autorização para vir a Morgado?
— Desde quando preciso de autorização para viajar pelo Brasil?

— Quem disse que aqui é o Brasil?

— O que é aqui?

— O Tribunal Maior ainda não definiu, mas saiba que o Brasil termina ali na frente. Esta terra não pertence a ninguém. Sabe inglês? Sabe o que é uma *no man's land*? Diga quem é e por que veio. Vou descer armado.

O homem saiu da janela, acendeu a luz do quarto e Felipe correu.

Virou a esquina, correu.

Virou outra esquina, correu.

Virou à direita, correu.

E correu à esquerda, à direita, em linha reta por ruas desconhecidas.

Na sua cabeça os zigue-zagues desorientariam quem o procurasse. Que horas seriam? Em uma concessionária de carros chineses, o mostrador de um relógio estava apagado. De qualquer modo, havia um só ponteiro. Descobriu o caramanchão, um banco, deitou-se.

E Deus surgiu, uma vez mais. O que o intrigava era pensar no que Deus fazia no escuro, antes de se pôr a trabalhar. Permaneceu um tempo bloqueado nos pensamentos, a terminologia parecia inadequada. Deus a trabalhar? O trabalho nem tinha sido inventado. A se divertir. Para espantar o tédio? Se fosse um escritor, um ensaísta, filósofo, engenheiro, cientista, teria recursos para montar alguma coisa. O quê? Para quê? A noção de trabalho não existia, o mundo nem sequer tinha sido criado. Apagou.

Risos de mulheres, um grupo de jovens uniformizadas, funcionárias de loja ou fábrica. Olharam para ele: "Bom dia". Seguiram, intrigadas. Foi despertado de vez, o corpo moído pelo banco de granito. Daqui a pouco comentariam sobre o estranho no jardim. Na padaria pediu café, média de leite, pão com manteiga. Tirou do bolsinho da camisa a colherzinha de prata para mexer o café. Odiava as colheres de plástico, Clara lhe dera uma com uma imagem do Rio de Janeiro. Um TOC, sabia, mas gostava.

— Chegou agora?
— De madrugada.
— Está gostando?
— Não vi nada.
— Vai gostar. Se não gostar, não diga. Veio para ficar?
— Estou de passagem.
— De passagem? Aqui não é passagem. É ponto final. O ônibus que vem, volta. Para o mesmo lugar.
— E daqui para a frente, o que existe?
— As terras de Lama Endurecida. Nada mais.
— Não, essas ficaram para trás, passei por elas. O mundo acaba aqui?
— Com certeza, o país acaba aqui, na fronteira. O senhor é outro que vem atrás do livro?
— Que livro?
— Todos sabem, não queira despistar. Há tempos ninguém aparecia. Mas houve época em que a cidade estava cheia, deixava o velho Altivo Ferraz desesperado. Todos sabem que o livro é a coisa mais importante para ele. Assim como o tal quadro *Salvador do mundo*, de Leonardo, que custou bilhões. Uma bosta lá de um retrato de Cristo vale a maior dinheirama do mundo? Mundo doido. Agora faz tempo que não aparece alguém querendo o livro.
— Ora, vá a merda, aqui é o centro do mundo? Cu do mundo. Um quadro de Leonardo da Vinci, comprado em segredo em um leilão, há meio século. Com o tal de Altivo? Que parece estar por todos os lados. E se ele não existe? Já pensou? Existe na cabeça das pessoas. Já deve ter morrido há muito.
— Não entendo o que o senhor diz. Fala pra dentro, consigo mesmo? Mais um desajustado nesta cidade? Chega!
— Olha só a vida. Altivo Ferraz...
— Dono da política e da cidade. Intocável. O Areópago Supremo cassou, o Senado desfez o nó, ele tinha o presidente na mão. Depois, ganhou milhões com os militantes daquele presidente que dizia ser capaz de eleger até um mictório, se quisesse.

O nome dele me escapa. Começou como gestor, vendendo túmulos baratos para quem quisesse ser sepultado de pé, depois deslanchou. Uma sacanagem atrás da outra.

— Vim aqui procurar uma mulher. Só isso.

— Procurar uma mulher? Besteira, as mulheres daqui vão embora.

— Posso te mostrar a foto dela, talvez ajude.

Ligou o celular. O funcionário do boteco tinha um boné amassado, aba para trás, encheu um copo de leite com café, estendeu o açucareiro, olhando desconfiado. Abriu o arquivo, a foto era nebulosa, sensação de quadro impressionista, mas dava para ver bem que era Clara. Felipe estremeceu. O funcionário olhou por um tempo.

— Preciso mostrar para mais gente. Mande esta foto para meu e-mail, vou perguntar. Colocar no Facebook, no Instagram. Compartilhar. Ficamos em contato. Achei que o senhor tinha vindo fazer a conferência.

— Não, nada disso.

— Todo mundo fala da conferência.

— Que nada. Sobre a conferência recebi um folheto numa cidade longe daqui.

— Ele está andando por aí, há dois meses só se fala nele. Dizem que é uma coisa que vai mudar tudo. Não entendi. Mudar o quê?

— Você vai?

— Não quero que mude nada, estou bem assim. Mas acho que vou. Aqui nunca acontece nada! Quer leite?

— Você conhece todo mundo na cidade?

— Acha o quê? Conhecer todo mundo? Vati! A cidade é enorme.

— Sabe de alguém que tenha chegado no ônibus da madrugada, faz três dias?

— Me falaram de uma morena de unhas coloridas. Pode ser ela.

— Falaram? Quem falou?

— O farmacêutico. Sabe tudo, fica acordado a noite inteira. Sacana, falso como palavra de político.

— Cuidado, não se pode usar essa palavra!

— Fodam-se, aqui falamos o que queremos. Conheceu o farmacêutico?

— Conheci. Foi a primeira pessoa que encontrei. Um pentelho!

— Te vendeu as fotos?

— Fotos do quê?

— De mulher nua. Ele que tira. Todo mundo compra dele e do jornaleiro. As gostosas da cidade. A melhor era a do atirador de facas.

— O atirador. Era daqui o sujeito? Ouvi falar nele.

— Era um grande espetáculo.

— Vi o cartaz numa rodoviária.

— Ele ficou famoso, foi até na televisão. Comprou a foto da mulher? Um tesão.

— Tenho cara de quem precisa disso? E a tal mulher, como era?

— A do atirador?

— Não, a que chegou no ônibus.

— Tem as unhas roxas, parece que é de São Paulo. O motorista do ônibus disse que tem jeito de carioca. Gozadora, arrastando o S. Disseram que a irmã mora aqui.

— Quem é a irmã?

— Ao que sei é casada com um atleta olímpico, que virou traficante depois que foi pego no doping. Levou um tiro, vive numa cadeira de rodas. Nunca vem para este lado. Sei que o filho dele sumiu, até apareceu uma foto dele, era um mano, foi degolado. Ao menos, diziam que era dele. A irmã? Não, não sei onde mora.

— Sabe de alguém que teria visto ela chegar?

— Muita gente viu. As pessoas olham pelas janelas. Seguem as câmeras da cidade, fotografam tudo e enviam uns aos outros. Todos veem, ninguém fala nada. Ninguém nunca dorme, à espera.

— À espera? Do quê?

— Do que não se sabe que pode acontecer. E a mulher que chegou, dizem que passou pelo riacho, subiu em direção à rua de nome esquisito, nome inglês, bulevar dos broquen drims, ninguém sabe o que é.

— Dizem, dizem, dizem. Quem diz o quê? Quem? Onde começam as histórias? Por que esse nome em um bairro? É um bairro? Uma rua? O quê?

— Uma rua, fica para cima da estação ferroviária abandonada. Era um lugar alegre, com muros cobertos por grafiteiros, desenhos lindos, um gestor acabou com tudo, está virando cracolândia. Lá havia uma porrada de bares com música. Seria um bairro chique, tudo acabou com as crises econômicas.

Era uma pista. Ao menos o local de procura se restringia. Nem que tivesse de procurar casa por casa. Bater em cada porta.

— Tem hotel na cidade?

— Alguns. Vivem cheios de Astutos e empresários que detestam ser fotografados. Hotel, hotel? Tem uma porrada. A duas quadras daqui fica o Suítes Vegas. Nome americano para uma bosta. A menos que ache lugar na pousada da alemã, boa, acessível.

— É só para um banho, tirar um cochilo.

— Vai lá. A alemã é simpática, mulher inteligente, todo mundo gosta dela. Fala português direitinho, disse que aprendeu ouvindo discos brasileiros. Tem uma sala lá cheia de fotos dessa gente, tempo da boa música, ela diz. Está aqui há anos, todo mundo pergunta por que veio para esta cidade.

Felipe saiu atordoado. Nem sabia quem era quem e o quê. Apenas sentia alívio por não ser assassino. Mas onde estava Clara?

DESTA TERRA NADA VAI SOBRAR, A NÃO SER O VENTO QUE SOPRA SOBRE ELA.

Bertolt Brecht em
"Do pobre B.B.", 1921.

> *O Brasil está em segundo lugar no Índice de Ignorância do Instituto Ipsos MORI, da Inglaterra, a terceira maior empresa de pesquisa e de inteligência de mercado do mundo. O brasileiro é o povo que tem as percepções mais equivocadas a respeito da própria realidade. Pouco ou quase nada sabemos sobre temas como religião, saúde, imigração, educação, gravidez de adolescentes, aborto, mortes por terrorismo, tecnologia e segurança.*

Câmeras na pousada, nas ruas e no templo do Senhor gravam:

LEVANDO-OS PARA JUNTO DO SENHOR

Felipe encontrou a pousada de Helga Walser em uma praça arborizada, com velhos bancos de madeira envernizados, bem cuidados. Babás levam crianças pela manhã, velhos jogam dominó, truco e bocha numa das alamedas laterais. A vida flui mansa, devagar. O lugar, uma casa reformada à moda europeia, é de Helga e de Curt Thorau. Eles se apaixonaram na cidade de Bielefeld, na Renânia, Alemanha, onde tiveram aulas de português com Ute Hermanns, especialista em cinema e música popular brasileira, e com Berthold Zilly, professor de literatura brasileira e tradutor de *Os sertões*, de Euclides da Cunha. Depois se especializaram em Berlim com outro brasileiro, o paraibano Carlos Azevedo, que viveu meio século na Alemanha. Com frau Ute e Azevedo aprenderam o português e se encantaram com o Brasil, mudando-se para esta terra (ou aquela, não se sabe neste momento a que nação Morgado pertence) e se naturalizando. Ela conta com entusiasmo que aprendeu o português perfeito ouvindo músicas de épocas diferentes, das clássicas às atuais.

Todas as manhãs, Helga e Curt oferecem um café generoso com berliners macios e suco de maçã natural. Depois do café, quando a temperatura é amena, Felipe senta-se a contemplar o movimento. Cochila, desperta assustado. Quase me esqueci, que é o que quero. Não sei se me procuram, não vi nenhuma notícia, apenas aquele sujeito no hotel Bússola, o cafofo, citou uma entrevista na televisão. Mas dei tantas, pode ter sido alguma sobre marketing eleitoral, o prêmio com algum comercial, o das cápsulas de andiroba foi sensacional. Amo e detesto hotéis. Talvez venha a morrer em um deles, como imaginava Francis Carco, que foi amante de Katherine Mansfield, um romance secretíssimo. Ninguém mais lê Francis Carco, talvez nem saibam quem foi. Em 1914, ele hospedava-se em Paris no modesto Hotel Gay Lussac, na Rue Gay Lussac, 29. Katherine morou na mesma rua e ia encontrá-lo no hotel. Ou como Oscar Wilde, que viveu como indigente em seus últimos anos de vida no Hotel d'Alsace, hoje L'Hotel, em Saint Germain, Rue des Beaux Arts, Paris. Ou Dylan Thomas, morto no célebre Chelsea, em Nova York, onde tinham morado Thomas Wolfe e mais tarde Leonard Cohen. Nesse hotel, Sid Vicious teria matado a namorada Nancy Spungen. Será que um dia vão dizer que me hospedei neste hotel de Morgado, ainda que nunca tenha escrito um livro? Alguém se lembra desses ídolos descolados de outras épocas? Tudo que fiz foi efêmero, não mudou nada, nada acrescentou. Quem sabe meu ensaio sobre o que Deus fazia no escuro seja o meu momento. Terminarei este ensaio ou vou ficar em anotações sem sentido? As anotações de Walter Benjamin resultaram num livro monumental, definitivo, *Passagens*. Isso que eu queria, algo definitivo.

O quarto de Felipe, sendo nos fundos, dá para o pátio do grande templo. Sexta-feira, dia de culto. Onze da noite e é como se o culto fosse dentro do seu quarto. As venezianas de madeira deixam vazar o som. Frau Helga, desolada, avisa que nada pode fazer. O pastor vocifera ao microfone e os fiéis erguem as mãos e agradecem ao Senhor. O barulho infernal ocupa tudo e não adianta ligar para a polícia. Ela vem, ouve uma oração, enfia a propina no bolso e vai embora sob aplausos dos fiéis, que gritam: "Amém, Jesus! Obrigado, Jesus!"

Felipe quer dormir e aquelas vozes monótonas, repetitivas, esperançosas, aqueles gritos invadem tudo, agradecendo:

— Fechou minha úlcera. Amém, Jesus.
— Recuperei meu pulmão destruído. Amém, Jesus.
— Sarei da lepra. Amém, Jesus.
— Curei-me da aids. Amém, Jesus.
— Renasceram minhas unhas apodrecidas. Amém, Jesus.
— Sarei da leucemia. Amém, Jesus.
— Sarei do câncer. Amém, Jesus.
— Minha mulher não me trai mais. Amém, Jesus.
— Curei minha depressão. Amém, Jesus.
— Resolvi minha impotência. Amém, Jesus.
— Sararam meus sangramentos vaginais. Amém, Jesus.
— Acabaram as feridas na minha nádega. Amém, Jesus.
— Meu sobrinho abandonou as drogas. Amém, Jesus.
— Meu filho saiu do hospício. Amém, Jesus.
— Minha tia se curou do alcoolismo. Amém, Jesus.

Suportou por duas semanas. Deu um crédito ao Senhor Deus para que colocasse bom senso naquelas pessoas e deixassem a população dormir em paz. Naquela noite, saiu. Educadamente esperou o culto terminar. Chamou o pastor.

— Conhece Jesus?
— Conheço seu espírito.
— Tem vontade de ver Jesus?
— Somente os santos podem vê-lo.

Suava e cheirava mal o canalha.

— Quer tentar vê-lo? Quer estar ao seu lado?
— Não sou digno.
— Claro que é!
— É um privilégio que somente os puros e inocentes de coração podem ter.
— O senhor é. Não conheço pessoa melhor, é um santo.
— Erro muito, peco.

— Mesmo assim, vai ver Jesus. Posso garantir.
— Como?

Para ele, eu tinha levado uma pequena picareta, semelhante à que Ramón Mercader usou para matar Trotsky, no México. Enterrei no meio da testa do santo condutor de orações. O sangue espirrou. Sangue sagrado. Ele encontraria Jesus em seguida. Felipe sabia que o tinha conduzido ao Senhor, ao paraíso. Devia agradecer. Todos terão sossego. Não mais acontecerão, ao menos não naquele salão, milagres. Ninguém vai ser incomodado, pelo menos por algum tempo, com os brados:

— Amém, Jesus. Sarei da leucemia.
— Amém, Jesus. Curei a urina solta.
— Amém, Jesus. Terminaram meus sangramentos.
— Arranjei emprego, ganhei dinheiro, recuperei minha mulher. (Hoje tenho duas amantes lindas. Graças, graças.)

Vamos dormir em paz.

Penso, não faço. Planejo com perfeição, sempre fui o melhor da agência para programar as campanhas. Sei o que devo fazer, e como fazer, e como não ser apanhado.

Sei, e nada faço.

Nada. Me detesto.

Ainda volto, não ficará um só pastor, um só fiel. Queria aquele bastão de beisebol daquele doidinho que encontrei uma vez numa farmácia. Quebrava tudo, tudo.

> *Fatos do passado remoto, sempre revividos. Entre 2015 e 2016, há um bom tempo, portanto, 69,23% dos CEOs norte-americanos estavam em más condições de saúde. No Brasil, 62% dos empresários e executivos estavam com sobrepeso ou obesos, e 19% com depressão, 34% tinham nível alterado de colesterol, 21% corriam o risco de sofrer apneia do sono e 12% estavam inclinados a abusar de bebidas alcoólicas, segundo o jornalista Chico Felitti, na revista* Poder.

Drones sobrevoam filas nas portas das lotéricas. Registram mortes, agressões. Cordões de pessoas se estendem por centenas de metros.

PARA A FRENTE, ACELEREMOS

Felipe na varanda da pousada, final de tarde, na velha cadeira de balanço, assento de palhinha trançada, a tomar a fresca, quando dois jovens saíram de uma loja de calçados e ficaram à sombra da árvore, a conversar:

— Que tipo de sapato se calça para uma conferência?
— Me recomendaram um clássico.
— E o que é clássico?
— Uma coisa antiga.
— Acredita mesmo que a conferência vai mudar tudo?
— Acha que alguma coisa muda?
— Será melhor mudar?
— Se mudar, melhora? Duvido.
— Quem vai fazer a conferência?
— Tudo que se sabe é o nome que está nos cartazes.
— É famoso como o pessoal da televisão? Tem alguém de alguma novela? Aquelas gostosinhas vêm? Se não forem, ninguém vai.

— Parece que todo mundo vai. Pega bem ir, pode ser uma novidade, a gente vai ser visto, vão falar que nos viram lá.

— Você já assistiu a uma conferência?

— Nunca. Parece que é um discurso.

— Sobre o quê? Ser um gerente eficaz, fazer dinheiro, não envelhecer, ser feliz, não ter depressão, dar sete de uma vez, saber viver sozinho? O quê?

— Isso quero ver, saber viver sozinho. Quem consegue? Ninguém. Ninguém mais está sozinho no mundo, eu mesmo tenho mais de 22 mil amigos na rede social.

Os dois viram Felipe a ouvir e sorrir.

— É o senhor que vai dar a conferência?

— Eu não.

— Os anúncios dizem e o reitor da universidade comentou no barbeiro. Todos comentam sua chegada. Quem é o senhor, o que faz aqui? Tem a ver com a conferência ou com Os Lusíadas do velho Altivo?

— Nem uma coisa nem outra. Vim atrás de uma mulher.

— Aqui está assim de mulher. Mas as melhores, mais bonitas, já caíram fora.

— Por quê?

— Fica um tempo aqui, vê se aguenta. Todo mundo é deprimido. Quer um conselho? Não fica fazendo pergunta por aí, não. Mas quem é a mulher que o senhor quer encontrar?

Felipe mostrou a foto do celular:

— Esta aqui.

Os dois se entreolharam:

— Pode ser a neta do Rogério, o carioca, grande sujeito, sabia fazer uma paella espanhola como ninguém. Ela era linda, inteligente. Saiu da cidade há muitos anos, parece que foi comida pelo Mourisvaldo, dono de uma farmácia. Pelo menos foi o que ele espalhou. Também se comenta que ele comeu, estrupou...

— Estuprou?

— O quê? Esmurrou?

— Estuprou. Comeu à força, na marra.

— Mourisvaldo não tem força para isso, deve ter drogado a mulher. Belíssima, dizem por aí. Ficou famosa em São Paulo, mexe com moda, sei lá com o quê. Era belíssima, ainda é... O senhor comeu?

— Se for a mesma, foi minha mulher.

— Porra, desculpe. Sabe como é homem, não é?

Felipe ficou alvoroçado:

— Se for ela, tem ideia onde mora?

— Se é a mesma, está com a irmã, no bairro de Cima, na Rua da Bica. Ou no Boulevard of Broken Dreams. Um pedaço velho da cidade. Seria uma das maiores avenidas do mundo, das mais lindas, mistura do Champs-Elysées, da Nove de Julho, em Buenos Aires, da Avenida Nevsky, em São Petersburgo. Um governador maluco, cheio da grana, foi quem projetou, era um pilantra, divertido, gastaram uma nota, a avenida teria duzentos metros de largura, delírio puro, se fodeu, desapareceu, a rua ficou largada. Ia colocar Morgado no mapa...

— E como chego a essa rua?

— Teu celular tem GPS? Se tem, acione. É fácil. Na fachada tem o desenho de um artista de São Paulo. A casa ficou famosa pelo desenho. Um casal na calçada. A sombra dos dois, projetada, forma o desenho de um cachorro. O pintor tem um nome... assim... como Augusto.

— Pode ser Guto?

— É isso. Guto não sei o quê.

— Guto Lacaz, trabalhei com ele.

— Vai, todo mundo conhece a casa. Agora, ajude a gente. Para que serve uma conferência?

— Para conhecer as coisas. Saber do mundo, alargar horizontes.

— E por que eu me interessaria? Qual a vantagem para nossas vidas? Vivo tão bem. Para que alargar horizontes? Somos felizes assim.

— Você é?

— Não sei. Como se sabe? Quer saber de uma coisa? Quase ninguém na cidade sabe coisa alguma. Alguém no mundo sabe?

E não existe gente infeliz por aqui. Pelo menos, não conheço e, se conhecer, quero distância, é como *Corruptela Pestifera*. Pega, contamina. Como pedem os presidentes, vamos em frente, aceleremos.

> *Bombas explodem no Museu do Louvre em Paris e matam 1.675 pessoas. Uma coxa e um seio da Vênus ficaram intactos.*

Câmeras na rua, na varanda e no interior da pousada gravam:

LUSÍADAS, MITO OU FAKE NEWS PROVINCIANA?

Helga, olhos verdes, trouxe para a varanda duas taças e uma garrafa de vinho branco.

— Este guardo para boas ocasiões. Um Loosen Villa Wolf, de Pfalz.

— Conheço pouco vinhos alemães, sei que vocês são bons nos brancos. Adoro os Riesling.

— Este é Pinot Gris, ótimo.

Havia muito movimento na rua sob o sol. As pessoas olhavam, cobiçando o vinho gelado nas taças. Há momentos em Morgado em que as ruas estão saturadas. Súbito, esvaziam. Felipe, curioso:

— Onde se esconde essa gente? A cidade não me parece tão grande.

— É muito grande, espalhada. Há centenas de condomínios ao redor, com uma população que não arreda pé do seu cercadinho. Há muita violência por aqui. As pessoas mais fechadas do mundo, antro do conservadorismo que explodiu ali pelo ano 2018, lá atrás.

— Do que vive esse povo? O que é a economia?

— Tem um comércio local, mas é fraco, a maioria prefere viajar para a Europa, Miami, ou para a grande região de shoppings que pertencem aos deputados. Corre muito dinheiro por aqui, mas não me pergunte do quê. Dizem, não confirmo, e se o senhor disser que eu disse, nego. Nego com todas as palavras que trouxe da Montanha das Palavras Exauridas.

— Trouxe? Pode ir lá e apanhar o que quiser?
— Pode, a montanha pertence aos brasileiros.
— A senhora é alemã.
— Brasileiríssima agora, naturalizada, adoro aquele país.
— Aquele? O Brasil não é este?
— Há controvérsias, por enquanto somos uma *no man's land*.
— Como assim?
— Por favor, não me pergunte. Posso perder a cidadania e ficarei sem nenhuma, solta no mundo.
— Como eu! Não sou cidadão de nenhuma pátria, me desliguei do mundo. Meu pai também foi cidadão do mundo, não pertencia a lugar nenhum, nunca tivemos uma casa. Vivíamos de hotel em hotel, minha mãe quase enlouqueceu, queria ter uma cozinha. Me dou bem em hotéis.
— Felipe, o senhor toma drogas? Conhece o mel dos loucos?
— Não, estou limpo. Já tomei muitas. Ouvi falar no mel dos loucos. Do Himalaia, não é? Pó, anfetaminas. Quem no meu trabalho não toma?

Helga olhou para a garrafa de vinho, tomou um gole, contemplou a rua, os olhos absortos. Felipe tinha fechado os olhos, incomodado com o sol que batia de frente na varanda. A alemã baixou as persianas de bambu que davam um toque tropical à pousada.

— Posso te fazer uma pergunta?
— Por que não?
— Tenho medo.
— Medo?
— É que, nesta cidade, não se deve perguntar muito.
— Por quê?
— Principalmente, não faça essa pergunta. Demorei para entrar no ritmo de Morgado. Mas, me diz, sinceramente, o senhor veio atrás dos *Lusíadas*?
— *Lusíadas*? O de Camões? Pergunta esquisita.
— Todo estranho que chega aqui sem eira nem beira vem atrás dos *Lusíadas*. Mas não diz nada. Teve gente que já foi morta por isso.

— Sou um eira nem beira para a senhora?

— Não sei quem é, o que faz. O senhor é fechado. Nunca me incomodou, nem perturbou ninguém aqui, ou na cidade. Fica por aí com o celular na mão, andando, andando sem rumo, procurando essa moça que disse ter vindo para cá. Só pode ter vindo atrás dos *Lusíadas*. É um dos tesouros da cidade, os que tentaram roubar foram mortos. Me perdoe, mas me parece um homem estudado, me dá a ideia de uma pessoa lida, mas sem rumo.

— Nem atrás, nem na frente dos *Lusíadas*. Nem sei do que a senhora está falando.

— Jura que não está atrás do livro?

— Por Deus! Pela alma de minha mãe, como eu dizia quando criança.

— Esta cidade é como o Brasil, é igual à extinta Brasília, não se confia em ninguém, nem na mãe, no marido, na mulher. Aqui filho denuncia o pai, marido aponta a mulher, o professor delata seu colega de cátedra. Esta é uma cidade que me desafiou, por isso aqui estou. Há muitas coisas vistas e ouvidas, enquanto outras permanecem um mistério.

— Por causa do quê? Os *Lusíadas* é um dos mistérios?

— Dos *Lusíadas* e dos condenados refugiados, e do dinheiro oculto nas casas. Há muito medo, porque espalhou-se que há uma ogiva nuclear na cidade.

— Uma ogiva? Todos estão doidos? Sabem o que é uma ogiva, como ela é guardada, os cuidados? Altíssima tecnologia, periculosidade. Vai cair na mão de pés de chinelo? O tanto de cientistas em volta? Se explodir, o país inteiro voa em pedacinhos.

— Sabe que a Polícia Federal passou por aqui, entrou no seu quarto, abriu sua mochila, encontrou um dinheirinho? Achou pouco, desencanou...

— O quê? Nem me contou?

— Pediram silêncio, não posso meter a mão em cumbuca. A Federal está de olho.

— Olho no quê? Não fiz nada, não devo nada.

— Deve ser a síndrome das malas. Dinheiro em mala, já viu. Por causa de malas, já teve morte, assalto, quase sequestraram o velho Altivo.

— Altivo? Sempre alguém falando nesse homem.

Felipe ouvia com curiosidade. Estava diante de um mistério ou diante do imaginário das longínquas cidades brasileiras? Mas Helga tinha dito que aqui não era o Brasil.

— Thorau, meu marido, professor de Letras na Freie Universität de Berlim, soube da existência desse exemplar de *Os Lusíadas*. Consultou bibliófilos alemães, os mais respeitáveis. Vivemos um tempo em Portugal pelo Instituto Goethe e depois pelo DAAD, a entidade dos intercâmbios. Foi então que decidimos vir para o Brasil. Os descendentes de Pedro Corrêa do Lago, conhecido bibliófilo brasileiro, um grande detetive de livros raros, muito lá atrás, escreveu um livro sobre este *Lusíadas*, desconfiou que estava na cidade. Pedro tinha faro, intuição e fontes, também ficou anos atrás do livro, mas nunca confirmou que está aqui. Ou pode estar. Eu ainda não tinha chegado. Havia uma febre, no começo, com muita gente estranha circulando pela cidade. Tipos que amedrontavam, sabe como é, não? Todo mundo inseguro, depois a coisa se acalmou.[13]

— Por favor, Helga! Que história é essa? Que livro é esse? Vale tanto?

— Se existir, vale tanto quanto a Bíblia de Gutenberg. Só há outra edição de *Os Lusíadas* na Biblioteca de Babel. Mais cara do que ela somente o original dos evangelhos de São João, que parecem estar confinados na cidade de Sfat, em Israel.

— O original dos evangelhos? São João escreveu? Em quê? Para mim, os evangelhos eram tradição oral.

---

13 Procurado para comentar sobre a existência de *Os Lusíadas* em mãos de Altivo Ferraz, Pedro Corrêa do Lago, um dos mais renomados arqueólogos de documentos, não foi encontrado até a conclusão deste relato. Ele é conhecido por viajar constantemente devido à sua especialidade. Fica a dúvida. Entre a lenda e o fato, publique-se a lenda, disse o dono do jornal de Shinbone, no oeste americano.

— Não sei, não me pergunte. Nem ao meu Thorau, magnífica figura, mas agnóstica...

— Por que, Helga, a cidade se chama Morgado de Mateus?

— O nome vem de um dos maiores estudiosos de *Os Lusíadas*. Um obcecado que colocou sua fortuna nisso. Na verdade, o fundador da cidade foi um português que fez dinheiro importando bacalhau, azeitonas e procurou petróleo. O Brasil produz um dos melhores azeites que se conhece. Morgado compete com os olivais de Monjolos, em Minas. Fez aqui imensa plantação de oliveiras, que o senhor pode visitar.

— Ele se chamava Morgado de Mateus?

— Não, ele se chamava Sérgio Fenerich, especialista em estudos lusófonos, apaixonado por Camões. Riquíssimo em Portugal, quando veio, teria trazido uma preciosidade que hoje vale milhões, muitos milhões. Um dos 210 exemplares da reedição de *Os Lusíadas*, empreendida por Morgado de Mateus em 1817, impressa em Paris. Uma grande aventura, um belo filme, já que o senhor gosta de cinema. Flávio Loureiro fundou a cidade, tornou-se exportador de azeitonas, aumentou sua fortuna. Recitava *Os Lusíadas* em todas as cerimônias, de cabo a rabo, uma loucura. Depois que morreu, ninguém mais soube onde está o tal livro raro. Flávio está enterrado em Boliqueime, Portugal, sua terra natal.

Helga foi lá dentro. Demorou, trouxe um livro grosso e estendeu para Felipe. Abriu e leu trechos.

— Vem aqui, relatada por Anne Gallut-Frizeau, das maiores especialistas no assunto, a história de Morgado de Mateus, cujo nome era José Maria do Carmo de Sousa Botelho Mourão, nascido no Porto, em Portugal, em 1758, filho do governador das províncias de São Paulo e de Minas, Brasil. Cresceu no Solar de Mateus (daí o título, Morgado de Mateus), foi aluno da Universidade de Coimbra, onde se apaixonou por Camões e *Os Lusíadas*. Tornou-se oficial do Exército, diplomata, ministro na Corte da Rússia, viveu pela Europa, era amigo de José Bonifácio de Andrada e Silva, pertenceu à Academia Real de Ciências de Lisboa. Apaixonado por Camões, no final do século XVIII, tornou-se obcecado com o manuscrito original de

Os Lusíadas e sua vida a partir dali girou em torno disso. Era febre, paixão, alucinação, tudo em que o Morgado pensava. Pesquisou por décadas, reunindo dezenas de edições. Mas ele buscava a original, de 1572. Ele desejava editar o livro perfeito, tal e qual Camões havia escrito, cotejando variadas edições, uma mais problemática que a outra, pelas variantes do texto, pela ortografia e erros tipográficos. Não houve especialista no assunto que o Morgado não tenha consultado, questionado, investigado. Decidida a edição final, ele a quis a mais primorosa. O impressor foi Firmin Didot, de uma dinastia de profissionais. Novos tipos foram fundidos especialmente para a tarefa. As doze ilustrações, uma para cada canto do poema, foram encomendadas a Gérard, pintor oficial do rei Luís XVIII e retratista de Napoleão. Para poder imprimir a obra, o Morgado vendeu as joias da família, sua espada da Ordem de Cristo, de prata e ornada com diamantes, e mandou fundir toda a prataria da casa. O custo dos 210 exemplares foi de quase 52 mil francos, dinheiro com o qual se podia na época comprar uma grande vila, um palacete. Essas edições foram presenteadas a reis e a academias, a ordens religiosas e a bibliotecas nacionais, universidades da França, Inglaterra, Estados Unidos, Alemanha, Itália.[14]

Helga tinha os olhos úmidos:

— Hoje, alguns desses volumes, que custam ouro ou milhões de barris de petróleo, estão desaparecidos, guardados sigilosamente por colecionadores. Não acha lindo pessoas que dedicam sua vida e fortuna a um sonho singular?

— E um desses exemplares está aqui?

— Conta-se que no bunker subterrâneo de Altivo, que tem 87 anos e nunca sai de sua casa, uma fortaleza.

— Já me disseram 94.

— Cada um fala de uma idade para este sujeito. Vai de 82 a 104.

---

14 Felipe foi ao Google, descobriu que a história de Morgado de Mateus, o homem, está no excelente *Dicionário de Luís de Camões,* coordenação de Vitor Aguiar e Silva, livro monumental de 1.005 páginas, produto de quarenta anos de trabalho, editado no Brasil pela Leya.

— Ninguém nunca entrou lá? Ninguém tentou assaltar, roubar o velho?

— Vários tentaram. O resultado foi uma quantidade de corpos esparramados pelos rios, celeiros, cocheiras, haras, estábulos, condomínios, silos de cereais.

— Onde mora Altivo?

— No centro, num castelo de pedra, portas e janelas maciças de carvalho vindas da Califórnia. Dali ele imagina governar o Brasil. A família teve muito poder. Hoje, estaria demente, exige que a polícia, os motoristas de ônibus, os cartorários, os Astutos que são eleitos com o dinheiro dele, o informem de cada estranho que chega. A polícia o extorque e chantageia, fingindo fornecer relatórios, forja documentos, todo mundo mama no velho multimilionário. Sabe-se que elegeu catorze presidentes, depois derrubou todos. Não há na região e na capital do país quem não ganhe o que se chama de Bônus Altivo. Além de seu maior delírio, a mansão Porta dos Leões. Corre que ele ainda quer recriar os Jardins Suspensos da Babilônia. Pior do que tudo, loucura das loucuras, ainda que tudo seja possível neste mundo, é a notícia de que ele tem uma ogiva nuclear escondida.

— Ogiva? Como se elas fossem vendidas em outlets, na Amazon, nas casas 1,99. Tudo parece espantoso, mas claro que é um *falso*.

— E o que é espantoso hoje?

Ficou um silêncio agradável. Da rua vinham ruídos do cotidiano, um latido, uma voz, um riso, uma canção, buzinas, o apito do vendedor de beijus. Da cozinha chegou um bolo de fubá fumegante, coberto por leve camada de canela. Felipe cortou uma fatia, passou manteiga, que se derreteu e escorreu pelos lábios. Sentiu-se em paz.

> *"Talvez possamos todos concordar é que o amor por si só não machuca, que a liberdade de expressão de gênero não machuca ninguém. Todos buscamos viver e respirar da maneira que é possível para nós. É fundamental suspender julgamentos sobre todas estas questões."* Judith Butler, O Estado de S. Paulo.

Nas proximidades dos bancos e das casas lotéricas há câmeras em todas as posições, drones sobrevoam incessantemente.

AQUI, ESTA NOITE ESTOU CONTENTE

Felipe atravessa a rua, lê os banners da academia que oferece equipamentos para ginástica abdominal, aparelhos para as mulheres ficarem com barriga tanquinho, kit body pump, remo, barras reguláveis, trampolins leg press, cadeira extensora, elípticos, fit ball. O slogan é: *Vida com mais aventura.* Um apostador cutuca seu ombro.

— Olha no primeiro andar a peruaça siliconada, botoxicada.
— Qual?
— Aquela exibida! Vê que coxa? Os peitão de silicone? Essa gente não cansa? Depois dessa malhação ainda trepam? Se ganhar essa porrada de dinheiro vou comer umas vinte dessas.

CROSSFIT. Torne-se um homem ou mulher de ação. Uma pessoa forte. Aceite os desafios. Mude seu corpo. Última tendência do fitness.

Felipe olha para seu corpo, relaxado, largado, a barriga crescendo pateticamente com as comidas de rua e de boteco, os chopinhos, as cervejas pretas, bolinhos de bacalhau. Não posso chegar assim diante de Clara. A cada dois, três meses, íamos para o Rio de Janeiro – aquele que ainda mantinha pedaços míticos –, sentávamo-nos na calçada do Bracarense, a comer petiscos e tomar caipiroscas geladíssimas. Clara adorava o bar, instituição carioca. Ela ficava solta, mais doce. Em um final de tarde, ela estava radiante e disse uma frase estranha: "Sabe, meu amor, li uma coisa em Sylvia Plath que é como se fosse minha. 'Talvez eu nunca seja feliz, mas esta noite aqui estou contente'". Ela tomava sua terceira caipirosca de bacupari, fruta amazônica. Confessou que no fundo gostaria de largar tudo para desenhar móveis. Mais do que isso, fabricá-los.

— É um lado meu de designer e escultora, acredita, meu amor? Tenho umas ideias esquisitas, e quando digo esquisitas, quero dizer esquisitas de boas. Gosto de mexer com madeira, você sabe disso, lá em casa tem banquetas, estantes, um toucador, como minha avó chamava, tudo feito por mim. Reparou alguma vez? Naquela casa onde você passa voando, casa que podia ser de nós dois, mas é só minha, tem meu cheiro, meu jeito, não há uma só marca sua, um cantinho, uma poltrona para a qual eu olhe e sinta você presente...

— O que deu em você hoje? Sempre disse que não íamos morar juntos, não dava certo, sou assim, solto, destrambelhado...

— Destrambelhado? Onde encontra essas palavras?

— Restos de Minas, onde nasci.

— Minas? Nunca soube disso. Nunca me falou.

— Falei, você não prestou atenção.

— Será que a gente não pode ser um casal normal? Ao menos de vez em quando? Ficar junto, ir ao cinema, jantar em um cantinho, sentar-se em um bar por horas, namorando? Lembra-se de Siena? Aquela manhã nunca mais saiu de minha cabeça, os americanos me fotografando, eu mostrando as pernas. Você era louco pelas minhas pernas. Muitas vezes, na praia ou na casa daquela sua tia no interior, eu dormia na areia ou no gramado e você deitava-se entre minhas pernas e eu sentia seu cabelo a me fazer cócegas, me molhava todinha.

— Tem uma lembrança que não sai de minha cabeça, uma linda madrugada. Estávamos no Rio Grande do Sul, eu tinha ido fazer um comercial, as locações terminaram tarde. Saímos de carro rumo a Porto Alegre. De repente, havia uma barraca à beira da estrada vendendo ananás. Aqueles pequenos abacaxis docíssimos das terras dos gaúchos. Até hoje lembro de você, quatro da madrugada, lambuzada pelos ananás, envolvida naquele perfume da fruta.

Começa a escurecer, as pessoas ficam intranquilas, surge uma agitação, gente grita, alguém xinga, a lotérica tem hora para fechar, enviar tudo para a central de jogos. Ah! Se essa Hipersena cair na mão de Felipe! Em cada cidade que passa, ele joga. Um jogo só, sempre os mesmos números. Todos datas ligadas a Clara, aniversário, primeira vez que a viu e lhe disse "estou me apaixonando por você", quando comprou um anel de ametista, e assim por diante. Até mesmo o dia em que ela gritou: "Eu te odeio". A Hipersena vem se acumulando há meses. Chegou a 3 bilhões. Nas redações e agências corre que os grandes prêmios só saem em cidades distantes, pequenas, ignoradas, no meio do Pará, ou em Santa Catarina, vilarejos, vilinhas que nem constam nos mapas. Porque os computadores estão programados para números que estão nas mãos de pessoas certas, ligadas aos Astutos, aos de foro privilegiado, aos ministros.

Um gerente vem avisar que está havendo atrasos em todas as lotéricas do Brasil, o povo enlouqueceu, está apostando disparado, o prêmio vai estourar como um furacão. Um alto, barbudo, meio sujo, comenta:

— Não faço bolão. Dividir com quarenta ou cinquenta pessoas. Tem graça?

— Caralho, 3 bilhões dividido por quarenta ou cinquenta ou mesmo cem pessoas dá uma porrada de grana até a vigésima geração. Não é bom para o senhor?

— Quero tudo pra mim, não deixo por menos.

— Esquece que é tudo arranjado?

— O quê?

— Os resultados. Tudo manipulado.

— Como?

— Qualquer informático de doze anos prepara um programa para fraudar. No final, sai para quem eles querem, para um apostador arranjado.

— O senhor vê o que está fazendo? Destruindo meu sonho. Cada vez que jogo, começo a sonhar, passo dias dividindo o dinheiro, planejando como aplicar, calculando investimentos. Se é verdade o que o senhor diz, como vou sonhar? Merda, o senhor fodeu tudo.

Pararam dois carros, saíram homens com capuzes, armas pesadas nas mãos:

— PERDERAM! TODO MUNDO NO CHÃO!
— DINHEIRO E CELULAR NA MÃO! RELÓGIOS, JOIA, CARTÃO.
— NINGUÉM OLHE PRA GENTE! PERDERAM, PERDERAM!

Gritavam, empurravam, ainda havia uns trezentos na fila, um ameaçou reagir, levou coronhadas, sangrou, mulheres choravam. Os assaltantes gritaram: "Tem outra lotérica vizinha ao correio", apanharam o butim, atiraram em todas as câmeras, um fuzil AK-47, Avtomat Kalashnikova odraztzia 1947, certeiro, despedaçou os drones. Felipe sabia. Precisava de um desses para acabar com cada filhodaputa no país. Todos sabemos quem são.

Ele estava na calçada imunda, agarrado à mochila. Suava. O dinheiro tinha desaparecido e ele não se lembrava de ter entregue. Tinha se cagado com os tiros. Esperou um pouco, a turma se dispersou apavorada, ele levantou-se, apanhou o boleto, a lotérica tinha baixado as portas.

DA GOSMA NASCESTE. GOSMA FOSTE A VIDA INTEIRA. DA GOSMA TE ALIMENTASTE, À GOSMA RETORNARÁS.

> "A cidade é um vasto campo de batalha. A luta pela vida nos faz atravessar cotidianamente o arame farpado da intolerância e penetrar, de olhos tristes, a paisagem da terra de ninguém."
> Paulo Bomfim em *Migalhas de Paulo Bomfim*

NOTICIÁRIOS ALERTAM PARA O *JORNAL EXTRA*, QUE É LIDO ON-LINE, NARRADO PELA TELEVISÃO, COMPUTADORES, CELULARES, RELÓGIOS.

TUDO SE DESMANCHA OU SURGIRÁ UM TRANSFORMER?

A televisão da sala de comer, como frau Helga prefere chamar, anunciou edição extraordinária do jornal das dezessete horas. Houve o breve suspense, o comercial do patrocinador e o locutor:

Mais uma tarde de votação na Câmara Superior, inteiramente lotada, como é comum, quando se sabe que o presidente precisa de quórum para algum projeto e paga em dinheiro nas celas secretas. Pelos vários plenários, desenhados especialmente para conter todos os Astutos, como se fosse uma arena gigante de futebol, circulam Comunicadores Aconselhantes oferecendo as propinas habituais. No entanto, telespectadores, na tarde de hoje, deu-se um fato inusitado. Quando o último Astuto votou, o presidente da nação, que tem o direito de assistir ao pleito, agradeceu e despediu-se. Sabem todos que este presidente nasceu com macrocefalia, porém desenvolveu bem-sucedida carreira. Muitas vezes, nesta tarde, interromperam a votação, porque o homem sofria convulsões e manifestava sintomas agudos de déficit de atenção. Aliás, descobriu-se também este fator. Uma vez eleito, o Astuto passa a sofrer de déficit de atenção, que se agrava com a idade e a diminuição de altura, uma vez que também o cérebro vai se reduzindo. Na verdade, sabe-se que este presidente atual é retardado, porém este era o período que, pela lei, lhe cabia estar à frente da pátria amada.

Foi quando tudo se passou. O presidente começou a derreter, como sorvete ao sol. Ou um ser humano minúsculo exposto ao sol de Manaus, ao meio-dia de um verão agoniante. Ainda que se saiba, provado por exames em laboratórios genéticos, que 91% dos Astutos não são seres humanos. Esta é uma informação confidencial, não sei se posso compartilhar. A cabeça do homem caiu, o pescoço afinou como agulha, as mãos se soltaram, em minutos o sujeito era uma poça pegajosa dentro de roupas que tinham sido de luxuosas grifes. Os finos mocassins que ele mandava fazer à mão em Roma ou Londres estavam cheios de uma meleca verde e pegajosa, e todos viram que devia cheirar mal, porque os outros se afastavam tapando o nariz, virando o rosto.

Só que de repente não havia para onde se voltar, todos os Astutos estavam se dissolvendo, como algodão-doce na boca de criança. Um a um se desmanchavam, desapareciam os cabelos, as perucas, as tinturas acaju, dissolviam-se os implantes de cabelos, dentes, silicones, caíam os olhos, os implantes dentários, os pescoços plastificados afinavam, as cabeças rolavam, os braços soltavam-se, as pernas não suportavam o corpo e, quando se via, em segundos, o que restava do Astuto era uma lagoa gosmenta, cinza e fétida. Presumia-se fétida, porque os que restavam vomitavam uma secreção grossa, e esses caldos juntavam-se às gosmas de cada um que se dissolvia.

Durante horas a televisão mostrou ao vivo o desaparecimento de 1.080 Astutos e seus suplentes, baixos, gordos e magros, corruptos e honestos (contavam-se nos dedos), do Sul e do Centro, do Norte e do Sudeste. Somente 29 homens restaram, únicos honestos, não mandriões ou ladrões, não mentirosos, não gatunos, não concussionários. Estes 29 justos, ao verem aquele espetáculo, ficaram de tal modo perplexos, assombrados, que enlouqueceram subitamente.

Esta tarde vai mudar o país, dizem os analistas das Astúcias econômicas e sociais. Não se sabe como e no quê. Um salvador está vindo. Dizem tanto nesta terrinha e não dizem nada. Este canal de maior audiência (e agradecemos por sua audiência) apenas reporta, observa, transmite, não toma posição.

ACABA DE SER ELEITO O PRIMEIRO PRESIDENTE DA REPÚBLICA ROBÔ DO UNIVERSO, QUE SUBSTITUIU UMA GERAÇÃO DE PRESIDENTES CELEBRIZADOS PELA AUSÊNCIA DE CORAÇÃO, FENÔMENO CIENTÍFICO RARO E OCORRIDO APENAS NESTA NAÇÃO, PARA ORGULHO DE TODOS NÓS.

CÂMERAS GRAVAM. EDITOR INTERFERE, O QUE NÃO É ÉTICO:

QUEM DISSE QUE AQUI É O BRASIL?

Helga Walser trouxe o jovem que faz pequenos trabalhos para ela. Pediu a Felipe:

— Mostre a foto para ele.

Quando Felipe tirou o celular do bolso, o garoto riu:

— Ô, velho! Teu aparelho é lixo. Isso funciona? O senhor nunca trocou? Joga fora, só come bateria. Põe um no braço, ninguém rouba.

— Lixo? O aparelho é novo!

— Tem um aparelho novo a cada mês, o teu é de múmia.

— Tenho desde que cheguei aqui. Faz o quê? Dez dias?

Helga interrompeu:

— Como? Ficou doido? Há quanto tempo pensa que está aqui?

— Dez dias, quinze, no máximo.

— Melhor ir ao médico. Só na pousada está há oito meses e meio.

— Perdão, a senhora enlouqueceu? Todo alemão é louco, sempre soube.

— Perdeu a noção? Quer ver o registro?

— Para quê? Nunca me importei com o tempo.

O garoto abriu o arquivo, via-se mal o rosto de Clara fotografado através da janela do ônibus. O menino achou que talvez a reconhecesse.

— Acho que é essa mesmo. Umas pernas! Chegou uma noite, faz tempo, falaram muito, ela deu uma bordoada no farmacêutico pilantra e desapareceu. Pode ter ido embora, nunca é vista na cidade.

— Faz tempo?

— Vou saber? Ela foi lá para cima, onde um Astuto que morreu há muitos anos quis construir uma cidade nova.

— Pode me levar?

— Me dá meia hora, tenho de conversar com umas pessoas.

Felipe voltou-se para Thorau:

— Cidade nova?

— Um Astuto que chegou a governador quis imitar Juscelino, o velho Juscelino, e decidiu construir uma cidade para ficar lembrado. Pura gastança de verba pública, mas essa gente tem os tribunais de contas nas mãos. Fez uma avenida de duzentos metros de largura, que teria museus, mansões, cinemas, prédios que deixariam Dubai humilhada, tal a altura e grandiosidade na época. Mas o homem foi pego na roda da Lava Jato, que ainda funcionava, foi preso, condenado, fugiu, desapareceu, o último registro de sua tornozeleira mostrava o fundo do Mar Cáspio. Aquilo lá em cima é uma ruína só, nem turistas vêm visitar.

Quando o menino voltou, tinha um pedaço de papel na mão, com um número: E 47 X 1/3.

— Isso é um número? Parece equação matemática ou fórmula de física. Ou endereço daquela capital do país no cerrado, cujo nome ora me escapa, quando a cidade ainda funcionava, antes de sucumbir ao peso de milhares de malas de dinheiro vivo.

Helga deu um suspiro.

— Mein gott, o senhor ainda se lembra daquela cidade em formato de avião? Meu sonho quando cheguei a este país era conhecer a cidade. Não deu tempo. Pena, uma referência no mundo. Na arquitetura, linda, linda, estranha, poética. Ainda bem que a população conseguiu se salvar.

— Referência na canalhice dos Astutos. Uma hora a gente pode conversar sobre isso. Agora, quero saber de Clara.

Felipe e o jovem chamaram um táxi pelo aplicativo, rodaram vinte minutos, as ruas desertas. A numeração nas ruas do bairro é estranha, sem lógica. Há uma sequência de números aos quais se chega descobrindo a raiz quadrada de cada um. Sorte de Felipe, primeiro aluno de matemática em todos os cursos. Apaixonado por números, conhece as numerações híbridas da primeira à quinta espécie. Conhece a numeração suméria, a zapoteca, a palmireana, a cingalesa, sabe de cálculo binário, cálculo artificial e o cálculo mecânico das quatro operações aritméticas.

Felipe seguiu, fascinado. Um gênio deve ter criado tal sistema de numeração. Por sorte não usaram números primos. Igualmente ficaram fora de cogitação os orgânicos, os sistêmicos, os divisíveis por três e por doze e meio. Na frente do prédio, há um pequeno muro ocultando a entrada principal. Nele, Felipe viu o desenho atribuído a Guto Lacaz, de um homem e uma mulher segurando coleiras que, indo em direção ao muro, nele formam o desenho de um enorme cão. Esta é a casa. Ou seria? Certa vez, Clara mencionou o desenho de Guto, que está em um livro sobre a arte moderna. Por que ela falava tão pouco da cidade e de gente como Altivo? Felipe passou pela frente e seguiu, caso alguém estivesse observando do interior. Dali em diante, a rua era vazia, indo em direção a uma pequena elevação. No alto, uma placa enferrujada:

Boulevard of Broken Dreams

Sei que é uma canção americana, velha, do tempo em que eu tinha iPod ou Spotify. O prédio tem oito andares, é alto e longo, ocupa meia quadra. Vê-se que, há muito, falta manutenção, há vidros quebrados, caixilhos e esquadrias de madeira arrebentadas, persianas arruinadas, por toda parte brises-soleil de madeira apodrecida, cortinas se desfazendo. Arquitetura sem graça, sem originalidade, feita às pressas, barata. Ainda que sólida.

— O endereço é esse.
— Tem certeza?
— É o que sobrou na rua. Uma porrada de casas foi demolida. Aqui ia ser um projeto de um presidente que queria ser popular e fez um programa, Sua Casa, Sua Nova Vida – Um País Avançando. Minha mãe comprou, perdeu tudo, ficou essa merda aí. A maioria dos moradores foi despejada, outros não aguentaram, se foram.
— Um bairro inteiro mudou?
— As pessoas estão com muito medo do que vem por aí!
— E o que vem aí?

— Não sei. Todos têm medo do que está vindo.

— Não posso acreditar que Clara tenha vindo para um lugar como este. Não faz sentido.

— O senhor vai querer entrar?

— Já, já, não! Preciso me preparar. Ter certeza.

— Parece que está com medo.

— Você é foda, garoto. Tenho medo de encontrar e também de não encontrar quem procuro.

— Está procurando, acha que encontrou, não quer encontrar? O senhor é esquisito. Qual é a sua?

O jovem apanhou o dinheiro, sumiu. Logo escureceu, a rua deserta, em raros postes uma e outra lâmpada acesa, fraquíssima, quase inútil, nada havia a iluminar. No edifício, algumas janelas se iluminaram parcamente. Em qual moravam Clara e sua irmã?

Adrenalina solta, Felipe subiu a rua esburacada, suja, lixo por toda a parte. Voltou pela calçada oposta, observando um terreno em frente ao prédio. Pequena edícula abandonada, varandinha, arbustos ressequidos, grama alta. Forçou a portinhola apenas encostada. Cheirava a mofo e recinto fechado há muito. Ao menos, ninguém tinha entrado, cagado, mijado e fumado maconha.

Por três horas, de dentro da edícula, pelo vidro quebrado, Felipe observou o prédio. Nenhum movimento. Na madrugada, ele percebeu uma luz no fundo, vozes difusas. Ficava atento para ver se uma fresta se abria nas persianas e alguém olhava para fora.

Na noite seguinte, emprestou vassoura e panos de chão de uma surpresa frau Walser, voltou com uma cadeira, trouxe latas de alimentos, garrafas de água. E o pesado *Passagens*, de Walter Benjamin. Vigiava, esperando um sinal de vida no prédio. Não sabia se devia entrar, perguntar por Clara, queria primeiro ter a certeza que ela estava lá. Depois, ficou parado em frente à casa. Se ela visse que era ele, certamente sairia, viria conversar? E se ainda me odeia? Atrás de qual janela se esconde? Eu suportaria ouvir de novo, definitivamente, o grito: "Te odeio?" Não. Mas viver com a dúvida?

Certa noite, acordou assustado. Vozes, tiros, o baque de um corpo, um carro se afastando. Esperou, saiu, havia um cadáver sobre a grama pisoteada. A casa em frente, supostamente de Clara, estava escura. Felipe voltou-se, puxou a portinhola da edícula, saiu rápido, em pouco tempo a polícia deveria chegar.

No dia seguinte, o corpo continuava lá. Ficou dois dias na pousada, voltou à rua, o terreno estava limpo, um funcionário do serviço de águas fazia um buraco.

— Passei ontem, havia um sujeito dormindo nesse matagal. Viu?

— Dormindo? Estava morto.

— Morto?

— A polícia cansa de levar presunto daqui, desovam tudo nesse terreno, é longe.

— E esse prédio em frente? Não mora ninguém?

— Mora, nunca vejo, essa gente prefere não ser vista. Não sei nada, não quero saber. Melhor ficar quieto, senão, sobra pra mim. Neste mundo, ninguém se mete com a vida dos outros, ninguém nunca viu nada, disse nada, falou nada. É o jeito.

— Por causa do tal Altivo?

— O Altivo? Vou dizer para o senhor. Será que ele existe? Falam tudo. Que enlouqueceu, é drogado, bêbado, está pelas tabelas, caduco, faz trinta anos que não mora aqui. Faz quarenta que mora aqui. Acha que manda em tudo, é o maioral! Já foi, ficou maníaco. Faz anos que ninguém entra na casa dele. Como come, bebe, vive, ninguém sabe, quer saber. Falam que o farmacêutico Mourisvaldo é homem dele, leva comida, bebida, droga, sei lá. O sujeito é ruim até no nome, um calhorda.

— O farmacêutico é traficante?

— O que corre é que faz de tudo, para todos, tem imunidade, dizem por aqui, gozando. Tem foro privilegiado. Porque todo Astuto tem imunidade neste país.

— Que país?

— Este aqui.

— E em que país estamos?

— Já foi o Brasil. Agora estão dividindo as coisas, as terras, as fazendas, tem gente que fala língua estranha, dizem que é chinês, não sei, mal falo o português, as escolas aqui acabaram há muito.

— Essa casinha aí. De quem é?

— Sei lá. Tá parando nesse muquifo? Alugou?

— Não, não tenho a ver com a casa. Estou aqui há dois dias, nunca vejo ninguém aí em frente.

— Esse pessoal vive enterrado aí. Se bem que tem uma saída pelos fundos. Dia desses vi duas mulheres saindo de madrugada, não sei se foram para a rodoviária, para o hipermercado 24 horas, quase todo mundo só faz compras de noite. Ou para o cassino, joga-se muito em Morgado.

— Cassino? O jogo não é proibido no Brasil?

— Quem disse que aqui é o Brasil?

> "*A filosofia no Brasil e outros países é para matar e morrer. Daí o número expressivo de homicídios cometidos por policiais, mas também a quantidade de agentes mortos. A violência na América Latina mira os pobres*",
> José Pardo, jornalista espanhol, na Folha de S.Paulo.

A CÂMERA DE THORAU GRAVOU A NARRATIVA DE FRAU HELGA PARA FELIPE, FEITA À BORDA DA FONTE, EM DIA DE SOL, ALEGRE. AS NÁIADES ESTÃO FELIZES POR ALGUMA RAZÃO. A ÁGUA ÀS VEZES RESPINGA NAS LENTES DA CÂMERA, DE MODO QUE AQUI E ALI AS IMAGENS ESTÃO EMBAÇADAS. HELGA SE DESCULPA, FELIPE RETRUCA: "A VIDA TAMBÉM É EMBAÇADA".

PLACAS DIZEM *SAÍDA*, MAS VOCÊ ESTÁ ENTRANDO

As três chegam todas as manhãs e contemplam a fonte, na qual náiades de mármore rosa se refrescam com os jatos de água gelada vindos das vertentes das montanhas. A Fonte das Náiades foi atração criada por um escultor que passou por Morgado, um islandês, ou croata, checo, judeu, cipriota ou ucraniano.

Os que ali chegam, cada vez mais raros, atraídos pela fonte, perguntam: por que existe uma cidade como esta? O que fazem os habitantes? A razão de tanto calor foi descoberta, os ventos e as brisas que refrescavam a região antes de chegar à cidade acabaram canalizados para os Cubos de Concreto para serem usados nas calmarias. Não as oceânicas, que paralisam os veleiros, e sim as atuais, que emperram a produção de energia eólica.

Todas as manhãs, as velhas se colocam no banco diante da fonte, de costas para o sol, contemplando as náiades de mármore, refrescadas pela água que jorra constantemente. Quase não falam. Ficam irritadas se alguma criança começa a brincar na fonte, a saltar, gritar, espirrar água nos outros. Resmungam quando alguém joga lixo na fonte ou ali se atira nas tardes de calor. Em geral, meninos pelados. Elas envelheceram à beira da água. Os vestidos de chita barata desbotaram. Elas passaram a usar óculos, os cabelos embranqueceram. As três estão ali, todos os dias, por horas sem fim, sentadas, vendo as pessoas a passar. Turistas ocasionais, idosos, que leram no *Guinness* ou viram na tevê, surgem, param por minutos, vão embora, e as três náiades ficam irritadas se não são fotografadas.

Mas se alegram quando alguém comenta: "Elas são tão lindas quanto a Vênus de Milo." "Tão belas quanto as estátuas de Bernini na Piazza Navona." "Mais impressionantes que a Vitória de Samotrácia."

As náiades vivas, como são chamadas na cidade, ouvem em silêncio. Não sabem a que eles se referem. Compreendem, todavia, que aqueles poucos se mostram apaixonados diante do mármore que as reproduz aos dezesseis anos de idade. Elas são as náiades banhadas há décadas pelas águas frescas. Ainda se lembram da manhã em que o escultor as despiu e as colocou naquela posição. De como tinham ficado, primeiro, com vergonha, depois possuídas de uma felicidade que permaneceu pelo resto da vida.

E de como tinha sido confortável terem sido olhadas por ele.

E depois por todos.

E como foi agradável e cheio de ternura o momento em que inauguraram a fonte e todos aplaudiram e olharam para elas, vestidas na plateia e nuas na fonte.

Nuas se sentem hoje por dentro dos vestidos de chita. Nuas estão nas noites frias, quando garotos giram de bicicleta ou de skate em torno da fonte, sem desgrudarem os olhos das mulheres de mármore que parecem viver. Nuas estão nas selfies. Estão citadas, foram estudadas por especialistas em geriatria, em álbuns publicados pelo mundo como exemplos de vitalidade. Quando as pessoas perto delas elogiam o espírito jovem, elas ficam furiosas, aos gritos: "Não somos jovens, jamais seremos, não queremos ser. Queremos ser o que somos".

Felipe gira ao redor da fonte, refrescando-se com os respingos de água em seu rosto. O que faço aqui? Que histórias são estas? Estou em um universo paralelo. Paralelo a quê? Em relação a que mundo? Que mundo é este? As coisas não se encaixam, há um Brasil e dentro dele outro, diferente, um que comanda, outro que vive anestesiado/calado, sem fazer nada, algemado. Algemado não, com tornozeleira. Quem é o brasileiro? Aqueles cientistas que vieram estudar não entenderam. Ninguém nunca conseguiu definir este povo. Uma gente que tem medo da violência e a pratica. Há em alguma parte um país verdadeiro, a ser desvendado.

Vivo há meses desorientado e sem poder partir. Todas as placas que indicam as saídas são falsas, dão em lugar nenhum, me conduzem de volta, me levam a passar dezenas de vezes pelo mesmo lugar, me deixam em pontos que não estão nos mapas. Os mapas são artimanhas. As ruas neles desenhadas nada têm a ver com a realidade. Os nomes não batem, ou, quando correspondem a uma avenida que existe, ela se encontra em lugar diferente, tem outro comprimento. Olho repetidas vezes para me certificar de que os mapas são da cidade onde estou. E se pergunto da cidade, me dizem:

— Não, esta é outra. O senhor veio à cidade errada.

Se estou conversando e pergunto o nome da pessoa, ouço:

— Sou, agora, Barreto, mas dentro de dez minutos serei Davy, com Y, e se conversarmos à tarde, poderei atender como Hugo. Aqui os nomes não pertencem às pessoas. Ainda não sei meu nome verdadeiro. Usei vários, por muito tempo. De repente aparece alguém e vai à Justiça reivindicar: esse nome é meu. Os processos são caros, demorados, com milhares de certidões. Ao perder, precisamos entregar o nome, ir em busca de outro. Chama-se Ato de Restituição e gasta-se uma fortuna comprando juízes, escrivães, tabeliães, notários. É uma grande indústria e tal modelo de governança foi criado na desaparecida Brasília, no período que ficou na história como Herança da Papuda. Parece que Papuda era o apelido da amante de um presidente. A mulher teve bócio. Portanto, saiba, amigo, que todos os nomes de pessoas, ruas e de logradouros públicos são provisórios.

Não posso acreditar em um homem que diz *logradouros públicos*. É uma indecência. Não sei há quanto tempo estou aqui. Não tenho relógio, os relógios públicos não existem, ou estão parados, os patrocinadores abandonaram a manutenção. A todo momento, na periferia, dou com aquelas multidões amontoadas na horizontal. Isso mesmo, não pensem que invento.

Durante anos, as manifestações de rua foram crescendo, tomaram vulto, tornaram-se gigantescas, até que um dos presidentes, não sei se o 804, conseguiu das indústrias químicas a criação do Gás Paralisante Suave, que não mata, apenas anestesia. Um Zyklon qualquer coisa, o nome científico me escapa. O problema é que já se passaram trinta anos e ainda não se sabe como despertar as pessoas. Desse modo, as multidões anestesiadas nas manifestações têm sido conduzidas aos Campos de Estocagem Horizontal e Vertical e de Cabeça para Baixo (para manter o fluxo de sangue). Isso tem gerado uma procura por terrenos imensos que os governadores de cada região, porque agora são regiões, não há mais estados, vendem a altíssimos preços.

Confesso que não adianta acreditarem neste relato, e nem sei por que relato, ninguém presta atenção. Essa é uma característica destes tempos, a desatenção absoluta ao que os outros falam, comentam, criticam. Não posso dizer a verdade ou estarei sujeito a penas máximas. Há sanções insuportáveis para um ser humano.

Caminhei sem rumo. A estrada era à direita da via expressa, e não à esquerda, como tinham me indicado. Vi as placas, mas considerei que deviam ser a saída da cidade. Mais à frente eu daria com a entrada, à esquerda. Depois de percorrer quilômetros, retornei, decidido a entrar mesmo que fosse pela saída, percorrendo na contramão. Quem sabe no meu mapa havia um erro de impressão? O meu GPS parecia ter desistido. Segui a estradinha, mesmo vendo as setas que me diziam estar na contramão, no entanto vários carros passavam por mim, na mesma direção, de maneira que considerei haver acerto nos erros.

Sabemos como essas coisas são neste país. Executam obras numa estrada e, anos depois de as obras terem terminado, a placa *Obras/Desvio* continua no lugar. Cinco quilômetros depois da via expressa, a estradinha adorável serpenteava entre laranjais, macieiras, pereiras, trigais esplendorosos, plantações de soja e laranja que tinham tornado bilionários seus proprietários. Tudo parecia florescer ao mesmo tempo. Havia um trecho coalhado por mexeriqueiras, daquelas antigas, difíceis de achar hoje com o mesmo perfume peculiar, que gruda em nossa pele. Será que posso atravessar essa cerca e chupar uma, duas frutas? Comecei a ser dominado por estranha sensação. A de estar em uma estrada da Toscana, tudo igual, até as construções. Viajei muito pela Itália, particularmente pela Toscana, tenho livros de fotos, Clara sonhou morar lá um dia, onde fizemos amor pela primeira vez, depois de nos conhecermos. Estavámos em Siena. A praça do Palio, vazia, onze da manhã, tínhamos pedido cerveja, não sei por que pedimos cerveja, parece que ela queria se lembrar de um bar do Rio de Janeiro. A cerveja era deliciosa e surgiram turistas americanos a bater fotos. Acharam Clara bonita, se aproximaram com os celulares, prontos a atirar, shoot, digo a tirar, bater fotos; ela, maliciosa e bem-humorada, puxou a saia, mostrou as pernas, como se não estivesse mostrando, como se fosse natural, e durante muitos anos ela me perguntava: "Para onde será que enviaram as fotos de minhas pernas? Será que deixei que vissem um pouco da calcinha? Imaginou o que deve haver de gente pelo mundo pensando nisso: quem era aquela mulher morena, sensual, ar atrevido, de dentes lindos, que sorria e tomava cerveja na praça do Palio, em Siena, Toscana, Itália?"

O que me espanta é ver igrejas sendo erguidas, construções de taipa, conventos de pedra, sobrados arcaicos, quem mora aqui, por que constroem com métodos antigos, quando há cimento, concreto, ferro, guindastes, vejo índios carregando pedras, madeira, palha, em que ponto do país cheguei? Volto para minha edícula, ao escurecer vejo uma janelinha com luz acesa no prédio em frente. Ali que Clara se esconde.

Uma hora e 42 minutos depois, na casa de Lena, Clara foi até a janela, era final de tarde, ainda havia sol, ela percebeu um movimento entre as mamoneiras e goiabeiras que ocultavam parcialmente a edícula no terreno em frente.

— De uns tempos para cá, às vezes, tenho a sensação de que ali mora um vagabundo, um sem-teto, sei lá o quê.

— Teve época que o pessoal puxava fumo aí, ou crack, enchiam a cara, faziam surubas. Um dos gestores conseguiu, não sei como, afastar a marginália. Agora tem gente ali?

— Um homem furtivo. Fica enfiado na edícula. Como será que vive? Ele está ali agora, vai sair, leva uma lanterna. Olha para cima, fica como que paralisado... Lena, corra, venha ver. Venha logo.

— O cara está saindo do mato.

— Não conhece?

— Um fodidão, mas a roupa parece boa, ainda que suja.

— É ele, minha irmã!

— Ele quem?

— Felipe!

— Mas era um homão, alto, forte, cabeludo e barbudo.

— Vi no ônibus que tinha raspado barba e cabelo. Careca, esquisito. Esteve fugindo desde que atirou o carro em cima de mim, querendo me matar. Felipe. Fodidérrimo sim, mas ainda mantém certa postura, era vaidoso...

— Esse lugar é um horror, aí desovam cadáveres que ficam dois, três dias, a polícia demora. Ainda bem que a frente do prédio é para o outro lado, para o barrancão, a pirambeira. Este nosso prédio era parte de um programa governamental fracassado, foi abandonado, vieram ocupantes pacíficos, reformamos, por aqui ficamos, nunca tivemos escritura.

— Ele está em frente, agora. Olha para cima, faz não com a cabeça, segue devagar, barrigudo. Mora aqui? Não pode ser, não mesmo. Porra, ele confundiu minha cabeça, fodeu comigo, me persegue, será que vejo o que gostaria de ver? Criei isto na cabeça? Pirei?

— Por que não vai falar com ele? Acaba de uma vez por todas.

— Ou não acaba. E se desço... Não, não mesmo! Agora já estou cantando como a Clara Nunes, lembra-se dela? Imortal. "Você passa eu acho graça." Foi duro, está sendo menos. Venha, vamos lá ver.

— O barraco? Está louca? Qual é?

Mais curiosa que Clara, Lena segue a irmã. Descem as escadas, os elevadores não funcionam, são usados como armários de despejo. O prédio é limpo por dentro. Elas dão a volta, chegam à edícula. Porta empurrada, não tem fechadura, Clara acende o isqueiro. Vê o colchão no chão, garrafas de água, uma de vodca russa, um livro grosso, pesado. *Passagens*, de Walter Benjamin. Decepcionada. Será mesmo Felipe? Ou ela gostaria que fosse ele? Uma fantasia? Outra? É tão bom viver na fantasia. Ver o que sonha ver? Então ela tira da bolsa um vidrinho de perfume Caron's Poivre. Vaporiza no ar. Lena espanta-se.

— O que está fazendo?

— Deixando minha marca, é meu perfume favorito, uso pouco, uma delícia, ele adorava. Cada vez que eu usava a trepada era sensacional.

— Sacanagem!

— "Nessa vida tudo passa/ E você também passou/ Entre as flores/ Você era a mais bela/ Minha rosa amarela/ Que desfolhou, perdeu a cor." Pena a Clara Nunes ter morrido. Os antigos eram bons demais. Você viu o que ele é? Um espantalho! Deixe assim.

> *Desconhecido, o Oropouche ou Orov é o novo vírus que ameaça o Brasil. Já Andreato confessa que sabe muito bem como controlar o vírus Wanna Cry no mundo cibernético.*

Câmeras gravam até neste bairro abandonado, vazio:

O DESSIGNIFICADO DO MUNDO

Nem sequer consigo encarar a mulher que venho procurando. Meu pavor é ela gritar de novo na minha cara: "Te odeio". E se ela não estiver? Se apenas imaginei que a vi no ônibus? Mas e a foto do celular? Vários me garantiram que ela foi estuprada pelo farmacêutico. E se ele a reconheceu e a matou? Essas histórias de assédios e estupros começaram a estourar entre 2015 e 2020, revolucionaram o mundo. Ali cresceu a maior revolução que vimos entre as mulheres. Os homens se assustaram.

Cada dia imagino que ela nunca veio para cá. Lembranças vagas desta cidade em relatos ligeiros, ela tocava no assunto, desviava, alguma coisa a incomodava quando se referia a Morgado, à irmã, ao cunhado, às coisas singulares que se passavam aqui. Estranhas por quê? Quantas cidades como esta existem, desligadas de tudo? Clara me deu o fora ou foi um sonho? Era meu ou o sonho de alguém que invadi, como este barraco em que me instalei. Ninguém me viu? Se todos vigiam todos, por que nunca uma pessoa veio me perguntar o que faço aqui? Desliguei a tornozeleira e ficou por isso? Estou bem, nunca me vi tão tranquilo.

Vivo a observar o escuro pelo basculante. Ser uma pessoa da qual não se encontra um rastro. Vivo com o que ainda tenho e que vai se exaurindo. Gostei dessa palavra, *exaurindo*. Posso ficar dias sem comer e tudo o que sinto são leves tonturas, um mal-estar que me deixa com sensações alucinatórias. O vazio que a falta de sentido provoca. Há palavras, situações e ações que não querem dizer nada, são despidas de significação. Interessante o não significado. O dessignificado, como definiu Thorau, o marido de frau Helga, intelectual honesto, um bom homem. "Este nosso mundo atingiu o dessignificado", esclareceu Thorau.

Há uma compulsão em se viver em multidão, estar junto, um grudado no outro. Vive-se em bandos, tribos primitivas, hordas bárbaras, Twitter, SMS, WhatsApp e tudo o que inventam a cada centésimo de segundo. Conectados, conectando. Como se isso cancelasse a solidão. Neste bairro – e por que se chama Boulevard of Broken Dreams? – não há movimento, nunca. Silêncio enorme, horas esperando o escuro me envolver. Abro o celular, a foto de Clara, esmaecida. É como olhar velhas fotografias. Não reconhecemos pessoas, lugares, não sabemos as datas, uma foto devora o tempo, muda a luz, imagens de algum momento. Qual? Fotografias são tiradas a cada instante. Em todos os lugares, bares, shows, missas, aglomerações, lares, banheiros, privadas, os celulares se iluminam e imagens são gravadas. Duvido que, passados os anos, não só essas fotos tenham permanecido, como ainda alguém se lembre do significado de cada uma.

Mergulhado na escuridão. Tem noites que sinto vontade de ouvir sons, barulhos, choros, risos, vozes que indicam o que se chama normalidade: talheres batendo em louça durante um jantar, descargas disparadas, gritos de mãe, ruídos da televisão, insultos, berros, cachorros. Ouço sons desconhecidos e imagino perigos, minha fantasia se acelera, fico eletrizado. Os passos podem ser de um ladrão, um assassino – vivemos um tempo de assassinos –, um estuprador, um torturador que virá me retalhar, um policial com sua metralhadora a estilhaçar meu corpo. Pior, um pervertido querendo ejacular em meu pescoço. Viver em sobressalto. Não mais uma existência monocórdia, rotineira, anestesiada. De olhos abertos, contemplo a mediocridade das pessoas, as ruínas das instituições que montamos, do fracasso da sociedade. Afundamos em areia movediça.

O escuro me dá a possibilidade de viver mil vidas, com delírios e fantasmas exacerbados. Cegos adquirem hipersensibilidade, atentos aos ruídos, variações de temperatura, ao calor que emana do corpo de alguém que se aproxima. Conhecem as texturas e até a cor, eles ganham uma intuição exasperada, ficam excitados, e o inconsciente trabalha em um nível elevado. É um dom que se desenvolve. Só que nos tornamos cegos e não adquirimos essa hipersensibilidade. Estamos nas sombras e elas se avolumam, até o escuro que existiu antes de tudo. Nas trevas havia Deus. O que ele fazia no escuro, antes de criar o mundo? Há quanto tempo vagava no caos primordial? Ninguém nunca saberá. Por que ele criou o mundo? Daí em diante, o que houve foram perguntas. Nada mais que perguntas sem respostas. O que mantém um homem vivo é a procura de respostas. E estas chegaram ao fim. Comprei uma boa televisão portátil, funciona a pilhas, tenho a sensação de estar nos anos 1950. Se eu tivesse vivido neles.

CÂMERAS NORMAIS NOS LUGARES ESTRATÉGICOS, IMAGENS RECOLHIDAS DOS CELULARES E DAS POSTAGENS DAS REDES, CÂMERAS DO INTERIOR DO SALÃO E TAMBÉM NA PRAÇA EM TORNO E FINALMENTE AS CÂMERAS DA POLÍCIA RODOVIÁRIA NA RODOVIA QUE PARTE DE MORGADO:

FINALMENTE A CONFERÊNCIA ACONTECE

Apesar daquele vento estranho para a época, que zunia entre árvores e beirais das casas, no sábado pela manhã o movimento não foi normal, com as pessoas fazendo as mesmas coisas. Havia expectativa, adrenalina circulando. Todo mundo querendo saber se o conferencista tinha chegado, como era, o que vestia, se tinha entrado em algum bar, comprado algum suvenir, afinal Morgado produz um artesanato elaboradíssimo, são miniaturas da provável edição de *Os Lusíadas*, além de maquetes da Porta dos Leões e da mansão de Altivo na cidade. E as fotos nuas da mulher do atirador de facas. Os jornaleiros revelaram que um homem tinha comprado centenas de postais da mulher do atirador de facas. Perguntou se era possível encontrar a jovem, queria oferecer um trabalho, ajudando-o nas conferências. Não disse como. Ficou desolado ao saber que ela tinha desaparecido ou talvez morrido. "E continuam vendendo fotos nuas de uma menina morta?", indagou.

No salão, apareceu um jovem, que muitos conheciam na cidade, mas não sabiam o nome, limpando, arrumando cadeiras, passando a ferro uma toalha de linho branca, colocando um vaso de porcelana na mesa. Então, haveria flores. Às sete da noite, o salão estava fechado e havia uma luz branca econômica iluminando a mesa. Ainda não tinham colocado as flores. Faltava mais de uma hora. Haveria mesmo a conferência? Ninguém sabia do conferencista. No Suittes Inn havia uma reserva. Seria o conferencista? Quem tinha feito? Não se sabia, era reserva pela internet e o dinheiro tinha sido depositado. O Suittes Inn era administrado por um professor de teatro aposentado e, em cada aposento, em lugar da Bíblia, havia um exemplar de alguma obra de algum grande dramaturgo, como Ibsen, Artaud, Eugene O'Neill, Abílio Pereira de Almeida, Artur Azevedo, Harold Pinter, Tennessee Williams, Zé Celso Martinez, Marcelo Lazzaratto e velhas fotos de Camille Claudel e Lou Andreas Salomé.

Cada um foi para sua casa, trocou roupa, colocou o sapato comprado naquela manhã. Voltaram, o salão estava sendo aberto pelo mesmo jovem que limpara tudo pela manhã. Abriu a porta e desapareceu. Não se viu ninguém recebendo, nenhum porteiro. Havia flores no vaso e uma jarra de água coberta por um véu branco. Separaram-se e cada um ficou a distância, escondido, uns dissimulados na porta de uma garagem, os outros sob o toldo da butique Guerra nas Estrelas, há muito fechada, ou atrás das bombas de gasolina ou do mictório público. Os olhos atentos começaram a perceber pessoas a vigiar, aqui e ali, atrás de uma janela, de uma vitrine escura, de uma porta entreaberta, atrás das árvores do parque, do carrinho de hot dog.

Eram centenas de observadores ocultos, esparramados em posições estratégicas, de onde se podia ver o interior do salão, através das paredes de vidro. A localização do salão tinha sido um dos assuntos na época da construção. Os que se colocavam em volta dele podiam seguir o que acontecia no interior, por causa dos janelões amplos. Via-se de fora para dentro, não de dentro para fora, como nas salas de interrogatório de seriados policiais. Era como se estivessem participando, fosse festa, baile, rave.

Todos observavam o salão onde se daria a conferência. Havia gente até na torre da igreja, escondida nos telhados, atrás de arbustos, árvores, banners, carros. Cada um faria um daqueles cálculos que jamais batiam com os cálculos da polícia, mas ali estavam, ocultas, cerca de mil pessoas, que preferiam não ser vistas para não serem interpeladas, criticadas, objeto de insultos ou pedidos de compartilhamento nas redes sociais. Nunca se sabe se o outro é dos Nós ou dos Eles. Talvez uns estivessem a vigiar os outros, para delatar em um momento preciso e necessário. A delação tinha se tornado, há décadas, uma arte, moeda de troca na sociedade.

Clara e Lena chegaram pelo lado norte da praça, caminharam até os janelões de vidro. Como nos Estados Unidos, as pessoas em Morgado se orientam pelos pontos cardeais, moro no leste, trabalho no sul. O conferencista chegou dez minutos antes da hora marcada, olhou o salão, contemplou a rua por um minuto. Não se viam seus olhos, protegidos por um chapéu-panamá. Era baixo, atarracado e usava um terno azul brilhante e uma gravata amarela de bolinhas verdes, sapato mocassim caramelo. Ficou um momento à porta e entrou, sentou-se numa das cadeiras da primeira fila, de costas para o público inexistente. Como se esperasse que, subitamente, a sala se enchesse.

Na hora anunciada, levantou-se, foi até a mesa, fez um aceno de cabeça para ninguém, disse algumas palavras, apontando para as flores no vaso, um ramo de buganvílias roxas. Neste momento, Felipe entrou, olhou em volta, ficou surpreso ao ver a sala vazia. Sorriu para o conferencista.

— Será que seremos apenas nós dois?

— Podemos esperar mais dez minutos, ninguém é pontual nesta terra.

— Estou surpreso, os cartazes dizem que o senhor não tem cabeça. Daí minha curiosidade.

— O senhor é louco? Um homem sem cabeça não pode falar. Devia ser um falso conferencista. Como posso me expressar sem cabeça?

— Assim como todo parlamento, todos os ministros, todos os juízes supremos, não sabia que todos não têm cérebro?

— Se o senhor quiser ir embora, vai. Vou falar. Tenho um cronograma rígido de cidades. O que me surpreende é que vendi todos os ingressos, recebi o dinheiro.

— Quando o senhor estiver pronto, pode começar.

— O senhor pretende gravar?

— Não, basta ouvir.

— Seria bom gravar, para ouvir e meditar, vou mudar sua vida.

— Já mudei minha vida.

— Mudamos quantas vezes for necessário.

Lena olhou, podia-se ver a palidez de Clara naquela luz indecente das lâmpadas econômicas.

— Ele está ali. Diferente, careca, quase maltrapilho. Imaginava isso?

— ... Me dê um minuto. Perdi a fala, meu coração pula... Tenho medo... Vi que ele estava numa rodoviária lá atrás! Mas como chegou aqui? Fácil! Burra que sou, ele me reconheceu, me fotografou. Soube para onde ia aquele ônibus, ele nunca foi tonto...

— Está aí. Claro que veio te procurar. Vamos entrar, sentar ao lado dele? Vai levar um susto. Ou se alegrar.

— Pra quê? Por quê? Qual é? O que ele quer? Deixa ele lá.

— Sério? Não sente nada?

— Senti, senti tudo que devia sentir. Esvaziei. Agora, está tudo muito claro na minha cabeça. Não posso ficar patinando na vida, Lena!

— Se eu fosse você, entrava direto, ia até ele e perguntava: por que quis me matar? Me odiava tanto?

— Não sou você. Não vou entrar, decidi, quero que ele morra na dúvida.

— Clara, não se faça de forte! Mulher de ferro. Vai ver depois de tudo, vai ver que com o susto, ele mudou. Em algum momento você contou a ele de Morgado, veio para cá.

— Ele me reconheceu no ônibus, naquela noite, até bateu uma foto minha. Acabou sabendo que o ônibus vinha para cá. Veio também. Só que não quero mais.

— E se ele mudou, Clara?

— Estaria perdida se fosse acreditar na mudança de um homem.

— Pois vou falar com ele.

— Vai, e quando voltar não estarei aqui, nem na cidade. Terminou, Lena. As coisas terminam. Estou em paz, vou viver aqui um bom tempo. Talvez para sempre.

— Comigo.

— Contigo ou sozinha. Você já não vive sozinha com aquele emplastro que tem em casa? Por que suporta? Não tem amor-próprio?

— Na minha cabeça está resolvido, estou amadurecendo a ideia, me preparando, uma hora vai me dar a louca.

— Dar a louca ou mergulhar na normal? Viver com dignidade, Lena.

O conferencista sentou-se, abriu a pasta, remexeu nos papéis e, sereno, passou os olhos pela plateia vazia. Ergueu os braços, as palmas das mãos estendidas para fora, e começou a falar. Sua voz não atravessava as espessas janelas, antirruído. Ele parava, enxugava o suor, colocava o lenço sobre a mesa, girava as páginas, voltava a falar. Ele se dirigia a Felipe, depois o olhar fazia uma panorâmica pela plateia vazia. Falava bem, a voz empostada, pausas ensaiadas, frases sublinhadas. Felipe estava feliz, ali estava uma pessoa boa para trocar ideias sobre Deus e o escuro. Quem sabe este homem pudesse ser o orientador do seu ensaio, dar um rumo ao texto que ainda seria escrito?

Minutos depois e podem ter sido minutos ou sabe-se lá quanto, entrou Mourisvaldo, o farmacêutico, e foi olhando fileira por fileira de cadeiras. Vendo Felipe, entrou e sentou-se na poltrona ao lado dele. Felipe olhou, levantou-se e saiu, foi para a outra ala, tapando o nariz com as mãos. O conferencista interrompeu por um breve instante e recomeçou quando Felipe se acomodou. De vez em quando, ao ouvir algum ruído, o conferencista e Felipe voltavam os olhos para a porta na esperança de mais um espectador. Viam na contraluz dos vidros laterais que havia muita gente olhando pelo lado de fora, mas era impossível identificar as feições. E se Clara estiver ali fora?

O vento continuava a zunir, penetrava pela imensa porta, deixada aberta, vez ou outra levava uma areiazinha aos olhos do conferencista, que falava, e Felipe anotava algumas frases, em um pequeno caderno. Depois verei o que significam. O homem continuou a falar, de vez em quando se exaltava, às vezes se levantava, se agitava, sentava-se de novo, enxugava o suor.

Um homem baixo, magro, bigodes ralos, grisalhos, saiu de um carro de duas portas e encostou-se à janela das paredes do salão. Ouviu-se um murmúrio abafado na plateia invisível. Mourisvaldo percebeu algo, saiu, foi ao encontro do homem. Lena cutucou a irmã:

— É ele, só pode ser ele. Veja como está acabado, todo mundo imagina um homem forte, imponente, é essa figura com um bigodinho ridículo, com o lambe-botas do farmacêutico a bajular.

— Ele? Quem?

— Só pode ser o Altivo.

— Então, existe?

— Pode também não ser. Estranho vir sem a Dagmar.

O homenzinho – seria Altivo? – olhou em torno, ignorou Mourisvaldo, partiu. Havia momentos de silêncio. Alguém, mais perto da porta (ainda que oculto), contou depois que o conferencista fazia uma pergunta para a plateia e esperava a resposta. Suas falas eram ditas teatralmente, ele sabia o efeito que provocavam. Falava sem parar, questionava, sem perceber que Felipe cochilava. Dava-se por satisfeito, considerava que suas perguntas eram desafiadoras, provocavam e, quando não vinha resposta, ele se considerava vitorioso, sorria satisfeito.

— De nós, desta terra, cidade, deste país, deste planeta, destas galáxias, nada vai restar a não ser o vento que sopra. Podem comprar o livro em que explano o meu projeto de mudança do ser humano.

Deu por encerrada a fala. Parecia contente. Levantou-se e olhou para as cadeiras vazias, acenou com a cabeça.

— Se alguém quiser comprar meu livro, meu acólito estará na saída, vendendo.

Felipe aplaudiu, levantou-se, foi cumprimentá-lo. O conferencista agradeceu, evitou o abraço, fechou a pasta, recusou o convite para jantar, o que deixou Felipe satisfeito, não tinha a mínima ideia de onde levar o homem, que desceu do pequeno estrado em que a mesa tinha sido colocada, apanhou uma das flores do ramo de buganvílias, colocou na lapela.

Passados alguns minutos, na penumbra da praça materializaram-se centenas de pessoas, que folheavam o livro e partiam sem comprar. Quem estava vendendo era o jovem que limpara o salão pela manhã.

Lena deu um grito.

— Rafael? Rafael? Meu Deus, você não morreu. Não morreu.

Clara chorava, abraçando o sobrinho.

— Não morreu, ah, meu querido, não morreu.

— Quem disse que morri?

— A polícia me ligou lá do Arraial do Cabo. Me disse que você tinha sido degolado.

— Degolado? Gente mais louca.

— Degolado, foi o que disseram, quase morri do coração, estava até conformada.

— Queria que eu morresse...?

— Claro que não, meu filho, claro que não. Pelo amor de Deus, mas ao menos era uma notícia...

— Estou brincando. Sei quem foi que mataram, mãe. Foi um noia, muito parecido comigo, roubava todo mundo, devia para todos os traficantes.

— Então, graças a Deus, não foi você.

— Que é isso, minha mãe, sou o pés de boneca, macio, ligeiro, vazei para me afastar de meu pai, o filhodaputa. Se te contasse, mãe, se te contasse. Cai fora daquela casa. Agora, trabalho com o conferencista, vivo por aí, vou na frente, mando fazer os folhetos, alugo os lugares para ele falar, prego os cartazes nos muros e terminais, vendo os bilhetes.

— E ele? Quem é? Fala do quê?

— Fala do nada, mãe. Não reconheceu?

— Devia? Quem é?

— Você está certa, não dá mais para saber, ele fez dez cirurgias plásticas, mudou a cara, vive na ilusão de que foi presidente do país, mudou a economia, fez bem ao povo e o povo o traiu. Se diz perseguido por todos os Astutos e juízes. Um bosta, tantã.

— Não pode ter sido presidente, pela idade dele. Mas sobre o que fala, o que prega?

— Sei lá, mãe. Sabe que não sou muito inteligente, o pai sempre dizia. Acho que ele fala do nada, nada de nada, igual a todo mundo. Tchau, mãe, preciso ir, organizar a próxima, ganho um dinheirinho, e ainda meto a mão em algum.

— Vai embora? Não vai ficar comigo?

— Nesta porra de cidade, mãe? Fumo crack, mas não sou louco. Tchau, te vejo. Mas saiba de uma coisa, eu te amo, penso muito em você, mas não posso ficar parado. Se tiver de voltar um dia, porque isso pode acontecer, volto para nossa casa, mãe!

Lena tentou segurar Rafael, Clara não deixou.

— Deixe que ele vá, a vida é dele.

— Mas é estranho para mim.

— Tudo é estranho na vida, é anormal. Quer coisa mais estranha do que eu estar aqui?

Os últimos não assistentes pegaram seus livros, fizeram selfies ao lado do conferencista, que fechou a mala, agradeceu e partiu velozmente. Havia um carro à sua espera. Felipe estava frustrado, queria conversar sobre o que Deus fazia no escuro antes de criar o mundo, estava agora com as ideias claras na sua cabeça. E decepcionado. Esperava encontrar Clara no salão.

Juntou-se aos observadores, ainda impressionados.

— O que achou?

— A próxima não perco. Agora sei como é.

— O que ele terá dito?

— Alguém terá ouvido?

— As câmeras do salão gravaram tudo, tenho como conseguir, o jornaleiro tem conexões.

— Foi um acontecimento.

— Ele parecia falar bem. Muito seguro.

— Quando teremos outra?

— Ele terá gostado da cidade? Da plateia?

Depois de um tempo, foram todos para o Suittes Inn, mas o professor aposentado disse que não, ele não estava ali, quem tinha chegado era uma garota de programa, deixou um álbum para oferecer aos hóspedes. Correram à Pousada Walser e também ali não havia ninguém.

Foram para a rodovia. Os policiais do posto disseram que fazia meia hora que um carro tinha passado a toda velocidade. Tudo indicava que era o velho carro preto de Altivo. Mas como eles estavam vendo as lutas de UFC, não se incomodaram, quem tinha pressa que corresse. E nada poderiam fazer contra o velho Astuto. Perguntaram ao grupo se achavam que depois da conferência a cidade e o mundo não seriam mais os mesmos. Então, o telefone tocou, o policial atendeu:

— Como? Agora? Não me diga! Outro enforcado na árvore? O do terno amarelo foi retirado? O quê? O que está me dizendo? Não acredito! Ninguém vai acreditar. Sabem quem foi? Como foi? Quando? Essa notícia vai explodir. Tem certeza que é ela? Coisa de louco, seu! Em que mundo vivemos, quem diria, quem diria?

Colocou o fone no gancho:

— Puta merda!!! Puuuta merda! No que vai dar tudo isso? Uma bomba, bomba.

— O que aconteceu, sargento? Está pálido, suando...

— Tiraram da árvore o homem de terno amarelo, enforcaram outro em seu lugar...

— Outro? Incrível... Desconhecido?

— O enforcado é uma mulher.

— Mulher? Alguém conhece?

— Uma mulher entre dois homens.

— Dois? Quem são? Caralho, diz logo.

— Dagmar, mulher do Altivo! E o farmacêutico Mourisvaldo. O outro não tenho ideia.

— Finalmente o puto pagou. Nenhuma novidade.

— E Dagmar? Por quê? Alguma coisa que a gente não sabia? Essa não!

— A gente nunca soube nada. A gente só repetia o que vinha pela internet. Falar nisso, os policiais viram Altivo chegar, descer do carrão preto que todo mundo conhece, deve ter uns cinquenta anos aquele carro, veio até a árvore, parecia bêbado, tropeçava, desequilibrava, ficou olhando para o nada, ninguém se atreveu a falar com ele, virou e foi embora.

— Dagmar? Enforcada como os outros? De cabeça para baixo? Outro mistério para a cidade.

— A diferença é que Dagmar não foi enforcada de cabeça para baixo. Vou pra lá, já. Quero ver. Aquilo vai encher de gente. Dagmar enforcada.

— Enforcada? E alguém viu por quem?

— Ninguém vê nada, sabe de nada, cala. Logo as redes vão estar fervendo. Faz tempo que anda pela cidade um sujeito estranho, corpulento, careca, sempre de óculos escuros, a olhar sem parar um celular, dizem que veio procurar uma mulher, não se sabe que mulher é essa. Quem sabe é ele? Está na pousada da alemã.

— Não se vai descobrir nada. Estamos acostumados.

— Será que agora vai acabar o mistério em torno da casa, dos arquivos, vídeos, gravações, da merda toda? Vamos para lá, se é que a cidade não está indo. Vamos invadir a casa, abrir tudo... Pôr fogo...

— Será verdade que ele possuía uma ogiva nuclear roubada no Azerbaijão e trazida ao Brasil, onde ninguém imaginaria procurar? Chantageava ameaçando explodir.

— Se tivesse uma ogiva, teria destruído o mundo. Qual é? Ogiva, você nem sabe o que é isso. Guardada onde? No cu? Vai, caralho, cada coisa...

— Ogiva nuclear? Conversa. Quem era poderoso como ele era. Ele é que devia ser a ogiva para explodir tudo.

Na pousada de Helga Walser, Thorau contou que a Polícia Federal levou o corpo de Dagmar para ser examinado e investigado em âmbito federal. A coisa é grave. "Quer dizer que nunca mais vamos saber nada." Felipe enche uma xícara de chá com o café torrado na hora por frau Helga, costume que ela adotou no Brasil e faz parte de sua vida. Ele tira do bolsinho da camisa uma colherzinha de prata e mexe o café. Helga, curiosa:

— Que colher é essa? Por que não usou a minha?

— A sua é de plástico, me deixa arrepiado.

Felipe estava pensativo. Murmurou:

— Aconteceu um negócio estranho, muito esquisito. Ao entrar no meu cômodo noite dessas, senti um perfume diferente. Me deu a maior angústia. Era o perfume que Clara mais gostava. Loucura minha ou ela esteve ali, entrou, olhou. Sabe que estou ali, deve mesmo morar em frente. Estou assim transtornado, pirei?

— Normal você nunca me pareceu. Mas quem é hoje? Tem certeza que era perfume? O dela ou foi na sua cabeça? A gente muitas vezes vê e sente o que quer ver e sentir.

— Absoluta.

Helga era racional:

— Então, ela sabe, te vigia, e não quer mesmo saber de você. O perfume é um recado. Acabou, Felipe. Claro que acabou. Não tivesse acabado, ela viria até você.

— Fiz tudo isso para nada?

Thorau, homem lido, entrou na conversa:

— Um dos maiores escritores para mim sempre foi William Faulkner. Difícil, mas compensa ler. Demora, temos que pensar e repensar. Ele mira no ponto certo. Nunca me esqueço um monólogo do romance *O som e a fúria*, que ele escreveu aos 31 anos. Complexo, você percorre o labirinto do cérebro de um deficiente mental. Sua cabeça deve estar assim, Felipe. Nossa vida se resume na frase de Faulkner: "Porque jamais se ganha batalha alguma. Nenhuma batalha sequer é lutada. O campo revela ao homem apenas sua própria loucura e desespero, e a vitória é uma ilusão de filósofos e insensatos."

— Mas lutei minha batalha.

— Não na hora em que a batalha devia ter sido travada. Acabou, coloque isso na cabeça, vá viver sua vida. Deixe Clara viver a dela, você não faz mais parte.

Felipe não pretendia voltar à edícula. Não resistiu, talvez ainda visse Clara. Nas noites seguintes, espesso nevoeiro cobriu Morgado, sendo que muitos afirmavam ter sido trazido por aquele vento insistente. O processo da morte da Dagmar tinha sido enviado aos juízes do Areópago Supremo, sendo que doze deles tinham pedido vista, o que, segundo Thorau, significava que não se sabia quando haveria uma conclusão. Se é que haveria. Ou de que modo tudo acabaria. Há quem jure que Dagmar foi embalsamada e seu corpo está encerrado no bunker. Como foi feito com Evita Perón.

Por outro lado, muito se comentou – e todos se rejubilaram, como foi dito – o velório vazio do farmacêutico Mourisvaldo. Nem uma mosca, um curioso, um gato esfomeado, apenas as baratas. Ninguém para carregar o caixão até a sepultura. A mulher dele, em choque, não saiu de casa, trancou tudo. A noite inteira ele esteve ali, isolado no caixão, cercado por quatro velas que a funerária colocou e que se apagaram às quatro da manhã, a cera escorreu pelo chão ladrilhado. Circulou também que o farmacêutico tinha sido agiota, levando um mundo de pessoas a perder a casa, as economias. Ele, por sua vez, perdia tudo no jogo e na putaria. Logo de manhã, sabendo que ninguém viria, os coveiros levaram o caixão e estavam prontos a sepultar, quando apareceu um velho forte, alto, que se aproximou e deu três escarradas pretas sobre o caixão. Como se tivesse mascado muito fumo de corda. Os coveiros, gente de boa-fé, protestaram.

— Ei, ei, ei! Você aí!!! Respeite o morto. É louco?

— Esse homem? Nem morto presta.

— Por que fez isso?

— Porque é o que prometi fazer.

— Nunca vimos coisa igual! Em vez de rezar, escarra no sujeito...

— E vou escarrar de novo. Prometi, o farmacêutico sabia, eu disse a ele muitas vezes: quando você morrer vou escarrar no seu túmulo. Está feito. Te encontro no inferno, filhodaputa. Lembra-se de mim? Você me conhecia como Lee Anderson. Ou Vernon Sullivan. Lembra-se o que me disse certa vez? Defunto de merda, canalha. Me disse e carreguei a vida toda: "Só há uma coisa que conta, se vingar, e se vingar da maneira mais completa possível".

Lee – que nome, pensaram os coveiros – ou Vernon – ninguém se chama Vernon, imaginaram ainda os dois. O homem tentou escarrar de novo, mal conseguiu, tinha a garganta seca:

— Esta foi pela minha filha...

— O senhor é louco. Não tem sentido fazer uma coisa dessas. Deixe o morto em paz.

— Explicação? Há coisas que não se explicam. Era uma coisa entre mim e ele. Em volta de nós, todos os dias, todas as horas, acontecem coisas que não entendemos, mas que dizem respeito a uma ou duas ou três pessoas. Nada mais. Vocês não saberão, nem precisam. Eu sei e o farmacêutico sabia, por isso morreu. Sabia tanto que me disse: acabe logo com isso, te esperar foi horrível estes anos todos. Mas não mostrava medo, foi como se estivesse aliviado. Procurei demais esse homem, mas esta cidade é peculiar, não consta nos mapas, no Google, em lugar algum. Sabem por quê?

— Se não sabia da cidade, como está aqui? Como chegou? Não sabemos de nada. Saber não faz bem. Tudo que fazemos é enterrar pessoas. Sepultamos a história delas. Não venha atrapalhar nossas cabeças. Te manda, nego. Vaza!

Os coveiros o empurraram para fora do cemitério, Vernon ou Lee Anderson era forte.

— Vai, vai, vai! Suma! Chega a confusão que está na cidade.

Nesse momento, chegou o atirador de facas em uma moto, os coveiros o conheciam. Trazia uma mochila de couro, nova, fechos dourados.

— Tenho um pedido para vocês do senador Altivo. Sabem, uma ordem.

— Dele? Onde está? Sumiu? Ele que matou a mulher?

— Não tenho ideia, o doutor Altivo me chamou, me entregou a mochila, pediu que viesse ao cemitério. Quer que enterrem a mochila junto com o farmacêutico. Mandou também esta bolada de dinheiro para vocês. E disse: fiquem calados. Calados! Que ninguém saiba.

Saiu rápido, os coveiros se entreolharam, abriram o pacote que tinha dinheiro, uma porrada de notas. Ficaram olhando um para o outro.

— Qual é? Que história é essa?

— Não sei, não quero saber, enfie a mochila no túmulo, vamos concretar, está ficando noite.

— Não sei, nem quero saber. Quero sim, caralho. Abra a mochila.

Abriram, apavorados, se entreolharam.

— No que estamos nos metendo? Vamos ter de falar.

— Falamos e perdemos o dinheiro?

— No cu que vamos falar do dinheiro.

— Nem de nada! Tenho cu, tenho medo.

Na mochila estava uma cabeça decepada, como as vítimas do Estado Islâmico ou por um cirurgião experiente, hábil no bisturi.

— Será ele? Claro que é ele, Altivo. Porra, qual é? Você conheceu?

— Vi o Altivo uma vez só, há uns cinco anos, em um enterro.

— Vi várias vezes, mas esse bigode ralinho, branco, essas manchas no rosto, pode ser qualquer um.

— Parece que bateram muito nele. Quase deformaram.

— A boca, lembra? Todo mundo dizia que ele era o boca-mole, falava além da conta, fofocava, denunciava gente, era boquirroto demais.

— Pode ser, pode não ser. O que a gente tem com isso? Quem teria matado? Quem daria dinheiro para enterrar secretamente a cabeça dele?

— Quem sabe ele mesmo? Mandou a cabeça de alguém muito parecido com ele. Tinha um tipo aí. As pessoas se confundiam. Era um sujeito que tinha uma beneficiadora de arroz, no final da Vila Xavier, quase um sósia. Vai ver, este é o outro. Altivo deve ter se mandado há muito. Escafedeu. Não se pega alguém com tanto dinheiro e poder.

— Está muito pirada esta nossa terra! Se a gente não tomar cuidado, esse vai ser nosso fim.

— O que interessa é que estamos bem riquinhos, aqui tem uma megassenhinha! Cago pro resto.

Metade da população do país vive abaixo do índice de pobreza, informa o Banco Mundial. Cinquenta por cento das crianças são desnutridas.

Também nos laranjais existem câmeras, vários tipos, com lentes que alcançam grande profundidade, com grandes-angulares, o pomar inteiro está vigiado, há um boato de que certos frutos são de plástico, com uma câmera dentro, por questões de segurança. Gravam. Lena e Clara colhem, colocando na saia erguida em forma de cesta, envolvidas pelo sumo forte das cascas quando machucadas. Colhem e descansam:

PASSEIOS SÃO MELHORES QUE CONVERSAS INTELIGENTES

— Estou contente de te ver, Clara. Seu rosto está sereno, aquele teu sorriso malicioso, cheio de ironia, voltou.

— Lena, agora não tenho mais dúvidas. O que pode acontecer? Aconteceu tudo que podia acontecer. Ao menos recuperei a irmã.

— E Felipe? Vai aguentar sem ele? Mantém a palavra, como os homens dizem?

— Do meu jeito. Limpo aos poucos a cabeça, o coração. Só nas histórias antigas as pessoas ficavam amarradas para sempre. Agora... tudo mudou.

Clara sorriu, sentada no chão embaixo de uma mexeriqueira. Dia fresco, moscas faziam um zumbido irritante em torno de frutas caídas.

— Por que será que fazem esse barulhinho? Como fazem? Sempre quis saber.

— Vai no Google.

— Não trouxe, estou cortando conexões, ninguém deixa a gente em paz. Desliguei.

— E se ele ligar?

— Ele. Ele. Problema meu, Lena. Ele não vai me encontrar, troquei o número.

— Mas ele não tem aquele amigo, Ernesto, Arnaldo... Um hacker?

— Andreato. Esqueça isso, olha que manhã! Há quanto tempo não me sinto tão bem?

Descascavam as frutas, sem pressa. Donas do tempo do mundo. Tinham levado garrafas térmicas com água gelada, passavam no rosto, deitavam-se, olhos fechados para o sol.

Lena:

— Não consigo deixar de pensar em Dagmar enforcada. Todo mundo sabia que eles não viviam bem, não podiam viver, mas daí ao assassinato...

— Todo mundo, todo mundo... Falam, falam... Inventam a cada dia uma coisa. A cidade, a mídia vive em torno do mito Altivo. Tinham amigos íntimos? Quem entrava na casa deles? O que faziam pela cidade? Quem viu uma foto recente desse homem? Quem sabe o quê? Cada um tem uma história, um caso, uma acusação, uma palavra a favor. Será que é assim? Ele tem essa força, esse dinheiro? Se matou a mulher, será preso? Nunca me esqueço daquela chegada deles do exterior, quando foram presos. Um juiz corajoso, uma polícia que não estava nas mãos de ninguém os pegou. Dagmar mascava chicletes, sorria com desprezo para as câmeras, disse: "Não vamos ficar 24 horas presos".

— Não ficaram, tinham algum poder. Ou muito.

— Hoje, um monte de gente diz que viu Altivo sair na madrugada. Tinha na mão uma maleta executiva à qual se agarrava. Seria o exemplar dos *Lusíadas*? Nesta cidade não tem ninguém de madrugada. Povo invadiu a Porta dos Leões. É uma casa inacabada por dentro, não tem móveis, é vazia, vazia.

— E o bunker?

— Sei lá, os jornais não deram nada, nem as tevês, a rede social está silenciosa...

— Penso que esta cidade tem um jeito diferente de ser na cabeça de cada um... Chega! Voltemos às mexericas... As cestas estão lotadas. Há quantos anos você não fazia uma geleia dessas, Clara?

— Imaginava que nunca mais fosse fazer isto. Até me assustei. Uma coisa que ficou tão fora de meu mundo. Desde que fui para o Rio, há vinte anos. Eu tinha acabado o curso médio, quando o filhodaputa do farmacêutico me aterrorizou. Tive tanto medo que me mandei, nem sabia o que fazer, sumi. A gente era tão indefesa, frágil.

— Você se deu bem pra caralho, tem talento. Lembra de alguma coisa? Estou falando da geleia. Lembra da receita?

— Vagamente, eu era pouco mais do que adolescente, mas adorava o cheiro das cascas machucadas pelas unhas. Adoro ainda, me faz bem, são coisas reencontradas. Acho que foi boa ideia vir, ainda que não saiba exatamente por quê. No quintal de casa, fazíamos em grupo, cada um com uma tarefa. Até papai vinha ajudar, depois cozinhava aquela paella divina. Ele passava os gomos da mexerica pela peneira com enorme habilidade.

— Hoje seremos só nós duas.

— Vai demorar.

— Tem pressa? O que papai dizia no laranjal? Colham as frutas de manhã, quando estão frescas pelo sereno da noite.

— Tinha outra coisa.

— Era um homem rude, poético às vezes. Curioso, ele gostou do Felipe nas duas vezes que se encontraram.

— Felipe, Felipe. Chega!

— Papai dizia: colham as mexericas com muito cuidado, não arranquem com força, para não machucar a casca e não deixar marcas nos gomos. Puxem com ternura para que não fiquem os dedos nos gomos. Usava muito a palavra *ternura*. Tudo devagar, não tenham pressa, nada mais será feito neste dia.

— Falando em pai, Felipe nunca te apresentou o pai dele?

— Me contava que desapareceu de repente. Sempre desviava o assunto. Depois eu soube, por uma secretária dele, que precisou correr atrás de umas certidões, que o homem tinha morrido quando Felipe era pequeno, tinha doze anos. Assassinado por engano num cassino ilegal. O alvo era a mulher ao lado dele. Uma bala na nuca de cada um, cara bom de tiro. Foi tudo que ela me contou, pediu para guardar segredo. Ele jamais tocou nem mesmo no nome do pai, só dizia que um dia ia encontrá-lo com a ajuda de Andreato.

— O hacker canalha?

Clara perdeu o antigo ritmo, enervou-se, não confessava, ainda estava tensa pela visão de Felipe na conferência, pela sua decisão de não procurá-lo. Colhia as laranjas vagarosamente e depositava em um cesto de palha. Voltaram as imagens de certas tardes em que se reuniam homens e mulheres a beber Armagnac – que o pai adorava – ou cachaças caseiras feitas em Minas Gerais e trabalhavam com paciência. Assuntos corriam, chamavam parentes ou amigos contadores de anedotas, causos, fofocas, envolvidos naquele perfume da mexerica.

De alguns pontos do laranjal se avistam picos agudos de pedras, vales verdes, cachoeiras prateadas, grutas ou tocas das onças, que foram dizimadas. Um riacho desce e forma um pequeno lago e aciona um monjolo, onde se pila o café. A água pode ser bebida direto das torneiras. Há quanto tempo não fazia isso?

Clara e Lena tinham levado um farnel, pães de queijo, bolo de fubá, café, chá, presunto, biscoitos de polvilho, iogurte natural, pão integral e de azeitonas.

— Queria que Marina estivesse aqui. Será que ia gostar? Sinto falta dela.

— Morgado ainda tem essas coisas.

A mexerica, mixirica, bergamota, mandarina, fuxiqueira, mimosa, clementina ou mexerica do Rio, de casca fina, perfumada para uns, "fedidinha" para outros. Aquela cujo sumo penetra na pele.

Dividiram as tarefas. Uma cortava os frutos ao meio, outra retirava a parte dos gomos. Uma abria gomo a gomo, manejando a faca como se fosse um bisturi, retirava as "garrafinhas", separando as sementes. Aquela massa de "garrafinhas" enchia devagar uma vasilha. Passada hora e meia na mansidão, o resultado tinha sido dez centímetros de massa. Depois, ambas apanharam as cascas e, com uma pequena colher e uma faquinha de lâmina curva, tiravam a massa branca junto à casca, ela pode amargar a geleia.

— Penso em Felipe, aqui, a nos olhar, sem tomar parte, ele era incrivelmente desastrado para essas coisas, não tinha jeito, nem gostava. Impaciente, nervoso, meticuloso, sistemático, chato, às vezes muito chato, apegado a horários, a compromissos.

— O que ele quis ser? Você sabe?

— Nem ele sabia. Queria dinheiro, ou dirigir cinema, quis escrever um ensaio sobre os sonhos. Vivia com uma fixação na cabeça, o que Deus fazia antes de criar o mundo. Se é que criou.

— Você gostaria que ele estivesse aqui?

— Não, não era do feitio dele. Nem adiantava tentar convencê--lo. Era inflexível. Isso me irritava, não se abandonava, não transgredia, não era relax.

— Vamos procurá-lo, vocês conversam.

— Não quero retomar tudo. As esperas, os vazios, o celular que não toca, os canos, as mentiras, dissimulações. Acabou, Lena. De uma vez por todas.

Seguiram para casa, a cozinha era grande, Lena tinha uma mesa larga, ela cozinhava, gostava. As cascas foram lavadas sete vezes, cozidas, cortadas em tiras, e as tiras, por sua vez, cortadas em pedaços milimétricos, que foram para os tachos de cobre, misturados à massa da polpa e ao açúcar. Vigília sobre o fogo. Horas em fogo lento até a geleia tomar forma, o perfume cítrico invadir a casa. Veio o resfriamento sobre o granito da pia, a colocação em potes de vidros. E a espera para o café na manhã do dia seguinte.

— Lena, se arranjar uma coisa para fazer, fico por aqui.

— Se aguentar, vou adorar.

Clara parecia solta. Sentaram-se na varanda, havia luar, preparam gim-tônica, forte, com pepinos, queriam tomar um porre.

— Me diz uma coisa. Viu Felipe e não reagiu. Não foi correndo, resistiu. Doeu?

— Já doeu tudo que tinha para doer. Estava com o coração gasto. Limado. Entende o que digo? Endurecido. Não foi difícil, foi tranquilo. Hoje não mandaria a ele nem um bilionésimo de um beijo.

— Era tão lindo quando você mandava 10 milhões de beijos. Você era criativa até no amor.

— Não era meu, nem nosso. Usávamos de Lewis Carroll. *Alice* foi o livro que mais impressionou Felipe.

— Acabou, de vez. Se quiser chorar, chore.

— Não tenho mais o que chorar. Fiquei impressionada comigo, com minha frieza. Descobri que sou mais forte do que ele. Somos mais fortes do que eles, que ainda têm um longo caminho. Sabe, Lena, estou me lembrando de uma coisa que me fez muito bem. Tudo me vem em imagens claras, estou num carro com Mariângela, que foi minha terapeuta por anos. Ela tinha desaparecido da minha vida, perdi o contato. Eu a amava, ela me tirou de uma fase em que eu me achava demoníaca, quando tudo tinha perdido o sentido, na primeira separação do Felipe. Porque foram várias separações. Mariângela era fascinante, mais velha do que eu, com grande visão de vida. Tinha passado por tudo de bom e de ruim, visto tudo na vida, sofrido altos e baixos, ido ao fundo e subido a cumes imensos. De repente, aos 73 anos, se viu sem dinheiro, cansada, o Brasil mergulhado nesta fase de choques, ódios. Mariângela era fulgurante em um minuto, difícil no outro, te acariciava e te repelia, aquilo fazia parte dela, era doce fel, vinagre, mel, sábia. Histórias e mais histórias, cheias de sabedoria sobre a humanidade. Um dia, fechou o consultório, não teve como manter. Os amigos ajudavam como podiam, mas estávamos em pleno segundo impeachment, quando o país foi jogado ao chão economicamente, outra crise, todo mundo sem dinheiro. Um dia, eu ia tomar um táxi e Mariângela estava na calçada. Me reconheceu, ordenou. Ela era assim, ordenava, e a gente obedecia alegremente, mulher superinteligente: "Vou contigo, o táxi é meu." "Para onde vai?" "Para lugar nenhum e para todos os lugares." Mariângela debruçou-se à janela. Nada disse, acompanhava a paisagem, as ruas esburacadas desfilavam, prédios, casas, jardins, praças, botecos, bancos, gramados. Eu, observando, feliz, seus olhos brilhavam. Mais de hora e meia, ela em silêncio, eu sentia que não devia incomodar. Fiquei na minha. De repente, ela pegou em minha mão: "O meu prazer na vida, agora, é repetir uma experiência de infância, e também de alguns dias solitários de juventude, quando me encantava olhando a cidade pela janela do carro do meu pai. Ele conduzia. É o que mais faço hoje: passeio de carro, olhando para tudo. É mais divertido do que qualquer conversa inteligente. Claro que é bem mais caro do que ir ao cinema todo dia. Mas é o único prazer que me resta. Digo que preciso diminuir a frequência e as distâncias, mas mudo de ideia sempre. Quando me dou conta de que tenho o que nunca tive, tempo livre, chamo um táxi e saio para onde minhas fantasias me levam. Passear! Isso é o que chamo de vida." Lena, também percebi que agora tenho tempo livre, estou solta. Passear, é o que vou fazer.

— Por que não liga para Marina?
— Por que não?

> *"Como estamos vivendo uma época muito difícil, todos nós gostaríamos, sim, de um dia sair de dentro de um caixão que está no fundo do oceano"*, Fernanda Montenegro, em Caderno 2, O Estado de S. Paulo, *no distante e tão longínquo que poucos se lembram 2018.*

Drones revoluteiam ao vento; mesmo assim, enviam imagens confusas; câmeras continuam a transmitir, ainda que pouco a pouco a maioria se desligue automaticamente; celulares perdem os sinais, recuperam, conversas são interrompidas, retomadas.

O PAÍS FOI COMANDADO POR JUÍZES MORTOS?

Felipe tinha passado pela pousada de frau Helga para filar um almoço. Às quartas-feiras ela prepara um kassler maravilhoso, acompanhado de spätzle coberto por cebolas fritas e queijo.

— Você parece um sem-teto, entocado naquele buraco em frente ao prédio de Clara. Viu a mulher?

— Gostaria de entrar naquele lugar, há pessoas que saem todos os dias, na mesma hora, talvez sejam funcionários de alguma firma. Pergunto de Clara, mostro a foto, ninguém a conhece.

— Nada na rede social?

— Nada, ninguém responde, compartilha.

— As pessoas aqui são muito desconfiadas, tem que dar tempo ao tempo.

— Descobri que não tenho mais pressa. Para nada. Deixo a vida andar do jeito dela.

Comiam, tomavam um steinhäger geladíssimo. Thorau comentou:

— Está um ventinho impertinente desde ontem. Não é comum nesta época do ano. É uma brisa constante e morna, nunca vi isto por aqui. E o fedor está aumentando. Vocês não sentem uma zoeira? Estou sempre querendo cochilar.

Depois do almoço, quando Felipe saiu para voltar ao Boulevard of the Broken Dreams, pensando no porquê deste nome americano, a brisa tinha se transformado em um vento quente, cheio de uma areia fina que arranhava o rosto. Pessoas começaram a sair às ruas agasalhadas e se entreolhavam com surpresa. Todavia, caminhavam devagar, como que atordoadas. O boletim meteorológico da televisão das dezessete horas comentou que cientistas estavam estupefatos (foi a palavra usada), porque não havia nenhuma previsão, porém o vendaval parecia ter surgido do nada e recrudescia na direção de Morgado, aumentando de velocidade a cada momento, ameaçando se transformar em um tornado.

No entanto, a população se mostra estranhamente calma, enquanto o mau cheiro aumenta, o corpo de bombeiros recebe chamados contínuos, pessoas protestam. Caminhões vermelhos saem às ruas para investigar, mas são dominados por uma espécie de letargia. A fim de evitar acidentes, os motoristas param e dormem. Toda população está de olho na televisão, onde comentaristas sonolentos explicam que há alguns anos pesquisadores tinham descoberto que o gás anestesiante vinha agindo em proporções controladas, de maneira a imobilizar corações e mentes. Daí a ausência de manifestações populares há muitas décadas. Tudo tinha sido descoberto mas abafado, os que tentavam denunciar terminavam nas celas da Velha Gorda, nome popular que se originou de uma antiga prisão na velha capital, hoje tomada pelos lixões de todo o país.

Porém, o fenômeno acontecia somente nesta parte do país. Era como se houvesse uma tubulação imaginária. A violência aumentou, telhados voavam, postos de gasolina desabavam, casas começaram a cair, postes, estábulos, silos. A fronteira aquática que separa as regiões transformou-se em um caudal turbulento, ondas e mais ondas assoreavam as margens, comendo largas extensões de terrenos, alargando os canais artificiais.

Sonolento, por causa dos muitos steinhägers, e com medo, Felipe tinha se recolhido na edícula precária, as paredes não iam suportar, o telhado ia voar. Tudo tremia. Ele continuou à espreita. Certamente Clara chegaria a uma janela. Já tinha visto que havia poucas janelas dando para os fundos, as que existiam eram do tamanho de escotilhas. Tomava sua vodca, preocupado, se saísse à rua, poderia morrer, papéis, caixotes, paus, folhas de zinco, plásticos, telhas de Eternit, galhos revoluteavam. Terminou um litro, abriu outro, acalmou-se.

Às oito da manhã, fendas se abriam nas ruas. Os telejornais e as redes comunicaram que os Casulos de Ventos Estocados tinham se rompido com a pressão interna. Feitos com material de segunda e terceira em obras superfaturadas, tudo tinha sido devastado. As regiões estavam se desligando umas das outras, rompidos também os canais aquíferos. Cada região tornara-se uma ilha independente. O país se transformara em um grande arquipélago. Territórios flutuavam no oceano, em meio a imensas balsas de aço que abrigavam refugiados de todos os países em guerra civil na Europa, no Oriente.

Os ventos também tinham destruído o edifício negro e isolado do Areópago, o Tribunal Supremo, revelando, pelo que se via, que há muitos anos, talvez décadas, não havia ali dentro um único juiz. Salas, salões e plenários, gabinetes, auditórios, banheiros, restaurantes, bares, spas, tudo estava deserto. No chão das salas, gabinetes, do que tinha sido o plenário depararam com centenas de esqueletos, uns desmanchados, apodrecidos, outros ainda inteiros, vestidos com farrapos. Esses ossos seriam enviados aos laboratórios para serem submetidos a provas com o carbono-14 ou com o potássio-argônio, a fim de se determinarem as idades. Espessa camada de poeira cobria móveis podres, equipamentos enferrujados, deteriorados. Em algum momento, alguns teriam partido às pressas, outros morrido – pela ação do misterioso gás semiparalisante que teria penetrado naqueles ambientes hermeticamente fechados? De onde vinham então os julgamentos, as sentenças, os pareceres, as apelações, os deferimentos, os habeas corpus, as condenações? Aonde chegavam as petições para revogação de penas e julgamentos?

Então, o vento que penetrou foi corroendo pinturas, fotografias, desenhos e obras de arte, assim como no filme *Roma*, de

Fellini, um clássico centenário, o vento circulando pelos túneis do metrô que estava sendo construído na capital italiana dissolveu os afrescos soterrados há milênios. O Palácio da Justiça era um deserto. Nem ratos havia a correr pelos pisos de cerâmica finíssima. A Justiça Brasileira tinha se autodestruído ao cabo de alguns segundos, como naquelas aberturas do antiquíssimo seriado *Missão impossível*, em que as mensagens se dissolviam automaticamente. Há quantas décadas as leis foram julgadas por juízes mortos?

Por um desses milagres da tecnologia moderna, continuavam funcionando no interior de todo o edifício os alto-falantes que irradiavam as sessões intermináveis em que cada juiz se alongava por horas ou dias, até semanas, dando o seu voto, seu parecer, demonstrando ao país a sua sabedoria e competência. As vozes dos mortos, assim como a luz das estrelas mortas, continuaram através do tempo e do espaço. As citações eram em línguas extintas, em dialetos de todos os tipos, em línguas que ainda seriam criadas, em línguas inventadas na hora. Eruditos, especialistas em linguagens do mundo foram chamados para identificar os textos. Havia passagens intermináveis do Código de Ur-Nammu (2.040 a.C.), da *Ética* de Aristóteles, do *Common sense* de Thomas Paine, do Alcorão, do código de Thomas Percival sobre a ética médica, do Tripitaka, livro sagrado dos budistas, do Código de Hamurabi (essencial), dos evangelhos, da Declaração Universal dos Direitos Humanos e também do Kitáb-i-Aqdas, dos Bahá'is. Sem esquecer o texto integral do AI-5 brasileiro, cuja data ora me escapa. Há quantas décadas as leis foram aplicadas por juízes mortos? Quanto tempo teremos vivido sem Justiça?

SOMOS AINDA HOJE UNS DESTERRADOS EM NOSSA TERRA.

Sérgio Buarque de Holanda em
Raízes do Brasil, José Olympio,
linha 8 do capítulo 1, 1936.

> *"O capitão subiu ao longo do rio, e ali esperou por um velho que trazia à mão um tronco de jangada. O velho falou enquanto o capitão estava com ele, diante de todos nós; mas ninguém o entendia e nem ele a nós, por mais perguntas que lhe fizéssemos com respeito a ouro, porque desejávamos saber se o havia na terra."*[15]

CÂMERAS INSTALADAS EM SATÉLITES A PERCORRER GALÁXIAS FORAM CONECTADAS A MILHARES DE DRONES, CAPTURANDO TAMBÉM IMAGENS DE CELULARES E SONS DOS THINKING CHIPS. NADA SAIU DO AR SEQUER POR UM SEGUNDO. A PÉSSIMA INTERNET BRASILEIRA FUNCIONOU INEXPLICAVELMENTE SEM CORTES EM MEIO ÀS TORMENTAS. O QUE PROVOU QUE OS APAGÕES SEMPRE FORAM DO INTERESSE DE ALGUÉM, MANDANTE, EMPRESA, PARTIDO, MINISTRO DO JUDICIÁRIO, LOBISTA. DESDE AS DECISÕES DO AREÓPAGO SUPREMO DE 2018, QUANDO SE DETERMINOU O CANCELAMENTO DA MEMÓRIA HISTÓRICA DO PAÍS, TUDO PASSOU A SER ENVIADO DIRETAMENTE PARA AS CLOUDS, OS ARQUIVOS ETERNOS, E O QUE ESTÁ ALI SÓ PODERÁ SER REVELADO QUANDO ATINGIRMOS O PASSADO MAIS REMOTO DE NOSSA HISTÓRIA. E COMO AVANÇAMOS CELEREMENTE PARA TRÁS, COBRIREMOS RAPIDAMENTE ESTES SÉCULOS DE RETROCESSO, ATÉ ANTES DO DESCOBRIMENTO OU ACHAMENTO, COMO QUEREM OS NOVOS HISTORIADORES.

À DERIVA, A ENLOUQUECER CALMAMENTE

Felipe acordou, estranhou o balanço do quarto. Tinha bebido tanto? Jamais deixava de tomar meio litro de vodca russa. O quarto se movimenta, ouve-se o marulhar das águas. Será a chuva? Levanta, arrasta-se até a janela, um vagalhão cobre o aposento,

---

[15] Trecho da carta de Pero Vaz de Caminha atualizada por Silvio Castro, L&PM Pocket, setembro de 2003.

que gira sobre si mesmo, como brinquedo de parque temático. O estômago revira, nauseado. Chega à minúscula janela, estamos em pleno oceano. Porra, bebi tanto, cheirei? O que vem a ser isso? O que faço aqui? Invadi o sonho de alguém? Tomara seja o de Marco Polo, ou uma das viagens de Gulliver, ou Bartolomeu de Gusmão. Meu pai admirava Thor Heyerdahl e a expedição Kon-Tiki. Será que meu pai desapareceu desiludido com o Brasil, metido naquela ditadura, seus amigos mortos, e os que sobraram tornaram-se Astutos bilionários, vendidos, pigmeus? Ele repetia sempre, a respeito: "O problema não são os homens, mas sim o que o homem faz com o homem". Ou não foi ele? Terei lido em algum lugar? Será que estou na nave do doutor Strangelove? Não, esta era imaginação de Stanley Kubrick. Como sinto nunca ter feito cinema. Tenho tantas ideias. Deve ser um sonho, a pessoa acordou antes que eu fugisse, agora estou prisioneiro.

Água gelada, estou acordado. Não é apenas minha edícula que flutua, é toda a cidade. Ou o bairro, não sei. Na rua não há ninguém e a cidade continua a navegar. Assusto-me: e Clara? Procuro o prédio dela, do outro lado da rua. A avenida que seria deslumbramento do mundo não existe, a terra partiu-se e outro bloco foi levado pelas águas em alguma direção. Não há calçada, rua, nem prédio, nem outro lado, nada, apenas o redemoinho que as águas formam, cheias de troncos, lixo, carros, móveis que seguem, cachorros mortos. Rumo a quê? Eu devia ter arriscado entrar naquele prédio ontem, resolver de vez a questão. Que questão? A água corrói as margens, daqui a pouco este torrão em que navego vai desparecer também. Clara vai se salvar?

Ligo o celular nos noticiários, as imagens são ruins, os sinais no Brasil – seria o Brasil? – estão cada vez piores. Imagens imperfeitas, âncoras dos telejornais, com os rostos tensos, anunciam que o país, em fragmentos, está solto no Oceano Atlântico. As regiões, que eram delimitadas pelos gigantescos canais artificiais, se desprenderam umas das outras, são ilhas flutuantes. Île flottante é um delicado doce de ovos que eu comia com Clara nos restaurantes franceses. Pedaços gigantescos de ferro, restos das pontes estaiadas que uniam as regiões do Brasil e faziam os governos incharem de orgulho modernista, estavam enroscados em recifes e rochedos.

— Só que isso não pode acontecer. Já foi ficção em um romance de José Saramago, no qual a Península Ibérica se desprendeu da Europa. Agora, é a realidade, coisa inacreditável. Ninguém vai acreditar — diz o âncora Silvestre, jornalista de prestígio e cultura. Comentarista confiável, de boa reputação. — Aquilo era a imaginação exacerbada de Saramago. Num romance, pode-se fazer tudo. Fantasias são permitidas ao criador. Não há limite entre realidade e invenção. A verdade é que este flutuar no oceano não é romance nem filme, telenovela ou minissérie. É a realidade nacional — continua o âncora. — O Brasil encontra-se à deriva. Com a explosão dos Casulos que Estocavam Vento e o desmoronamento da Montanha das Palavras Exauridas, formaram-se correntes violentíssimas, que se tornaram furacões de fúria espantosa. A Montanha das Palavras Exauridas, de uma fragilidade absoluta, desabou e tudo que ela armazenava se esparramou. Falsidades, mentiras, desculpas, fraudes, defesas inconsistentes, depoimentos, juras, delações, confissões feitas na extinta Lava Jato que por momentos animou o país e da qual hoje não resta uma só lembrança, palavra. Tudo explodiu com fúria.

Então, Felipe viu que as gravações subiam, engoliam as nuvens. O tom foi aumentando, até se tornar um barulho ensurdecedor. As frases, das quais se desprendiam palavras e letras, esconderam os céus. O dia escureceu. Ouço zunirem, a ferir meus ouvidos, palavras ditas e repetidas nos tribunais, na mídia, nas redes, ao longo de décadas, e que nos causavam vômitos.

NEGO TODAS AS ACUSAÇÕES. NUNCA FUI CHEFE DE QUADRILHA ORGANIZADA DENTRO DO GOVERNO. LAVAGEM DE DINHEIRO? EU? VOU PROCESSAR CADA UM QUE ME ACUSA. SOU INOCENTE. JAMAIS PRATIQUEI QUALQUER ATO ILÍCITO. ABRO TODAS AS MINHAS CONTAS EM TODOS OS BANCOS DO PAÍS E DO MUNDO, EM TODAS AS GALÁXIAS. NÃO ENCONTRARÃO UM TOSTÃO MEU EM MARTE OU SATURNO. INVENÇÕES DESTINADAS A CORROER A PROBIDADE DE UM HOMEM.

SÃO CALÚNIAS DESSE PARTIDO E DO POLÍTICO QUE SE TORNOU CAVALEIRO DA TRISTE FIGURA, VAGABUNDO ERRANTE.

SOU PIEDOSO, TUDO QUE FIZ, FIZ PELA MINHA IGREJA, PARA SALVAR ALMAS. INVEJA DOS QUE QUEREM ME DESTRUIR.

SOU INOCENTE, INOCENTE.

VOU ME SUICIDAR, NÃO SUPORTO DIFAMAÇÕES.

Um novo êxodo.

Imagens débeis, intermitentes, passaram a mostrar a fuga dos presidentes e de todos os ex, dos Astutos de todas as categorias, assessores, lobistas, banqueiros, empresários, pastores, sacerdotes, executivos, lobistas tentando embarcar.

Mas não há aviões, navios, jatos, lanchas, helicópteros, skates, patinetes, triciclos, cargueiros suficientes. Muitos lamentam que os trens tivessem sido extintos há mais de um século. Comunicadores adeptos do projeto que imperou por anos, o JG, ou JGebels, estão se lançando ao mar, agarrados a malas de dinheiro, acreditando na propaganda das fábricas de que flutuariam. Pesadas, elas arrastam as pessoas ao fundo, ninguém se solta delas, estão algemadas aos pulsos, com medo de roubos. No futuro, os caçadores de tesouros marítimos vão procurar bilhões no fundo do litoral do Brasil.

Além disso, circula, mas pode ser fake news, que os Astutos, suplentes dos suplentes, estão se reunindo para estruturar uma Medida Provisória que reconhecerá cada região isolada como um novo país. Assim, o que foi uma federação com 26 estados e alguns territórios se transformará em catorze nações com presidentes, parlamentos e tudo o mais. Ou seja, nova estrutura federativa, com a eleição de catorze novos presidentes da República, cada um com sua Constituição, the book, o livrinho. O fato deixou feliz o mundo da política que não conseguiu fugir – ainda –, espera se salvar e já está a fazer conchavos, compra de votos, adesões, indicações a cargos, negociações, manobras, articulações, listas de preços de emendas, elaborando eleições e campanhas, e criando novos partidos, enquanto tudo balança.

O território dentro do qual Felipe navega passou por imensa carcaça enferrujada, semiafundada, batida pelas ondas e balouçando perigosamente, de um lado para o outro. Numa das extremidades se lê: SÃO PAULO. O segundo porta-aviões que o Brasil teve há cem anos e se desmanchou, abandonado no litoral do Rio de Janeiro, transformado em fantasma. O primeiro, o MINAS GERAIS, foi vendido a um estaleiro da Ásia e virou sucata. Sabe-se lá quando.

Tão boa a sensação de se deslocar sem saber o tempo. Que locação para um filme. "Por que você nunca fez cinema?", disse Clara, certa vez, "Tem tal poder de síntese da imagem exata". Por que nunca fiz cinema? Clara, Clara, por onde você navega? Vou te encontrar um dia?

Com lágrimas nos olhos, Felipe enfiou a mão no bolso e encontrou a rolha número 021 284 79. Do Chablis tomado com frutos do mar no L'Epicurien, em Aix-en-Provence, na primeira viagem que fez à França com Clara. Era uma noite fresca e silenciosa, cheiro de lavanda no ar. Ao chegar no restaurante, ouviram, vindo de uma janela em um primeiro andar, "Light my fire": "Garota, nós não poderíamos ficar mais chapados/ Venha, baby, acenda meu fogo/ Venha, baby, acenda meu fogo/ Tente incendiar a noite".[16]

Clara, ao entregar-se a ele mais uma vez, disse: "Por que nunca fez cinema, incendiando a noite, a sua vida, a nossa relação?" Balouçando nas ondas, ele se revê naquelas tardes, quando escapavam da agência, iam para casa e deixavam o tempo escoar. As tardes mais felizes de sua vida, as únicas. Até aquele almoço inacabado em que ela me disse: "4 ¾. Dois milionésimos de beijo para você." Quando começamos, eu enviava para ela por e-mail, ou WhatsApp, 10 milhões de beijos, nos adorávamos. Respondia igual, às vezes colocava 100 milhões. Levei anos para descobrir que era assim que Lewis Carroll terminava as cartas aos amigos.

Preocupado com a bateria do celular, Felipe grava. Nada a fazer. É uma situação nova. Na geladeira tem comida para três ou quatro dias, se comer frugalmente. Sozinho me sinto há muito. Sinto-me livre, ainda que não saiba por que isso me deixa angustiado. Quantos vieram comigo neste pedaço de Brasil? Se a casa não desmoronar com os solavancos do oceano, se nenhuma tempestade violenta açoitar, será maravilhoso ficar ao sabor dos ventos e das águas. Isso me lembra Aníbal, o que queria ser santo e sonhava isolar-se do mundo. Ele queria ser livre, todos queremos, só não sabemos como. Estou em paz. Penso num

---

16 Composição de Jim Morrison, 1966/67.

passeio de barco acontecido numa tarde como esta, no dia 4 de julho de 1862, quando Lewis Carrol decidiu escrever *Alice no país das maravilhas*, e queria agora que Clara estivesse aqui comigo, sem rumo. Penso naquela frase que ela me disse no Bracarense, Rio de Janeiro, "talvez eu nunca seja feliz, mas esta noite estou contente". Também estou contente, Clara, sem saber por quê, mas contente.

No quarto dia, ao verificar que a comida estava por terminar, Felipe avistou estranhas embarcações com velas enfunadas. Deve ser uma regata de veleiros. As embarcações mudaram o rumo e se aproximaram, lançaram âncoras. Bonitas. Mas delas vinha um cheiro acre, na verdade um fedor, semelhante àquele que de uns tempos para cá vinha acompanhando os deslocamentos de Felipe, merda, mijo, bosta seca. Um barco foi posto ao mar. Há algo estranho, não parecem embarcações modernas, iates bilionários de linhas futuristas. Talvez pensem que sou um náufrago e queiram me resgatar, não quero voltar.

Caravelas! São naus e caravelas. O que fazem aqui? Serão ricos colecionadores de barcos clássicos? A cinquenta metros de distância, um homem de ar nobre vestido estranhamente gritou e mal compreendi, o homem falava para dentro. Vi que o português dele era arcaico, palavras lembravam termos de *Os Lusíadas*. Ainda estou com aquela história na cabeça. Aquele livro, será que existe? Erguendo a voz acima do barulho das águas, perguntei:

— Quem é o senhor? Um esportista?

— Sou um navegador. Capitão-mor. Fidalgo de primeiro grau de nobreza. Cavaleiro da ordem de Cristo.

— Caralho! Do caralho mesmo!

— Estou em busca de uma terra que sei existir por este lado.

— Quer dizer que está aqui em busca de um país?

— Sabemos que existe e penso que estamos perto. Já percorremos mais de 3.600 quilômetros no mar. Já vimos muitos pássaros fura-buxos, indícios de que a terra está próxima.

— Pois o senhor está mesmo perto! Muito perto de uma terra. Uma boa terra, mal governada, lamento.

— De uma terra? Então estou certo? Essa terra, o senhor conhece? Sabe descrevê-la?

— Sei, sei bem, tanto li sobre ela, como a percorri. Parece-me que, "da ponta que mais contra o sul vimos, até outra ponta que contra o norte vem, de que nós deste ponto temos vista, será tamanha que haverá nela bem 20 ou 25 léguas por costa. Tem, ao longo do mar, em algumas partes, grandes barreiras, algumas vermelhas, e outras brancas; e a terra por cima é toda chã e muito cheia de grandes arvoredos. De ponta a ponta, é tudo praia redonda muito chã e muito formosa. Pelo sertão nos pareceu, vista do mar, muito grande, porque a estender d'olhos, não podíamos ver senão terra com arvoredos, que nos parecia muito longa".[17]

O navegador ficou pensativo, olhou com curiosidade para Felipe:

— O senhor sabe descrever bem as coisas. Se eu chamasse meu escrivão, o senhor ditaria a ele o que me disse? Ele teria o trabalho de corrigir algumas coisinhas do seu português, penso eu, que me é um tanto estranho. Caminha é exigente e até um pouco exagerado.

— Caminha? Seria Pero Vaz?

— Sim, o senhor o conhece? Como? Coisas estranhas se passam neste momento.

— Li a carta de Caminha nos livros de História.

— Leu? Como leu? Nem descobri a terra nem Caminha escreveu nada.

Diante da perturbação do homem, Felipe deixou passar, ele também não estava entendendo muito, talvez fosse o balanço do mar que o deixava nauseado. Quando bebia, tinha o kit de ranitidina, Engov, sal de fruta, Estomazil, que o faziam se recuperar logo.

— Todos nós do Brasil conhecemos essa carta.

— Do Brasil? Que Brasil?

---

[17] Trecho da carta de Pero Vaz de Caminha atualizada por Silvio Castro, L&PM Pocket, setembro de 2003.

— Do Brasil. Descoberto pelo senhor.

— Não pode ser Brasil. Nem descobri nem sei que nome dar ao que pretendo descobrir e comunicar ao meu rei Dom Manuel, o Venturoso.

— Vai descobrir agora o quê? O Brasil tem quase seiscentos anos, 300 milhões de habitantes. Foi descoberto por Pedro Álvares Cabral.

— É isso? Já te disse. O senhor é louco? Perdeu os sentidos? Pois sou Pedro Álvares Cabral. Ainda não tinha declinado meu nome.

— Mas se o senhor é Cabral, já chegou há mais de quinhentos anos, tomou posse, celebrou uma missa, mandou a carta para o rei. Em que ano pensa que está?

— Como em que ano? 1500, por certo. Vim descobrir terras para meu rei.

— O senhor me parece louco. Descobrir uma terra descoberta há séculos? Além do mais, não se diz mais *descobrir* e sim *achar*.

Pedro Álvares Cabral sacudiu a cabeça várias vezes, mostrando-se perplexo, desorientado.

— Terei enlouquecido com o sol? Perdi-me com as estrelas, errei nos cálculos...? As bússolas e sextantes não valem nada? Estariam quebrados meu quadrante e meu astrolábio? Minha balestilha arruinada? Terei esquecido o portulano? Mesmo um navegador experiente se perde. Como o senhor se orienta?

— Com o GPS.

Felipe mostrou o iPhone.

— Gê-pê-ésse? Jamais ouvi falar. Deste tamanhozinho? O que vem a ser isso? É um chiste que me fazes?

O navegador voltou-se para o barco:

— Nicolau Coelho, conheces um aparelho chamado Gê-pê-ésse?

— Não, comandante. Talvez os irmãos Dias, Bartolomeu e Diogo, conheçam, mas estão lá nas caravelas.

— Deixe para lá, são coisas desta terra que não compreendemos, precisamos nos habituar com ela.

— Tire o cavalo da chuva, comandante. Jamais compreenderá.

— Cavalo na chuva? Não está chovendo. Há cavalos nesta terra? Tudo tem sido estranho, desde que a nau de Vasco de Ataíde desapareceu no oceano. Viu por aí umas naus à deriva? Soube de algum naufrágio? Acho que talvez as sereias da ilha de Ítaca nos tenham feito adormecer, sem que percebamos. Bem nos tinham avisado sobre o canto delas. Devo retornar, submeter-me às ordens do rei, gastamos muito. E eu pensava ficar rico. Quem sabe um impostor chegou antes de mim?

— Impostor? Pode ser! Nossa história é cheia de impostores. Eles tomaram conta, marcaram e dividiram a terra, colocaram suas bandeiras, dominaram tudo com suas militâncias. Se o senhor chegar lá, vai encontrar um país dividido entre os Nós e os Eles. Dividido pelo ódio.

— O que me dizes? Nós e Eles? A terra não foi dividida pelo Tratado das Tordesilhas?

— Que tratado, que nada. Pela militância.

— Militares, o senhor quer dizer.

— Não, militância.

— Não capto o que me dizes. São dois povos então?

— São muitos, o senhor nem pode imaginar quantos.

O céu tornou-se cinzento. Nuvens se formaram, ameaçadoras. Foi como se a noite tivesse baixado outra vez. Nas caravelas viam-se luzes fracas.

— Volte, Cabral, fique tranquilo, a glória é sua. Tome posse da terra, peça a frei Henrique de Coimbra que celebre a missa debaixo de uma árvore. Os índios vão assistir e gostar. As índias estarão nuas, sem a mínima roupa, as vergonhas de fora.

— Preciso voltar. Estou desorientado. O senhor me confundiu. Preciso pensar, acho que estou delirando, alucinado com o sol e o mar. Morreram muitos na viagem, escorbuto, febres malignas. Estava achando algo estranho com as ampulhetas, os marcadores de tempo. Agora este tempo. Vem tempestade.

— Vá, Cabral, vai logo! Corra e tome posse, antes que algum aventureiro tome. No futuro, serão muitos aventureiros tomando posse, provocando impeachments...

— O quê? Que língua o senhor fala?

— Não importa. Nem eu entendo. Ocupe a terra, redescubra, ainda que o senhor não concorde com a palavra. Comece de novo, Cabral! Todas essas regiões flutuantes não podem ser transformadas em capitanias hereditárias. Porque as que havia aqui duraram séculos, da colônia até hoje, nada mudou. De pai a filho, a neto, bisneto, a parentes, sempre. Vai, Cabral! Rápido, porque, olhe o céu, vai maiá água.

— Vou para contar desta nova terra ao rei. Direi a Dom Manuel deste grande país, terra mais garrida, aqui, certamente os lindos campos risonhos têm mais flores. Este negrume! É de certo um eclipse, estava previsto um eclipse do sol.

— Não posso responder, porque não sei se estamos em abril de 1500 ou em abril de qualquer outro ano, seja lá que ano for. O tempo se dissolveu, talvez tenha se esgotado ou foi escondido dentro de malas espalhadas pelo mundo.

— Não entendo nada, preciso de um intérprete, ainda que pareça que falamos a mesma língua. Quem são vocês? Um povo imaginário? Uma raça perdida? Humanos fossilizados?

As nuvens se fecharam, o vento fez rodopiar tudo. Sobre o território em que estavam Felipe e as caravelas e naus portuguesas, começaram a despencar milhões de palavras exauridas, que se atropelavam, trazidas pelo vento raivoso. As palavras fecharam o céu, eliminaram a luz, negrume total sobre o oceano, não se via nada, a não ser o vergastar das palavras sobre os corpos, ferindo os rostos, lacerando a pele, cegando. Barulho ensurdecedor, gritos raivosos: *Sou inocente, não conheço quem me acusa. Jamais pratiquei qualquer ato ilegal. Entrarei na Justiça. Vou querer indenização moral. Quando tais fatos ocorreram eu não tinha nascido. Jamais tive contas secretas no Panamá, em Nauru, Nêustria ou em Viçosa. Pela minha família, meus filhos, meus netos, minhas amantes, minhas putas, meus doleiros, que me extorquem, sou inocente, meus denunciantes, meus juízes. Nego peremptoriamente tais acusações, calúnias desses juízes merdinhas, bundões, que querem derrubar tudo e todos. Sou vítima de um golpe. Nóis num vai presos, nóis num vai presos. Me acusam sem provas. São atos praticados por desafetos tendenciosos e criminosos, jamais pratiquei qualquer ato ilegal. Delírios insanos, sou transparente, uma vestal, jamais pratiquei qualquer ato não equitativo, querem me difamar, inocente, inocente,* **inocente, inocente,** **iiiiiiiiiiiiiiiiiiiinoceeeeentEEEEE.**

Nada se via. Cabral tampava os ouvidos. Começou a gritar, colocaram um manto sobre sua cabeça. O tornado rasgou as velas das caravelas, quebrou mastros. Após um tempo, os ventos foram em direção ao mar alto.

Cabral, ou aquele que dizia ser Pedro Álvares, pareceu de tal modo desolado que Felipe se condoeu. Então gritou, porque o mar estava encapelado e o barulho das ondas cobria sua voz:

— Entendo, Pedro. Você está certo. Acabou de achar o Brasil. É seu, é de Portugal. Fale com o rei. Formem uma nação. Estou errado, fora do tempo. Entendi tudo. A cada século, ano, mês, semana, dia, hora, minuto, segundo, voltamos sobre nossos passos. Voltamos a Pindorama, a Terra dos Papagaios, a Terra de Vera Cruz, Terra de Santa Cruz. Vamos começar tudo de novo. Tome posse, Cabral! Não deixe esta terra ao deus-dará, como sempre foi. É uma bela terra, muito judiada, saqueada até os ossos.

Os remadores conduziram o nobre homem desorientado à nau capitânia. A bordo, ele acenou, as caravelas se moveram. Navegaram, deixando aquela zona escura e malcheirosa que continuava sobre o minúsculo território de Felipe. Este ergueu-se, muito fraco. Gritou sem saber se ouviriam:

— Cabral, avise o rei. Avise a todas as terras conhecidas, ao mundo. Seja que mundo for. O que espero, esperamos, quem sabe dê certo, é "que o melhor fruto que desta terra se pode tirar, parece-me que será salvar esta gente".[18] Vá, Cabral, quem sabe o Brasil e o futuro nos sejam devolvidos!

Então, ao passar por uma ilha, ele viu praias brancas, homens jogando conversa fora ou atentos ao dominó, a estátua de Carlos Drummond de Andrade, pessoas correndo no calçadão, a Biblioteca Nacional. Sentiu-se feliz, o Rio, revitalizado, receberia bem Cabral. Felipe murmurou debilmente ao celular quase descarregado:

— Agora, o fim está próximo... Em volta, milhares de pessoas boiam, agarradas a coletes salva-vidas, troncos de árvores, móveis, barcos, lanchas, mesas, caixotes, tábuas. Flutuamos à deriva, levados por ondas furiosas. Fizemos tudo à nossa maneira e estamos a enlouquecer calmamente.

---

18 Trecho da carta de Pero Vaz de Caminha atualizada por Silvio Castro, L&PM Pocket, setembro de 2003.

ATENÇÃO PARA AS INSTRUÇÕES DE POUSO:

Este país tem duas saídas de emergência à frente. Duas no meio e duas ao fundo. Em caso de pane, corrupção, total crise econômica, recessão, podridão, epidemias ou tormentas, falência dos bancos de negócios da presidência, excesso de peso de malas com dinheiro, excesso de juízes pedindo vista eternamente, luzes se acenderão, indicando as saídas mais próximas. Comissárias ensinarão a acionar as portas de emergência.
Se houver tempo.

EXISTIRMOS, A QUE SERÁ QUE SE DESTINA?

"Cajuína", Caetano Veloso.

Biografia

Ignácio de Loyola Brandão nasceu em Araraquara em 1936. Jornalista e escritor, passou pelas redações de *Última Hora, Claudia, Realidade, Planeta, Lui, Ciência e Vida* e *Vogue*. Tem 45 livros publicados, entre romances, contos, crônicas e infantojuvenis. Entre seus romances mais conhecidos, estão *Não verás país nenhum* e *Zero*. Seus livros estão traduzidos para o inglês, alemão, italiano, espanhol, húngaro, tcheco e coreano. Com o infantil *O menino que vendia palavras*, ganhou o Prêmio Jabuti de Melhor Livro de Ficção de 2008. Seu livro *Os olhos cegos dos cavalos loucos* também venceu o Prêmio Jabuti 2015 na categoria Melhor Livro Juvenil. Em 2016, recebeu, pelo conjunto da obra, o Prêmio Machado de Assis, da Academia Brasileira de Letras.